Le pont du Diable

Du même auteur

Syndrome K, le pont du diable, 2021, TDO Éditions.

La Chute des magiciens de Montpellier, 2020, TDO Éditions.

Captivus, Guillaume de Nogaret, un Montpelliérain au cœur du pouvoir, 2020, Papillon rouge éditeur.

La Confrérie des Gastrolâtres, 2019, TDO Éditions.

Felix Platter et les conspirateurs, 2019, Papillon rouge éditeur.

Sous le masque du Phénix, 2018, TDO éditions.

Bacchus Requiem, 2017, TDO éditions.

La Malédiction de Maguelone, 2017, Éditions 3D.

Réédition en format poche en février 2019 chez TDO éditions.

Les Lettres de sang, 2016, TDO éditions.

Les enfants perdus de Saint-Félix, 2015, TDO éditions.

Au Messager de Montpellier, 2014, Éditions 3D.

Réédition en format poche en novembre 2016 chez TDO éditions.

Le Vaisseau céleste, 2013, Éditions 3D.

L'Ambassadeur d'Hippocrate, 2012, Éditions 3D.

Les Larmes de Maguelone, 2011, Éditions 3D.

Réédition en format poche en juin 2016 chez TDO éditions.

Meurtres à l'école de Police, 2009, Transit éditeur.

Folies Meurtrières, 2008, Éditions Stock.

Le Pont du Diable, 2006, Éditions 3D.

Réédition en format poche en janvier 2015 chez TDO éditions.

www.desmazes-romans.fr

ISBN : 978-2-36652-303-4

Couverture réalisée à partir de crédits photographiques :
© littleny - Fotolia.com ; © kbuntu - Fotolia.com

Yves Desmazes

Le pont du Diable

Poche

Ce roman est une œuvre de fiction. Toute ressemblance avec des personnages ou des événements existants ou ayant pu exister ne serait que pure coïncidence.

1

Le père Aristide Lebois conduisait la Renault Laguna de l'évêché, d'une main ferme, d'une main habituée depuis plus de trente ans à véhiculer tous les monsignori qu'il avait vus défiler à la tête du diocèse. Certes, ce jour-là, il n'accompagnait pas l'évêque en personne, mais son adjoint, l'évêque coadjuteur monseigneur Charles-Marie Morandin. Le conducteur se reprocha soudain une pensée fort peu charitable pour un prêtre. En effet, alors même que toute la communauté ecclésiale semblait attendre de l'évêque qu'il accède aux plus hautes charges ecclésiastiques dans un futur proche, lui, le simple curé de campagne, avait osé songer que son supérieur n'accéderait à cette charge que si ses compétences s'avéraient à la hauteur de ses prétentions. Mais le seraient-elles ? Pour se sortir ces mauvaises pensées de la tête, il décida de se concentrer sur la route. D'autant plus que, même s'il avait déjà accompli l'aller-retour de nombreuses fois, la nuit tombée, le chemin n'était pas particulièrement aisé, surtout après avoir quitté la nationale à Gignac. L'explosion démographique des villages environnant la capitale régionale, matérialisée par la multiplication des lotissements, avait eu pour conséquence que l'arrière-pays ne disposait plus d'un réseau routier adapté. La construction de l'autoroute en direction de Clermont-Ferrand, tout en apportant une bouffée d'oxygène, n'avait pas amélioré pour autant la circulation sur les axes secondaires, composés de départementales étroites et sinueuses. Heureusement, le trafic en direction de Saint-Guilhem-le-Désert n'était pas spécialement dense. Notamment comparé à celui de Montpellier.

Le père Aristide jeta un coup d'œil dans le rétroviseur et aperçut la tête de son passager qui dodelinait au gré des cahots. Dormait-il ou faisait-il semblant ? Ou peut-être priait-il…

Il était 20 heures et l'obscurité gagnait sur le jour. Saint-Guilhem méritait bien son nom : le Désert ! Dans la journée, le village bruissait d'une intense activité touristique, mais la nuit tombée, alors même que l'automne n'avait fait qu'une timide incursion, le hameau restait isolé avec ses quelques deux cent vingt âmes. Quelle étrange idée que de vouloir prier à l'abbaye de Gellone à cette heure-là ! Mais ce n'était pas la première fois que le prélat s'y rendait. Il semblait nourrir pour ce lieu une affection particulière. « Enfin, conclut en lui-même le père Lebois, là ou ailleurs, Dieu n'est pas plus près ni plus loin »...

Arrivé place de la Liberté, il contourna le majestueux platane qui trônait en son centre et arrêta la voiture. Pendant quelques secondes, le passager arrière resta immobile. « Dois-je le réveiller ? » s'interrogea le prêtre. Mais il n'eut pas besoin de se poser la question une seconde fois, Mgr Morandin sortit de sa torpeur, ouvrit lentement la porte du véhicule et articula :

— Bien, je vais prier. Je reviens dans une heure.

Le chauffeur le regarda s'éloigner en direction de l'entrée principale, fermée à clef à cette heure tardive. Muni d'un passe, le monsignore pouvait entrer à son gré. « Je vais en profiter pour me reposer à mon tour », songea Aristide. Il s'endormit sans tarder, tassé au fond du siège conducteur.

Quelque peu courbaturé à son réveil, malgré le confort du siège-baquet, le père Lebois s'étira. Il faisait une nuit d'encre. Dans le ciel, qu'il put observer en quittant son siège, les étoiles scintillaient. Il se sentit tout petit sous cette voûte céleste, tout à la fois oppressante et pleine de promesses. Les aiguilles phosphorescentes de sa montre lui apprirent que son passager l'avait quitté depuis deux heures maintenant. Tout en marchant vers l'abbaye, il songeait qu'habituellement Mgr Morandin disparaissait rarement plus d'une heure. Devait-il entrer, au risque de déranger son supérieur en plein recueillement et d'encourir ses foudres ? Il décida d'attendre et prit la direction des rues qui s'éloignaient de l'abbaye. Une demi-heure plus tard, transi, il revint au pas de course vers la Laguna, espérant y trouver son passager. En vain !

Pour la première fois, le père Lebois manifesta quelque inquiétude. Ces lieux de piété pouvaient être également des refuges pour les marginaux, pour peu que ces derniers réussissent à s'y faire enfermer. La nuit, l'Église était bien obligée, par souci de sécurité, de verrouiller les portes des édifices religieux pour éviter les vols ou dégradations de toute nature.

Le prêtre prit son courage à deux mains et poussa le vantail qui donnait accès à la nef principale. Il se dirigea en silence vers l'autel où il pensait trouver le monsignore en prière. Personne ! Il le contourna par la droite, surpris par la pénombre qui régnait en ce lieu – d'habitude, son supérieur utilisait l'éclairage qui lui permettait d'admirer la magnifique sainte table – et trébucha sur un obstacle. À sa grande honte, il s'étala de tout son long sur ce qu'il crut d'abord être un objet encombrant le passage, mais qui en réalité s'avérait être un corps.

Il se releva rapidement et se dirigea à tâtons vers l'interrupteur qui commandait l'éclairage de cette partie de l'autel en criant : « Mon Dieu ! » Terrifié d'avance par ce qu'il imaginait, il pressa l'interrupteur.

La lumière jaillit. Tétanisé, la bouche ouverte, incapable de prononcer la moindre parole, la moindre exclamation, il déglutit d'un coup en reconnaissant Mgr Morandin allongé dans son costume gris. Il se signa plusieurs fois, toujours impuissant à émettre un quelconque son, et s'approcha du corps.

Il tapota l'épaule de son supérieur. Alors, prenant conscience que celui-ci avait désormais quitté ce bas monde, il réalisa qu'il était redevenu un simple mortel. Il l'appela malgré tout, à voix basse, comme si une partie de lui-même refusait confusément ce que la réalité lui imposait : « Mon père, mon père… » Sans attendre véritablement de réponse, il retourna entièrement le corps du prélat et se rendit compte que son visage ensanglanté était tout à fait méconnaissable.

Il nota alors, à proximité du défunt, la présence de la célèbre croix-reliquaire qui faisait la réputation de l'abbaye. Des lambeaux de chair, des cheveux et du sang y étaient amalgamés. Il comprit qu'il s'agissait là de l'arme du crime et tendit la main pour s'en emparer. Il s'avisa soudain qu'il avait mieux à faire. Recouvrant ses esprits, il sortit son téléphone portable, un instrument qu'il n'aimait guère utiliser, et qui pourtant lui sembla être, ce jour-là, son unique planche de salut. Il composa le 17.

*

Le lieutenant Kevin Normand conduisait rapidement la Peugeot 206 du service, en direction de Saint-Guilhem-le-Désert. Il n'était jamais très agréable, surtout en pleine nuit, d'être obligé de quitter son domicile pour se rendre sur les lieux d'un crime. Mais étant de permanence, il avait été le premier officier sollicité. Il se dépêchait d'autant plus que le permanencier lui avait fait savoir que le directeur du SRPJ en personne, accompagné du procureur de la République, se rendait également sur place. Évidemment, le meurtre d'un religieux n'était pas un événement particulièrement fréquent, alors celui d'un évêque…

Informé de ce qu'il venait de se passer et du dessaisissement des gendarmes locaux au profit de la PJ, il avait demandé à être rejoint par les deux membres de son équipe, ainsi que par les spécialistes de la police technique et scientifique. Il avait également donné pour consigne d'inviter le médecin légiste de permanence à le retrouver sur place. En règle générale, ce dernier utilisait le véhicule des policiers pour se rendre sur les lieux où sa compétence était requise. Mais dans ce cas précis, Kevin lui avait fait savoir que, compte tenu de l'urgence, il devrait se débrouiller seul.

La place de la Liberté était encombrée par de nombreux véhicules de pompiers et de gendarmerie. Les gyrophares allumés lançaient de singuliers éclairs bleutés, et à cet instant, non, Saint-Guilhem n'était pas désert ! Il semblait que tous les habitants du village s'étaient rassemblés, qui par curiosité, qui par inquiétude, pour profiter d'un spectacle nocturne pour le moins insolite.

Ouf, apparemment ni le proc, ni le chef du SRPJ n'étaient arrivés avant lui. L'honneur était sauf. Après avoir décliné sa qualité de lieutenant de police, Kevin fut conduit à l'intérieur de l'abbaye par un gendarme qui interdisait l'accès du site aux curieux. Il fut présenté directement au capitaine de gendarmerie, commandant la compagnie de Lodève, en grande discussion avec plusieurs de ses subordonnés.

L'abbaye de Gellone était un magnifique édifice, de style roman, construit dès le début du IXe siècle. Kevin la connaissait, au même titre que de nombreux touristes ou autochtones, mais aussi pour quelques raisons privées. Il avait toujours apprécié la pureté des lignes du roman. Cependant, l'heure n'étant pas aux considérations personnelles, mais professionnelles, il se fit violence et, se rapprochant de l'autel, remarqua aussitôt le corps allongé sur le sol.

Plusieurs ecclésiastiques étaient également présents. Deux d'entre eux, à genoux, légèrement à l'écart, priaient en silence. Le capitaine de gendarmerie lui présenta le père Lebois et indiqua que l'affaire ne le concernant plus, il se retirait. Il laissait toutefois le commandant de la brigade d'Aniane sur place, jusqu'à la prise en compte pleine et entière de l'enquête par la PJ.

Kevin n'osa pas toucher le corps. D'un geste de

la main, le chauffeur de Mgr Morandin lui désigna la croix-reliquaire qui se trouvait à proximité. L'officier de la PJ nota sur-le-champ qu'il s'agissait là de l'arme du crime, dont l'importance, en terme de poids et d'envergure, expliquait les graves blessures occasionnées sur le visage du défunt, rendu totalement méconnaissable. La violence des coups portés était stupéfiante. Il resta là, immobile pendant quelques minutes, à observer le décor qui l'entourait jusque dans les recoins les plus sombres, à essayer de comprendre le scénario du meurtre.

Soudain, un brouhaha résonna dans la nef. Plusieurs personnes arrivaient. D'un geste, Kevin invita Patricia Bonnaud et Bernard Roset, ses deux collègues, à le rejoindre. Ils étaient suivis par trois fonctionnaires de l'identité judiciaire qui firent immédiatement écarter tout le monde, non sans se priver de lancer des regards noirs aux policiers présents.

Les enquêteurs prirent leur mal en patience, habitués qu'ils étaient à laisser opérer ces professionnels, et conscients de l'intérêt qu'il y avait, pour la suite des investigations, à rester à l'écart. Les trois fonctionnaires se retirèrent tout d'abord, pour revêtir la combinaison blanche, qui leur servait à éviter le contact entre les particules dont ils étaient porteurs, et celles présentes sur les lieux de leur intervention. Il ne fallait absolument pas souiller la scène de crime. Les flashs crépitaient. Ils réalisèrent aussi un film qui permettrait à tous les enquêteurs, mieux qu'aurait pu le faire un simple procès-verbal de constatation, de visualiser le site, les circonstances de l'homicide et de s'en approprier les particularités.

Le médecin légiste fit également son entrée. Il constata, bien entendu, le décès de son patient, bien éphémère. Après avoir noté – une fois la dépouille déshabillée avec l'aide des policiers de l'IJ –, qu'il n'y avait aucune trace de balle ou de coups de couteau sur le corps du défunt, il conclut que la mort était bien consécutive aux coups portés sur la face et le crâne. Le sang ayant souillé à la fois le costume gris anthracite de l'ecclésiastique et le tapis recouvrant les marches de l'autel, tous les enquêteurs furent d'accord pour estimer que le corps n'avait pas été déplacé après le décès.

Les policiers du service régional d'identité judiciaire firent reculer tout le monde, afin de pouvoir utiliser leur « crimescope ». Une fois l'obscurité faite, ils chaussèrent les lunettes spéciales qui les protégeaient du faisceau du rayon laser bleuté permettant de faire apparaître des indices non visibles à l'œil nu, sang, salive ou sperme.

Kevin les vit prélever à plusieurs reprises diverses particules, puis les déposer dans des petits flacons, qui seraient ensuite placés sous scellés et dont le contenu serait examiné ultérieurement par le laboratoire de police technique et scientifique d'Écully. À moins bien sûr que le magistrat chargé de l'affaire ne préfère faire appel aux services d'une officine privée, ce qui arrivait parfois. Le recours aux services spécialisés de police ou de gendarmerie, en permanence débordés, occasionnait des délais de traitement de plus en plus importants, ce qui contraignait les magistrats à faire appel à des laboratoires privés.

Observer ces hommes, tout de blanc vêtus, baignant dans une lumière bleue, dans un lieu sacré, avait quelque chose d'irréel. Était-ce le froid, l'horreur du crime, ses convictions religieuses profondément ancrées qui se trouvaient mises à mal, ou l'émotion qui en résultait, toujours est-il que Kevin frissonna et esquissa, rapidement et discrètement, un signe de croix.

La porte de l'église s'ouvrit une nouvelle fois pour laisser pénétrer le directeur du SRPJ, M. Foyard, suivi du procureur de la République, M. Émile Planteau. Avant la fermeture totale du vantail, deux autres personnes se faufilèrent derrière eux. Voyant le curé du village se précipiter vers les nouveaux venus, Kevin en déduisit, avant même de distinguer leur physionomie, qu'il s'agissait de hautes instances de l'Église. Effectivement, le chef du parquet et le patron du SRPJ purent saluer Mgr Durantour, évêque en titre, accompagné de son vicaire général.

Kevin s'avança vers son chef, qui fit les présentations. Mgr Durantour esquissa un pauvre sourire en direction de l'officier de la PJ, qui se demanda s'il avait été reconnu. Apparemment oui. Il y avait fort peu de policiers, du moins à sa connaissance, engagés également au service de l'Église.

Le directeur, préalablement informé par Kevin, tint à relater les événements aux diverses autorités présentes. Il s'agissait, selon lui, d'un cambriolage qui avait mal tourné. Les premières investigations avaient permis de découvrir quelques troncs fracturés et vidés de leur contenu. Il en allait de même de la vitrine blindée, normalement sous alarme, renfermant le reliquaire. Le ou les auteurs des faits avaient dû asséner plusieurs coups de l'objet dérobé sur la tête de l'évêque coadjuteur qui les avait surpris en pleine action. Le tabernacle qui se trouvait sur l'autel avait également été forcé, et le ciboire en or avait disparu. Aux dires du curé de la paroisse, trois des six chandeliers en argent massif qui se trouvaient sur la partie supérieure de l'autel avaient été subtilisés, ainsi qu'un magnifique candélabre en bronze massif.

Le vol était sans nul doute le mobile de ce crime crapuleux.

Si Kevin ne pouvait contester la justesse de l'argumentation de son patron, il n'en restait pas moins vrai que la porte de l'abbaye n'avait pas été fracturée. De plus, le reliquaire, l'objet ayant le plus de valeur, n'avait pas été dérobé. Il avait été déplacé depuis une vitrine sous alarme, sans que cette protection ne joue son rôle… L'auteur des faits s'était peut-être laissé enfermer et, dans l'affolement, avait pris ses jambes à son cou après son forfait. Toutefois, le père Lebois n'avait vu personne sortir de l'église. « Autant d'interrogations auxquelles il faudrait bien trouver des réponses », cogitait Kevin.

Comme l'un des fonctionnaires de l'IJ était en train d'envelopper le reliquaire qui avait servi à perpétrer le crime, Mgr Durantour intervint :

— C'est l'objet le plus précieux de l'abbaye de Gellone, exposa-t-il. D'après la tradition, il contient dans son socle un morceau de la Vraie Croix. Est-il vraiment indispensable que vous le saisissiez ? ajouta-t-il en regardant successivement le procureur et le lieutenant Kevin.

Quelque peu fâché de ne pas avoir été consulté, ne serait-ce que du regard, le directeur du SRPJ prit la parole :

— C'est capital, monseigneur. Des recherches d'empreintes digitales et d'ADN vont être effectuées par notre laboratoire. Toutefois, je vous promets de faire en sorte qu'il vous soit restitué dans les plus brefs délais.

— Prenez-en bien soin, articula le prélat dans un grand soupir.

Kevin fut soulagé et mécontent à la fois. Satisfait de voir son patron répondre à sa place et contrit de l'entendre proférer un tel mensonge. S'agissant de l'arme du crime, ce n'était pas demain que l'objet serait rétrocédé à l'Église. Mais enfin, les voies du Seigneur étaient impénétrables…

Le procureur se garda bien d'intervenir, laissant lui aussi la responsabilité de ses déclarations au chef des policiers. Il allait de toute façon ouvrir une information et un magistrat instructeur serait désigné. Ce serait à ce dernier qu'incomberait de résoudre ce genre de problèmes.

L'horloge sonna douze fois. Mgr Durantour demanda qu'on le laisse seul avec les autres prêtres présents autour de lui, pour rendre un dernier hommage à son assistant. Les enquêteurs se retirèrent à l'écart pendant que les ecclésiastiques, à genoux, entonnaient une prière.

Puis le corps de l'évêque coadjuteur fut transporté à l'institut médico-légal de Montpellier pour une autopsie que le juge d'instruction ne manquerait pas d'ordonner. Nul doute que l'affaire, sitôt ébruitée, aurait un retentissement médiatique national. Il fallait dès maintenant que chacun avise sa hiérarchie. Il fut décidé que le procureur tiendrait une conférence de presse le lendemain, en début d'après-midi.

Tout le monde se retira enfin. Il était une heure du matin et Kevin se retrouva seul avec les membres de son équipe et les spécialistes de la police technique et scientifique.

— Pour ce qui concerne l'enquête de voisinage, il faudra attendre le matin. L'église possède-t-elle d'autres sorties ? s'enquit-il.

— Heu, non. Je ne crois pas, fit savoir le brigadier-chef Bonnaud.

— Ah bon ? rétorqua Kevin. La petite porte à

gauche de l'autel, à laquelle on accède grâce à un escalier en bois, a donc été murée ?

Ses deux interlocuteurs ne pipèrent mot. Toutefois, le regard qu'ils se lancèrent en disait long sur ce qu'ils pensaient de ce genre de remarques dont leur supérieur s'était fait une spécialité. Ce n'était pas la première fois qu'il agissait de la sorte et ce n'était pas le côté le plus agréable de sa personnalité.

En consultant les notes que venait de lui remettre le responsable de l'identité judiciaire, Kevin renchérit :

— Heureusement que certains connaissent leur boulot. La porte était fermée à clef et n'a pas été fracturée. Suivez-moi tous, on va vérifier si rien d'autre n'a disparu.

La vitre blindée, symétrique de celle retrouvée fracturée et qui obturait la niche renfermant un splendide reliquaire intitulé « reliquaire de Saint-Guilhem », n'avait subi aucune dégradation. Avant même que Kévin ne le demande, un fonctionnaire de l'IJ badigeonna sa surface de poudre d'alumine. Puis il se retourna vers le directeur d'enquête et lâcha :

— Trop de traces papillaires pour pouvoir isoler et identifier un indice exploitable. Elle doit être palpée par tous les visiteurs.

Ils continuèrent leurs pérégrinations. De l'autre côté de la table liturgique, Kevin remarqua la présence d'une magnifique statue en bois représentant la Vierge et l'Enfant. Sa surface, très ouvragée, interdisait tout espoir d'y relever une empreinte digitale complète. D'ailleurs, aucun policier de l'IJ ne s'y risqua.

« Compte tenu de son poids respectable, il ne fait aucun doute qu'un rôdeur en aurait tiré un bon prix », ne put-il s'empêcher de penser.

— Allez chercher le prêtre responsable de l'abbaye, enchaîna-t-il, il faut qu'il nous ouvre la grille de la crypte. Il ne manquerait plus que notre assassin y ait trouvé refuge.

— Comment pourrait-il détenir cette clef ? s'enquit Patricia.

— De la même façon qu'il a pu s'emparer de la croix-reliquaire sans déclencher l'alarme, répliqua vivement Kevin.

Bernard Roset revint vers le groupe en compagnie du curé de la paroisse, qui tenait dans sa main un énorme trousseau de clefs. Avec les précautions d'usage, c'est-à-dire arme au poing, les enquêteurs explorèrent la crypte. L'accès à l'oratoire était également condamné par une nouvelle grille, dont le curé annonça tout de go qu'il ne détenait pas la clef. Kevin fut chagriné de ne pouvoir y pénétrer, car de l'endroit où se trouvaient les enquêteurs, nul ne pouvait en observer le fond, caché par trois piles carrées en tuf. Il se fit une raison. Il ne pouvait décemment pas forcer la serrure de la grille, surtout lui ! Quant à l'assassin, il avait vraisemblablement eu tout le temps de prendre la fuite, et n'aurait eu aucun intérêt à se réfugier dans un cul-de-sac.

— OK. Nous reviendrons plus tard, précisa-t-il en rebroussant chemin, suivi par ses pairs.

La visite du cloître, et notamment l'inspection des portes qui y donnaient accès, n'apporta « aucun élément susceptible d'orienter favorablement l'enquête », pour utiliser une expression de la maison.

— Auriez-vous une petite échelle ou un escabeau, se renseigna le responsable de l'IJ auprès du prêtre qui les avait accompagnés.

— Oui, je peux vous trouver ça, accordez-moi deux secondes.

— Lieutenant, j'ai noté que les éclats de verre de la vitrine brisée – je précise : celle qui contenait l'arme du crime et qui était sous alarme – sont très nombreux par terre. Je voudrais m'assurer combien sont restés dans la niche elle-même.

Devant l'énormité du sous-entendu, nul ne dit mot.

L'ecclésiastique revint, tout essoufflé, en traînant un escabeau en aluminium, qu'il posa devant la niche vidée de son contenu.

Le brigadier major Lagarigue gravit précautionneusement les premières marches, comme s'il était inquiet à l'idée de trouver des éléments pouvant confirmer ses soupçons. Il introduisit sa main, gantée de blanc, sur le coussin du reliquaire et, après quelques instants, se retourna vers ses collègues.

Estimant que faire le cabotin à 2 heures du matin

était un luxe inutile, Kevin l'apostropha vertement :

— C'est pour aujourd'hui ou pour demain ?

En guise de réponse, le brigadier major tendit vers ses interlocuteurs sa paume qui laissait apparaître cinq petits morceaux de verre.

Bouches grandes ouvertes, tout le monde se tint coi.

M. le curé, qui manifestement ne comprenait pas ce qui se passait, demanda d'une voix plaintive :

— Et alors ?

— Cela veut dire que la vitre a été brisée après son ouverture, assena le major Lagarigue, car dans le cas contraire la niche renfermerait tous les éclats de verre. Du moins, quatre-vingts pour cent.

— Cela signifie que l'auteur du vol a voulu faire croire qu'il ne pouvait ouvrir la vitre qu'en la cassant, martela Kevin avant d'ajouter qu'il regagnait son service.

Sur le chemin du retour, dans la nuit noire, un ensemble de pensées caracolait dans la tête de Kevin. Et si cet homicide n'était pas le fait du hasard ni l'acte d'un rôdeur ? Et si le prélat avait eu un rendez-vous, ce soir-là ? Ne pouvait-il avoir été victime d'un guet-apens ? Ne connaissait-il pas son meurtrier ?

Rien n'était impossible en fait, et quelque désagréables que puissent être certaines de ces interrogations, il ne pouvait, en sa qualité d'enquêteur expérimenté, les écarter. Il faudrait, comme dans tous les cas de crime, s'intéresser à la vie de la victime. Compte tenu de la qualité de cette dernière, rien ne serait simple. Les pressions et interventions en tous genres n'allaient pas manquer...

Kevin fut interrompu net dans ses pensées par la sonnerie de son portable. C'était son chef de service.

— Rendez-vous demain matin, c'est-à-dire tout à l'heure, précisa celui-ci, dans mon bureau, avec votre équipe, à 8 heures. J'ai également fait prévenir vos deux collègues.

Et sans attendre de réponse, le directeur raccrocha.

Kevin regagna son domicile situé au centre de Montpellier. Une fois dans son appartement, il retrouva son calme. L'environnement, familier, contribua à l'apaiser. Comment dormir toutefois, comment faire taire les battements accélérés de son cœur, comment oublier séance tenante tout ce qu'il avait vu ! Il s'agissait là d'un exercice qui, même s'il était relativement fréquent, n'en exigeait pas moins une grande force intérieure et une parfaite maîtrise de soi. Kevin avait trouvé, quant à lui, une solution toute personnelle. Il s'approcha de son lit, se mit à genoux et pria.

Dès 7 heures, après s'être assoupi quelques heures, il fit deux trois exercices de respiration et enchaîna avec quelques figures et mouvements de kata. Le karaté était un sport qui, tout en lui assurant une certaine maîtrise de soi, lui permettait, notamment lors d'interpellations musclées, d'être à la hauteur des événements, sans violences gratuites ou hors de proportion.

Il prit son petit déjeuner dans le coin-cuisine aménagé de son F3 situé au cinquième étage d'un immeuble bourgeois du centre-ville. Son regard portait alors sur les toits de la cathédrale Saint-Pierre. La journée s'annonçait rude, mais le temps promettait d'être très agréable.

Kevin se rendit au siège du SRPJ situé dans l'hôtel de police, construit il y avait de cela quelques années rue du Comté-de-Melgueil, pas très loin des berges du Lez. Il s'agissait d'un bâtiment moderne renfermant, ainsi que son appellation d'hôtel le laissait présumer, plusieurs services de police. Non seulement la PJ, mais également la Sécurité publique, les Renseignements généraux, la police aux frontières et la direction de la surveillance du territoire.

Même si la Sécurité publique s'était taillé la part du lion, en terme d'espace occupé – mais n'était-ce pas justifié dans la mesure où, numériquement, c'était l'organisme le plus important ? –, la PJ avait fort bien su tirer son épingle du jeu. Ses bureaux étaient vastes, convenablement aménagés et clairs. Pour ce qui était de la surveillance du bâtiment, les troupes de la Sécurité publique y pourvoyaient.

Après avoir fait un bref signe de main au planton, qui contrôlait l'entrée des véhicules dans le parking réservé aux fonctionnaires de police, pour le remercier de la promptitude avec laquelle il lui avait ouvert la barrière, Kevin alla se garer dans le sous-sol, affecté aux différents moyens de locomotion banalisés de police. Il se dirigea vers l'ascenseur et utilisa son passe magnétique. Les choses avaient été bien faites.

Chaque policier possédait une carte à puce qui, grâce à un lecteur optique, permettait à son détenteur d'avoir accès aux divers bureaux de son service. À l'intérieur même de votre site de travail, en fonction de votre spécialité et de votre grade, vous accédiez à tel ou tel type de locaux. À 7 heures du matin, les lieux ne bruissaient pas encore de l'activité de la pleine journée. Kevin réalisa, en passant devant la salle de réunion, que malgré l'heure matinale l'état-major de la PJ était réuni et que tous les chefs de service étaient présents. Depuis le grand patron, en passant par son second, le responsable de la division criminelle, assisté pareillement de son adjoint, etc.

Les quelques échos qui parvinrent à ses oreilles lui permirent de réaliser immédiatement que la préoccupation majeure était de faire face au déferlement médiatique à venir. L'Agence France-Presse ayant divulgué l'information, de nombreux journalistes nationaux, et même certains de la presse étrangère, avaient déjà téléphoné pour obtenir plus de précisions.

Kevin s'éloigna et profita des quelques instants libres qui lui restaient pour se rendre dans son antre.

Il occupait, seul, et c'était un avantage dû à son grade d'officier, un espace de dix mètres carrés. Il était en train de mettre un peu d'ordre dans les dossiers qui traînaient sur sa table de travail lorsque Bernard et Patricia se manifestèrent.

La sonnerie du téléphone retentit. Kevin décrocha, écouta un instant puis répondit :

— Nous arrivons, monsieur.

Il fit un signe de la tête à ses deux collègues, les invitant à le suivre, et ils se dirigèrent tous trois vers le bureau directorial.

— Asseyez-vous ! tonna le directeur.

Mince, de petite taille, le visage en lame de couteau, il dégageait une certaine sévérité et une vitalité communicative. Mais plus que tout, ce qui frappait ses interlocuteurs, c'étaient ses yeux, petits, sombres, enfoncés dans leurs orbites, dont la mobilité surprenait et générait un mal-être. Mieux qu'un scanner, ils semblaient vous scruter et vous mettre à nu. Si vous vouliez lui raconter une histoire, vous aviez tout intérêt à ne pas bafouiller, car aussitôt il décelait la faille. M. Foyard faisait penser à un reptile qui, après vous avoir capturé du regard, attendait le moment propice pour vous donner le coup de grâce. Ce n'était d'ailleurs pas pour rien qu'on le surnommait « le Serpent ».

Après avoir fixé longuement ses collaborateurs en silence, afin de mieux juger de leur capacité à mériter sa confiance, il articula lentement pour être sûr que ses propos soient bien enregistrés :

— Je n'ai pas besoin de vous faire un dessin. Il s'agit là d'une affaire sensible, très sensible, précisa-t-il. Ce dossier doit vous intéresser, n'est-ce pas ? souligna-t-il en dardant vers le lieutenant Normand son regard de feu. Je vous confie la tâche. Vos collègues sont déjà sur une enquête tout aussi brûlante, vous savez laquelle... Je vous fais donc confiance. Au demeurant, ajouta-t-il, démentant immédiatement ses propos, je n'ai pas le choix. Vous allez à l'instant retourner sur les lieux et commencer des investigations sérieuses. Je veux, scanda-t-il avec force, que vous contactiez tous les riverains. J'ai dit tous. Est-ce clair ?

À cet ordre, qui n'admettait en réalité aucune réponse, le gardien de la paix Bernard Roset crut bon de rétorquer :

— Comme d'habitude, monsieur, nous...

Il n'eut pas le temps d'aller plus loin que le chef du SRPJ le coupait :

— Non, justement, pas comme d'habitude. Mieux que d'habitude. Je ne veux pas le moindre loupé.

Accoutumé aux monologues de son supérieur hiérarchique, Kevin se garda bien de répondre. Quant à Patricia, fine mouche, elle non plus ne dit mot.

— Nous y allons, conclut Kevin en se levant.

Au bout du couloir, plusieurs journalistes faisaient le pied de grue et certains, ayant identifié le lieutenant, firent mine de se diriger vers lui. Tête basse, comme s'il était perdu dans ses pensées, ce qui n'était pas faux au demeurant, il les ignora et descendit les escaliers quatre à quatre, suivi de ses troupes.

— Prenez votre voiture, et rendez-vous sur place, en face de l'église, murmura-t-il alors qu'ils atteignaient le deuxième sous-sol.

— Ok. À tout à l'heure, répondirent en chœur Patricia et Bernard.

Devant l'hôtel de police, FR3 et TF1 étaient déjà présents. Une conférence de presse allait se tenir durant laquelle le procureur livrerait en pâture aux médias les premières informations.

Kevin reprit le chemin de l'abbaye de Gellone. Il quitta l'autoroute à Gignac et passa par Aniane. Il franchit le pont du Diable et prit à droite à l'embranchement en direction de Saint-Guilhem, le long des berges de l'Hérault. Le soleil brillait déjà, annonciateur d'une belle et chaude journée. On était loin des ténèbres de la veille. Il aurait pu, sans coup férir, faire le trajet les yeux fermés, tant l'itinéraire lui était familier. Et il n'était pas le seul, car le site qu'il traversait était très touristique. Il suffisait pour s'en convaincre d'y venir en été, mais également au printemps et en automne. Il était tout aussi difficile de se garer qu'en plein cœur de Montpellier.

Il stationna son véhicule, non sans difficulté, sur le parking à proximité de la place de la Liberté. L'impressionnant platane aux dimensions extraordinaires ombrageait entièrement l'espace. Quelques touristes profitaient de la fraîcheur qu'il dispensait, en sirotant des boissons gazeuses.

Cette affluence s'expliquait par la beauté des lieux. Non seulement le village bénéficiait du label envié de plus beau village de France, ce qui aurait suffi à expliquer l'engouement qu'il suscitait, mais en plus, le hameau était classé au patrimoine mondial de l'humanité. Sacrée carte de visite, tout de même !

L'existence de l'abbaye n'y était pas pour rien, bien évidemment, mais les rues de la paroisse avaient également gardé leur charme d'antan. La municipalité avait su fort judicieusement gérer l'accueil des touristes en quête d'authenticité. L'activité du village était fortement liée à la mise en valeur de cet héritage naturel et culturel. En contrepoint à la multitude de visiteurs de passage, l'abbaye était redevenue un pôle de spiritualité. Kevin contourna l'abbatiale et suivit une ruelle qui grimpait en pente douce en s'éloignant de la place.

Les pierres sur lesquelles il cheminait étaient érodées et patinées par le temps autant que par les légions de pèlerins qui l'avaient précédé. L'architecture des maisons était caractéristique de ce style médiéval que l'on rencontre dans les villages disposant d'une surface réduite. L'habitat s'y développait en hauteur.

Le nom des rues était également assez particulier : rue du Val-de-Gellone, rue Font-du-Four, rue du Bout-du-Monde, rue Font-du-Portal. Rien de commun avec les appellations que l'on pouvait trouver dans les autres cités du coin. Kevin s'arrêta un instant devant une espèce de plante ou de fleur accrochée à la devanture d'une porte. On lui avait expliqué qu'il s'agissait en fait d'une cardabelle, un végétal non seulement décoratif, mais qui avait la particularité, par temps humide, de se refermer sur elle-même. C'était un baromètre naturel, une plante dont la cueillette était interdite de nos jours.

Il revint sur ses pas avec l'intention de pénétrer dans l'église qui, à la demande expresse de l'évêché, n'avait pas été fermée par des scellés. Il s'arrêta quelques instants devant une affiche, informant les visiteurs de la tenue prochaine d'une conférence sur les « Jacquets », surnom donné aux pèlerins en route pour Saint-Jacques-de-Compostelle. À plusieurs reprises, il constata en consultant son téléphone portable qu'il y avait du réseau. « Une bonne chose », songea-t-il immédiatement.

Kevin pénétra dans l'église en passant par le magnifique porche composé de trois voussures. Il accéda ensuite à la nef et ressentit, comme à l'accoutumée, la même sensation de petitesse et d'émerveillement. Petitesse à cause de l'immensité de cette nef centrale, dont l'exiguïté accentuait davantage l'impression de fuite vers les cieux, et émerveillement devant le génie et les capacités de l'homme à bâtir pour les siècles à venir, lorsqu'il s'en donnait les moyens, de telles merveilles.

Il se dirigea vers l'autel, témoin la veille d'une manifestation de la nature humaine dans ses aspects les plus sombres. Aucune trace ne rappelait ce qui s'était déroulé peu de temps auparavant. Il s'approcha du splendide maître-autel, composé d'une table de marbre noir dont le devant, finement ouvragé, représentait d'un côté le Christ en Majesté et de l'autre, une Crucifixion. À l'instar de plusieurs croyants qui se trouvaient présents, il se mit à genoux et pria.

Il fut tiré rapidement de son recueillement par l'arrivée de plusieurs enfants. « Mieux vaut remettre ce genre d'exercice à plus tard », songea-t-il.

Il parcourut les deux chapelles situées aux extrémités du transept et se rendit à la crypte. Dans cette dernière se trouvait, ou plutôt aurait dû se trouver, dans une vitrine blindée sous alarme, du moins lorsqu'on n'oubliait pas de l'enclencher, la relique de la Sainte Croix offerte, selon la tradition, par Charlemagne. Elle était actuellement entre les mains des spécialistes de la police technique et scientifique qui allaient essayer de la faire parler.

Il s'éloigna et se porta vers les troncs qui avaient été fracturés pour y dérober les oboles des fidèles.

Mais était-ce là réellement le but recherché ? Kevin avait beaucoup de mal à concevoir que la vie d'un homme puisse s'éteindre pour quelques pièces de monnaie. Si vraiment un rôdeur avait été surpris, n'aurait-il pas été plus simple pour lui de prendre la fuite en courant ? Compte tenu de l'heure tardive et de l'absence de touristes, il avait dû se rendre compte qu'il avait affaire à un religieux incapable sans doute d'appeler la police. Alors pourquoi s'était-il acharné à le défigurer ? Pourquoi tant de cruauté ? Non, décidément, Kevin n'était pas convaincu par le mobile apparent de vol ! Dans ce cas, pourquoi le voleur ne s'était-il pas emparé du reliquaire, facilement transportable et d'une valeur inestimable ?

— Bien, lâcha-t-il au terme de ces cogitations, maintenant vous allez vérifier chez les différents opérateurs les communications téléphoniques qui ont été émises et reçues à partir des relais situés sur zone. En même temps, il faut contrôler auprès de la municipalité, de tous les commerçants et des établissements bancaires – notamment pour ceux qui disposent de distributeurs automatiques de billets –, ce qui a pu faire l'objet d'un enregistrement vidéo. Si des films ou images ont été enregistrés, vous les saisissez pour visionnage. Et faites vite, s'il vous plaît !

— Pas de problème lieutenant, rétorqua Bernard en simulant un rapide salut de la main, en direction d'une casquette qu'il ne portait plus depuis longtemps.

— Nous allons identifier tous les habitants du village. Il n'y en a que deux cent vingt. Nous rendrons visite à chaque famille.

— À tous ? objecta Patricia.

— Oui, pour ce faire, nous aurons le renfort d'une dizaine d'enquêteurs. Le directeur veut mettre le paquet sur cette affaire. Il ne nous restera plus qu'à rencontrer ceux qui étaient présents dans un créneau horaire de quelques heures avant et après l'assassinat.

— Vous pensez à un assassinat plutôt qu'à un simple homicide ? suggéra Patricia.

Kevin retint sa réponse quelques instants, avant de préciser :

— Je ne suis sûr de rien, mais je serais étonné du contraire. Je vais prendre contact avec le curé de la paroisse. Vous pouvez me joindre sur mon portable en cas de nécessité.

La cure se trouvait rue du Grand-Chemin-du-Val-de-Gellone. C'était une bâtisse tout en hauteur, comme toutes celles qui se situaient à proximité. Kevin accéda à la porte d'entrée localisée au premier étage après avoir grimpé une dizaine de marches. Il dut slalomer entre plusieurs pots de géranium en fleurs qui en balisaient le passage. Il actionna le heurtoir et fut accueilli par un prêtre, du moins l'identifia-t-il comme tel, à la vue de la croix piquée au revers de sa veste.

Après qu'il se fut présenté, en qualité d'enquêteur du SRPJ, l'ecclésiastique l'invita à entrer et le reçut dans un petit salon qui sentait bon l'encaustique. Les deux fauteuils, bien qu'encore confortables, avaient connu des jours meilleurs. La pièce, de dimensions modestes, était ajourée par une petite fenêtre. Compte tenu du classement du village, il devait être très difficile, voire impossible, d'agrandir les baies vitrées, a fortiori d'en créer d'autres, plus conformes à l'architecture moderne et qui auraient pu laisser pénétrer la lumière à flots.

Kevin s'interrogea pendant un bref instant pour savoir s'il devait, pour s'attirer les bonnes grâces de son interlocuteur et favoriser d'éventuelles confidences, lui révéler ses activités privées. Il s'y refusa finalement dans la mesure où il ne pourrait assurer la confidentialité des termes de son entretien.

L'abbé Rébufat lui apprit qu'ils étaient quatre prêtres à se partager pas moins de vingt-huit clochers et que, s'il demeurait sur place à proximité de l'abbaye, il n'avait pas l'exclusivité des célébrations dans l'abbatiale. Il lui confia que Mgr Morandin était un habitué des lieux, qu'il aimait à venir s'y reposer et méditer, à telle enseigne qu'on lui avait remis un double des clefs.

— Connaissait-il la combinaison qui permet de débrancher l'alarme sécurisant le reliquaire ? demanda le lieutenant.

— Oui. Nous n'avions aucun secret pour lui, comme pour notre évêque en titre au demeurant. C'est un peu comme chez vous, n'est-ce pas ? Nous sommes tenus à un devoir d'obéissance. À plusieurs reprises, le coadjuteur avait fait visiter les environs à d'éminents prélats venus de toute la France et même de l'étranger.

— En ce qui concerne la croix qui… a servi d'arme du crime, était-elle bien enfermée dans sa vitrine blindée, la veille ?

— Oui, j'en suis d'autant plus certain que j'y ai veillé personnellement. J'avais réuni six candélabres en argent massif, certes de moindre valeur, que je devais en fin de semaine remettre à une société lyonnaise, chargée de les réargenter et…

— Ont-ils été dérobés ?

— Fort heureusement d'aucune manière. Je les avais laissés dans une armoire, non fermée à clef, par inadvertance.

— Et ils n'ont pas été subtilisés ?

— Aucunement, je vous l'assure. Je peux vous les présenter si vous le souhaitez.

— Merci mon père, je vous crois sur parole. Et en ce qui concerne les cinq troncs d'église dont les portes ont été forcées ?

— Je ne comprends pas la raison de ces effractions, elles n'étaient pas fermées à clef ! Je devais récupérer l'argent qui s'y trouvait, tard en fin de soirée, et je les avais toutes ouvertes avant de m'en aller, histoire de m'avancer. Mais non sans avoir refermé l'église à clef au préalable, bien évidemment.

— À combien estimez-vous le montant du préjudice ?

— Par précaution, je retire les offrandes tous les soirs. Il devait y avoir l'équivalent de trois cents euros au maximum.

— Monsieur l'abbé, les carmélites qui logent dans le couvent contigu à l'abbaye peuvent-elles avoir vu quelque chose de particulier, ou quelqu'un ?

— N'y pensez pas. Nous avons là six sœurs qui se claquemurent à la nuit tombée.

— Connaissaient-elles l'évêque coadjuteur ?

— Oui, naturellement. Il leur disait la messe de temps à autre, et les entendait parfois en confession.

— Quelle est votre opinion sur ce meurtre ? Mgr Morandin avait-il des ennemis ?

— Je ne sais pas s'il existe des gens qui lui voulaient du mal, mais je n'ose imaginer qu'un prélat puisse en avoir qui soient capables d'en arriver à de telles extrémités. Toutefois, monseigneur n'avait pas pour habitude de me faire des confidences. Il faut avouer qu'il était assez… comment dirais-je… imbu de sa personne. Jamais il ne se serait abaissé à s'épancher auprès de moi. Je suppose qu'il a dû être victime d'un rôdeur, ne croyez-vous pas ?

— Estimez-vous que les autres prêtres qui partagent avec vous les célébrations, ici même, puissent m'en apprendre davantage sur lui ? rétorqua Kevin, sans répondre pour autant à la question posée.

— Non, je ne le pense pas, mais il serait préférable que vous leur parliez directement.

— Merci pour ces réponses, mon père.

Kevin décida de regagner seul Montpellier pour rendre visite à l'évêque. Quelle que soit la répulsion qu'il ressentait à l'idée de s'immiscer dans la vie privée du prélat, il savait qu'il s'agissait là d'un préalable indispensable et que s'il ne s'y collait pas, ses collègues, eux, devraient s'y atteler.

Il quitta Saint-Guilhem et eut toutes les peines du monde à se frayer, à contre-courant, un passage vers Aniane. L'abbatiale, de même que la grotte de Clamouse, était le point d'orgue du tourisme de l'arrière-pays et il n'était pas rare que l'accès au village soit interdit aux véhicules dans la mesure où le parking, situé à proximité de la place de la Liberté, était fréquemment saturé. Malgré une politique d'agrandissement de l'aire de stationnement mise en œuvre par la municipalité, chaque année, de plus en plus de visiteurs devaient rebrousser chemin.

Arrivé devant le pont du Diable, notre enquêteur prit la direction d'Aniane. Le célèbre site avait, pendant un temps, été privilégié par les adeptes du « benji » et on ne comptait plus le nombre de sauts dans le vide effectués à partir de son tablier. Certes sa hauteur n'était pas impressionnante, mais défier le Diable à cet endroit devait procurer une montée d'adrénaline supplémentaire. Puis, suite à un accident, les plongeons avaient été interdits. Les lieux n'en demeuraient pas moins prisés par les estivants, et l'eau fraîche de l'Hérault n'y était pas pour rien. Malgré la proximité de la mer, il faisait très chaud en plein été à l'intérieur des terres. La végétation rabougrie en témoignait.

Kevin voulut s'arrêter quelques instants, mais le parking balisé à proximité affichait complet. Les nombreux camping-cars et véhicules particuliers, aux immatriculations étrangères au département et même au territoire national, étaient la preuve de l'engouement suscité. Et pourtant, la belle saison venait de finir. Il est vrai que l'arrière-saison était particulièrement agréable, et la chaleur qui régnait ce jour-là se différenciait peu de celle des mois de juillet et d'août.

La Peugeot 206 traversa rapidement le village d'Aniane. Cette localité qui, quelques siècles auparavant, avait été le siège d'une puissante abbaye, concurrente de celle de Saint-Guilhem, n'avait pas su bénéficier de l'apport touristique, faute d'infrastructures à la hauteur.

Le lieutenant rejoignit l'autoroute A750, qui de Gignac menait à Montpellier, et prit la direction de l'évêché. Comme il était impossible de stationner à proximité, il dut, non sans quelques hésitations, utiliser son badge personnel lui autorisant l'accès au parking réservé aux habitués.

Il fut reçu par un employé civil qui, après l'avoir

reconnu, l'introduisit immédiatement auprès du vicaire général, comme s'il était attendu. Ce dernier était donc devenu le numéro deux dans l'ordre hiérarchique du diocèse.

De petite taille, le visage poupin, le prélat dégageait une chaleur humaine qui faisait de lui un serviteur de l'Église apprécié.

— Nous sommes satisfaits que l'enquête vous ait été confiée, Kevin. Vous avez toute notre confiance. Venez, je vous conduis tout de suite devant Mgr Durantour.

Kevin se contenta d'un simple hochement de tête en guise de réponse. Il n'était pas tout à fait convaincu que les éventuels conflits d'intérêts entre le métier de policier et son activité de diacre allaient être faciles à gérer.

Histoire de mettre en évidence, d'entrée de jeu, qu'il se présentait en qualité d'enquêteur de la PJ et non en tant que serviteur de l'Église, il s'abstint de baiser l'anneau que Mgr Durantour portait au doigt de sa fine main de patricien. Fin connaisseur de l'âme humaine, le prélat comprit tout de suite la signification de la poignée de main qu'ils échangèrent.

— Nous sommes conscients de la difficulté que vous rencontrez. Être à la fois policier et membre actif de notre communauté, monsieur Normand, ne va peut-être pas vous simplifier la tâche. Mais sachez que vous portez tous nos espoirs. J'ai personnellement insisté auprès de votre directeur que je sais être un fidèle catholique pratiquant, afin que les investigations vous soient confiées. Vous n'êtes pas sans savoir que le clergé subit actuellement, en France et dans le monde, des attaques… il faut bien le dire… parfois justifiées, qui fragilisent les congrégations ecclésiastiques. Nous comptons sur vous pour que toute la lumière soit faite sur cet horrible crime qui nous a tous endeuillés. Que pouvons-nous faire pour vous aider ?

— Monseigneur, il va me falloir mieux connaître la vie de votre adjoint, sa vie privée j'entends, ses occupations auprès de vous, ses rendez-vous, ses centres d'intérêt et…

— Êtes-vous sûr que tout cela soit nécessaire, objecta, une certaine gêne dans la voix, le haut dignitaire de l'Église. En quoi cela vous aidera-t-il à débusquer ce rôdeur ?

— Monseigneur, partir du principe que nous avons affaire à un rôdeur, c'est se baser sur un présupposé, ce à quoi, en tant que policier, je ne peux me risquer, tant les recherches pourraient s'en trouver irrémédiablement compromises. Imaginez que nous ne résolvions pas rapidement, voire pas du tout, cet homicide ? Qu'en penserait l'opinion publique ? Qu'en déduiraient les médias ? Vous les connaissez, ils feront dans le sensationnel : « Pressions pour étouffer l'enquête, investigations confiées à un membre actif de la communauté chrétienne, etc. » Je vois déjà les gros titres dans la presse… Nous sommes condamnés à aboutir, mon père…

— Mais votre directeur, l'autre jour, a lui-même évoqué le crime de rôdeur.

Kevin préféra se contenter de lever les yeux au ciel en guise de réponse.

Un silence gêné s'installa de part et d'autre. Silence interrompu par le vicaire général qui, fort opportunément, déclara :

— Si vous voulez bien me suivre, Kevin, puisque monseigneur ne s'y oppose pas, nous mettrons à votre disposition les informations que vous sollicitez.

Ils se déplacèrent à travers les bâtiments de l'évêché.

— Nous irons converser dans le bureau même du coadjuteur, si vous n'y voyez pas d'inconvénient.

— Aucun.

Le cabinet de travail était vaste et lumineux. Une grande baie vitrée, encadrée par de lourds rideaux moirés, laissait entrer le soleil à profusion. Les murs étaient lambrissés de bois exotique, et la table de travail sur laquelle devait s'affairer le prélat était quant à elle une copie d'un meuble Louis XV, aux dires du vicaire général. Paradoxalement, le fauteuil était de facture moderne. Un ordinateur dernier cri, semblait-il, trônait à proximité. La pièce se prolongeait par un coin bibliothèque relativement important, dont les rayonnages, surchargés de volumes, contribuaient à donner une impression de sérénité à l'ensemble.

Le lieutenant s'approcha et put découvrir que le défunt ne s'intéressait pas qu'aux ouvrages religieux. Des brochures traitant d'informatique jouxtaient des catalogues sur l'émergence des start-up qui avoisinaient eux-mêmes des fascicules sur les investissements dans l'immobilier.

Avant même qu'il ait eu besoin d'interroger son interlocuteur, ce dernier, qui avait noté sa surprise, répondit à la question muette du policier.

— Monseigneur Morandin était chargé des problèmes financiers au niveau du diocèse. Il était en poste depuis peu de temps à Montpellier et arrivait de Paris où l'épiscopat l'avait désigné pour veiller au développement du patrimoine religieux. Vous n'êtes pas sans savoir que, de par la baisse du sentiment religieux, les quêtes ne permettent plus aux serviteurs de Dieu de subsister, et les réparations des églises, cathédrales et autres édifices qui nous incombent ne peuvent plus être assurées de façon satisfaisante. Bien souvent, les évêques ont dû troquer les bâtiments dans lesquels ils se logeaient et qu'ils ne pouvaient plus entretenir, pour des locaux beaucoup plus modestes.

Kevin se contenta de hocher la tête en guise d'assentiment. Il se dirigea vers la baie vitrée qui donnait sur un jardin intérieur, permettant aux religieux résidents de profiter, lorsqu'ils en éprouvaient le besoin, d'un peu de calme et d'un environnement plus propice au recueillement.

— Avez-vous touché, déplacé ou enlevé quoi que ce soit ?

— Non, rien du tout.

— Nous allons être obligés d'effectuer une perquisition dans cette pièce et de saisir l'unité centrale de l'ordinateur, annonça Kevin, et…

— Êtes-vous vraiment sûr que cela soit nécessaire ?

— Évidemment, cela fait partie de la routine. Mais tranquillisez-vous, tout se fera dans la discrétion et je vous ramènerai moi-même le PC dès que possible.

Kevin passa aussitôt un coup de fil à ses collègues de la police technique et scientifique, pour qu'ils viennent sur-le-champ emporter l'appareil.

— Pouvez-vous me parler de la vie du coadjuteur ?

— Qu'en dire ?… Il n'était pas là depuis très longtemps et je n'ai pas eu le temps de le côtoyer, de façon plus intime. C'était un homme, comment dirais-je, très moderne d'esprit, qui estimait que l'Église devait entrer de plain-pied dans la modernité pour survivre et maintenir le rayonnement spirituel qui a été le sien depuis des siècles. Voulez-vous prendre une tasse de thé ?

Notre enquêteur comprit qu'il s'agissait là d'une manœuvre de diversion et que sa qualité de diacre ne lui serait pas d'un grand secours pour obtenir des confidences.

Devant la réponse positive de son vis-à-vis, le vicaire général invita du geste Kevin à le suivre. Ils se rendirent dans un petit salon où ils dégustèrent, à petites gorgées, le breuvage brûlant. Puis le vicaire général, appelé par un laïc, dut s'excuser.

Il raccompagna son visiteur à la porte d'entrée de l'évêché, où ce dernier devait attendre ses collègues. Une quinzaine de minutes s'écoulèrent avant que Kevin n'accueille les spécialistes en informatique. Il regagna en leur compagnie les appartements du défunt prélat, et décida d'effectuer une perquisition en règle.

Il ne lui fallut pas moins d'une heure pour rassembler un ensemble de documents dont l'étude lui paraissait indispensable dans le cadre de ses futures investigations. Il envoya Bernard chercher le vicaire général afin que la saisie des documents soit officielle.

— Vous avez fouillé la chambre ? s'enquit Patricia, s'adressant à son supérieur.

Kevin se retourna vers le prêtre qui l'accompagnait. Ce dernier, en guise de réponse, marmonna :

— Vous n'avez pas demandé à la visiter. Je pensais que cela ne vous intéressait pas ! Suivez-moi.

Et nos trois compères regagnèrent, à nouveau, l'antre du monsignore. Une fois sur place, à la grande stupéfaction des policiers, leur accompagnateur fit coulisser une partie de la bibliothèque, couverte d'ouvrages, dévoilant ainsi une grande pièce : la chambre du père Morandin.

Devant la surprise manifestée par leur supérieur, Patricia adressa un clin d'œil à son coéquipier et, non sans malice, lança :

— Un bon professionnel y aurait pensé… tu ne crois pas, Bernard ?

Kevin, qui avait bien compris le message, estima qu'il s'agissait d'un juste retour des choses et s'abstint de tout commentaire.

La mine renfrognée, il s'engagea plus avant dans la chambre du prélat. De dimension moyenne, quatorze mètres carrés environ, elle recelait un magnifique lit à baldaquin, qui en occupait le centre, ainsi qu'une commode et une armoire. De lourds rideaux de velours encadraient une baie vitrée qui donnait sur une petite cour intérieure.

— Apparemment, il n'y a pas grand-chose d'intéressant ! s'exclama Kevin, comme s'il voulait excuser la faute qu'il avait commise.

— Effectivement, répliqua Patricia, tout en se baissant pour regarder sous le lit, alors que Bernard ouvrait l'armoire en chêne massif.

— Bien. On se retrouve à l'hôtel de police, lança le lieutenant à l'ensemble de ses troupes, notamment à ses collègues de l'identité judiciaire qui finissaient d'emballer le matériel saisi. Et, sans attendre de réponse, il se dirigea vers le cabinet de travail de l'évêque, où il fut introduit immédiatement.

Le bureau de Mgr Durantour occupait une pièce spacieuse aux dimensions vraiment impressionnantes. Le plafond voûté était recouvert de fresques décrivant le Jugement dernier, et la rénovation qui en avait été faite, peu de temps auparavant, permettait aux couleurs de resplendir. Ce décor avait charmé Kevin, lorsqu'il avait rencontré le prélat pour la première fois.

Assis dans un fauteuil en cuir, seule concession au modernisme, l'hôte des lieux fit signe à son interlocuteur d'avancer. Visage de patricien, le cheveu rare, à soixante-huit ans, le responsable du diocèse s'exprimait d'une voix onctueuse. Ses gestes mesurés révélaient un homme tout en réflexion. Son élocution ferme au verbe bien articulé dévoilait quant à elle une personne habituée à communiquer devant un large auditoire, mais également quelqu'un qui ne devait pas accepter ou tolérer aisément la critique ou la contestation. La pâleur de ses traits indiquait toutefois une grande lassitude, voire quelque chose de plus profond. Le bruit courait – la présence d'un évêque coadjuteur aidant – que le responsable du diocèse était malade. Ce qui justifiait l'existence d'un autre ecclésiastique chargé officiellement de lui succéder.

— Asseyez-vous, Kevin, chuchota l'évêque en se levant péniblement pour rejoindre son interlocuteur, qui venait de s'installer dans un des deux fauteuils Voltaire situés en vis-à-vis.

— Nous sommes heureux que l'enquête vous ait été confiée. Mieux que tout autre vous aurez à cœur de résoudre ce mystère et surtout de couper court à toutes les affabulations dont les médias inondent l'actualité. Avez-vous une piste ?

— Mon père, reprit le lieutenant Normand, je ne crois pas que nous nous trouvions face à un crime de rôdeur. Trop d'éléments contredisent cette hypothèse : les objets les plus précieux n'ont pas été dérobés, l'alarme protégeant la niche renfermant le reliquaire a été débranchée, et il est certain que la vitre elle-même a été fracturée après, j'insiste là-dessus, après avoir été ouverte. Cela veut dire que l'on a essayé d'étayer la thèse d'un vol par effraction, alors que cela n'était absolument pas le cas. C'est une sorte de mise en scène.

Le prélat ayant porté ses deux mains à son front, comme pour soulager une grande souffrance, Kevin articula :

— Pourriez-vous me parler de votre adjoint ?

Après quelques instants de silence, Mgr Durantour prit la parole :

— Le père Morandin n'est ici… je devrais dire n'était ici que depuis quelques mois, dans le seul but de me succéder, d'où son titre de coadjuteur. Vous n'avez pas eu l'occasion de le rencontrer souvent, n'est-ce pas ?

Devant le mutisme de son interlocuteur, il continua :

— Il s'agit d'un prêtre originaire de la région, un de ces ecclésiastiques en phase avec le monde actuel. C'était quelqu'un, il faut bien l'avouer, d'assez imbu de sa personne. Il a exercé à Rome quelques années et était conseiller à l'Institut pour les œuvres de religion. Il y a fait merveille, paraît-il. Notre diocèse, mais vous le savez bien, connaît une période de vaches maigres. Les finances sont au plus bas et nous n'arrivons pas à effectuer toutes les réparations nécessaires au maintien de notre patrimoine.

— Il s'intéressait à l'immobilier ainsi qu'à l'Internet ? s'enquit Kevin.

— Tout à fait. Ne m'en demandez pas plus, car il n'était mon adjoint que depuis peu et, pour ma part, je suis peu préoccupé par ces disciplines. J'estime – et il ne pensait pas du tout comme moi, du moins dans ce domaine – que la véritable richesse de l'Église tient dans la foi et non dans sa capacité à emmagasiner des biens.

Puis, après un long silence que son interlocuteur n'osa pas interrompre, le prêtre questionna :

— Comment se passent vos activités de diacre ?

— Très bien, mon père. J'ai officié, à plusieurs reprises, dans des communes aux alentours de Montpellier et...

— Dimanche vous irez sur la paroisse de Baillargues assister le père Boiteux, il se fait vieux et votre présence lui sera d'un grand secours.

L'évêque se leva et Kevin comprit que l'entretien touchait à sa fin. Après que le prélat l'eut reconduit à la porte de l'évêché, il se dirigea rapidement vers la cathédrale Saint-Pierre, toute proche. Cette église lui était particulièrement chère. C'est ici même qu'il avait décidé de franchir le Rubicon.

En effet, c'était dans l'une des chapelles de cette

cathédrale qu'il s'était déterminé et avait été invité – après une première période de deux ans, dite de discernement –, à poursuivre sa démarche personnelle vers l'état de diacre. Il lui avait fallu deux ans bien sonnés, et un certain nombre de réunions – encadrées par des prêtres, des théologiens, d'autres diacres également, des psychologues et même par un psychiatre –, pour affirmer son engagement et prouver aux autres que son comportement et sa foi correspondaient bien aux canons de l'Église. Tout cela au terme d'un réel labeur personnel, de trois à quatre heures hebdomadaires consacrées à l'étude de la théologie biblique et de l'histoire des religions. Puis quatre autres années s'en étaient suivies, avant qu'il ne soit nommé diacre, au cours d'une cérémonie appelée l'ordination. Mais pouvait-on appeler cela un travail ? « Un véritable enrichissement en fait », jugea-t-il. Il lui restait deux années d'études supplémentaires, le cursus officiel étant de huit années.

Évidemment, cela l'avait coupé de ses collègues. Alors que tous les célibataires, et même ceux qui ne l'étaient pas, se retrouvaient le soir autour d'un verre pour débattre des problèmes de la journée ou refaire le monde, lui rentrait chez lui pour étudier. Cela n'avait pas peu contribué à sa réputation de solitaire.

Mais il avait su prouver que, lorsqu'il fallait ne pas compter ses heures, bosser le samedi ou le dimanche, remplacer au pied levé un enquêteur, il était toujours présent. Et de cela, tout le monde lui était reconnaissant. On savait qu'il était disponible, très disponible même. Et puis il y avait bien eu quelques soirées passées avec toute la brigade, au cours desquelles il avait su aisément se faire accepter et apprécier.

Plusieurs personnes qui venaient d'entrer perturbèrent ses réflexions. « Des touristes », réalisa-t-il. Il décida de regagner son service.

Sur place, un de ses collègues l'informa que le directeur l'attendait. Il se rendit immédiatement dans la tanière de son patron.

— Où en êtes-vous ?

— J'arrive de l'évêché. L'IJ va s'occuper de l'ordinateur. J'ai rapidement visualisé les documents sur la table de travail du monsignore et…

— Pourquoi rapidement ? Ce n'est pas dans vos habitudes. Ne me faites pas regretter de vous avoir confié l'enquête. D'ailleurs, cela ne vous pose pas un cas de conscience, j'espère ? Si tel est le cas, dites-le-moi, vous passeriez la main. C'est compris ?

Comme à l'accoutumée, le chef du SRPJ faisait les questions et les réponses. « Attend-il réellement des explications ? » se demanda Kevin.

— Autre chose, le parquet a ouvert une information et c'est Mme Françoise Rapenaud qui est chargée de l'instruction. Vous l'informerez en direct de vos problèmes, tout en me tenant avisé au préalable, bien entendu. Est-ce clair… ? marmonna le Serpent, en dardant sur son subordonné son regard hypnotique.

— Très clair. L'autopsie est-elle déjà prévue ?

— Oui, j'y assisterai avec vos collègues de la PTS. Le juge d'instruction également. Vous pouvez disposer. Je souhaite avoir de vos nouvelles tous les jours, ne l'oubliez pas.

Kevin regagna son bureau et prit contact avec le responsable de la dizaine de fonctionnaires encore présents sur Saint-Guilhem, et qui faisaient du porte-à-porte.

— Des éléments intéressants ? demanda-t-il.

— Pas vraiment, lui répondit un enquêteur. Des riverains ont bien vu des silhouettes après 20 heures, mais c'est pareil tous les jours. Rien de folichon pour l'instant.

— D'accord. S'il y a du nouveau, appelez-moi immédiatement.

2

Kevin regagna son domicile. Il s'astreignit à grimper quatre à quatre les escaliers, histoire de se maintenir en forme. La journée avait été longue, éprouvante même. Il se jeta sur un paquet de biscuits entamé et, après quelques tergiversations, décida qu'il n'irait pas à sa séance de karaté. Décidément, cette histoire le laissait à plat. Plus qu'il ne le pensait. « Plus qu'elle ne le devrait », se raisonna-t-il. Il prit le parti de dîner en regardant la télé. Une fois n'est pas coutume, estima-t-il. Et puis, au moins, il pourrait ainsi aisément laisser son esprit vagabonder.

Le lendemain matin, il retrouva Patricia et Bernard, qui épluchaient les premiers listings que les différents opérateurs téléphoniques venaient de leur adresser suite aux réquisitions.

— Il y a eu plusieurs centaines de communications, se plaignit le gardien Roset.

— C'est normal, lui répondit Patricia, tu sais bien

que c'est le site touristique le plus fréquenté de la région !

— De toute façon, nous allons classer les appels en trois grands groupes. Ceux qui émanent des portables des habitants de Saint-Guilhem, ceux des touristes français et ceux émis par les étrangers. Puis nous établirons un classement par date d'émission, puis par heure.

— On n'a pas fini, grommela Bernard.

— On s'y met tous, tout de suite. Et en ce qui concerne les caméras de surveillance des banques ?...

— Il y en a deux au niveau des distributeurs automatiques de billets. À proximité du DAB situé devant le parking principal, près du cimetière, il y a une caméra municipale qui est dirigée sur les véhicules, renchérit Bernard.

— Je suppose que vous avez saisi toutes les bandes ou les disques durs et...

— Bien sûr, intervint Patricia, on a déjà prévu de les adresser aux spécialistes de la sous-direction de la police technique et scientifique d'Écully. Ils les exploiteront et nous transmettront des copies que l'on pourra visionner.

— Je n'ai toujours pas compris pourquoi on ne pouvait pas les regarder tout de suite, intervint Bernard.

— C'est pour ça que tu n'es que gardien alors que je suis brigadier-chef, lui lança Patricia, taquine, tout en se baissant pour éviter le stylo que son collègue lui balançait au visage.

— C'est tout simplement que le fait de visionner les cassettes minore la qualité des images que tu peux en extraire par la suite, soupira Kevin.

— Et ils n'ont pas eu l'idée de passer au numérique ? insista Bernard.

— Les établissements bancaires sont au numérique puisque, en règle générale, on saisit le disque dur pour en faire une copie, mais dans l'arrière-pays… vous voyez ce que je veux dire…

— Avec le pognon qu'ils ont !… cela permettrait d'avoir des photos avec une meilleure définition, s'entêta Bernard. Vous n'êtes pas de mon avis ?

Kevin, qui ne voulait pas que la conversation s'éternise, se contenta de hausser les épaules. Il partageait toutefois le sentiment de son collaborateur, dans la mesure où, fréquemment, les images enregistrées sur les cassettes ou disques durs étaient de qualité déplorable. De qualité exécrable même, car les caméras étaient régulièrement positionnées face à l'entrée principale, c'est-à-dire en plein contre-jour…

Tout d'un coup, Kevin bondit sur ses pieds. Il venait de réaliser qu'il n'avait pas trouvé de téléphone portable sur le corps du prélat assassiné.

— Quelqu'un a-t-il vu ou saisi le portable du coadjuteur ? questionna-t-il.

Après un bref instant de silence, Patricia hasarda :

— Il n'en possédait peut-être pas ? Pour un religieux, le temps n'a pas la même importance.

Kevin, bien que conscient qu'en effet le temps n'avait pas une valeur identique pour un laïc ou un ecclésiastique, douta de la pertinence de la remarque de sa collègue dans le cas présent. Notamment compte tenu de ce qu'il avait vu lors de la perquisition, et de l'intérêt manifesté par le monsignore pour les outils liés aux nouvelles technologies.

Il prit son téléphone et appela le vicaire général. Le doute fut rapidement levé. Oui, le père Morandin avait bien un portable, et il en communiqua le numéro au policier. Non, il n'avait pas été laissé ou déposé au diocèse. L'ecclésiastique se servant très souvent de cet accessoire, il y avait de fortes probabilités qu'il le détînt sur lui le jour de son décès.

Après avoir remercié le vicaire, Kevin passa un coup de fil à l'identité judiciaire et demanda le major. Quelques instants de suspense plus tard, le doute fut levé. Le portable ne figurait pas dans la liste des objets découverts sur le prêtre, dans son bureau ou dans sa chambre.

— Il a donc disparu, annonça Kevin à haute voix, comme pour capter l'attention de son auditoire. Je vais tenter le coup en appelant, on verra bien.

Sitôt dit, sitôt fait. Kevin composa le numéro du téléphone qui s'était évaporé. Il en fut pour ses frais.

— Apparemment, le portable se trouve dans une zone qui n'est pas couverte. La sonnerie se déclenche, mais il n'y a aucune réponse et on n'est même pas renvoyé vers la messagerie.

— Il a sûrement été balancé par le voleur dans la rivière qui jouxte l'abbaye, le Verdus, je crois, suggéra Patricia.

— Ou alors dans l'Hérault, un peu plus loin, ajouta Bernard qui ne voulait pas être en reste.

— Tout est possible, trancha Kevin, il faudra contrôler également auprès de l'office du tourisme la liste des hôtels, auberges ou particuliers accueillant des touristes, et vérifier les noms.

Devant la moue dubitative de ses deux collaborateurs, qui indiquaient du regard les listings informatiques qu'ils avaient sous les yeux, et donc la masse de travail qui leur incombait, Kevin précisa :

— Bien, je vais demander au directeur d'en charger les collègues qui font du porte-à-porte, puisqu'ils sont sur place.

Comme il se levait, Patricia l'apostropha :

— Lieutenant, la division criminelle organise une soirée ce soir. Vous êtes des nôtres ?

Après un bref instant d'hésitation, Kevin rétorqua : « Non, j'ai une compétition de karaté et je préfère ne pas faire d'excès ». Puis il sortit. Patricia se souleva de son siège à son tour, s'empara de son casque de moto et annonça qu'elle avait une vérification de domicile à effectuer.

— Je t'ai déjà expliqué que tu n'étais pas son genre, releva Bernard, goguenard.

— Je voulais juste m'assurer qu'il était informé de la tenue de la soirée. Sans plus.

— Par contre, moi, je suis libre, renchérit son partenaire en s'approchant d'elle.

— Dis donc, et ta femme et tes deux mômes, tu y penses ?

— Mais pourquoi vois-tu le mal partout ? À moins que tu n'aies eu l'intention de piéger notre bon lieutenant !

Repoussant Bernard sans douceur, Patricia sortit en claquant la porte.

Pendant que nos enquêteurs se livraient à leurs activités, au sein de l'abbaye de Gellone, une main, quelque part, enregistrait un nom, sur une sorte de parchemin. D'abord la première lettre, le M, puis la deuxième, le O, puis le R suivi du A précédant le N, auquel succédaient le D, le I et le N à nouveau, le tout accompagné d'un prénom. Chaque caractère était inscrit avec application, voire avec une certaine délectation. Changeant de plume, la main traça en rouge sang, une croix symbole de l'instrument de supplice sur lequel le Christ avait trouvé la mort, puis troquant à nouveau la plume au bénéfice d'un autre porte-plume, la même main consigna l'inscription suivante : *requiescat in pace*.

L'auteur de ces quelques mots porta à la hauteur de ses yeux sa modeste page d'écriture, souffla dessus pour en sécher plus rapidement l'encre. Son regard visualisa alors les autres noms, nombreux, qui se trouvaient inscrits avant celui qu'il venait de fixer pour l'éternité. Puis, toujours en silence, il reposa le feuillet, tomba à genoux et se mit à prier.

Dimanche matin, Kevin se leva courbaturé. La séance d'entraînement au dojo avait été douloureuse. Étirements, musculation, notamment des abdominaux, pompes, assouplissements en tous genres, suivis d'une heure et demie de coups de pied, de coups de poing et de plusieurs combats, l'avaient laissé épuisé, vidé. Mais c'était là une activité qui lui était tout à fait indispensable. *Mens sana in corpore sano* (un esprit sain dans un corps sain) était un adage qu'il faisait sien.

Cette activité, qui pouvait sembler brutale, lui était primordiale. Fondamentale pour se sentir fort et pour exorciser, en quelque sorte, la violence quotidienne qu'il rencontrait dans son métier. Essentiel était également l'apprentissage de la respiration, cette ventilation de l'organisme qui lui permettait de dominer les battements de son cœur et de maîtriser ses émotions.

Il avait toujours pratiqué le karaté et, sans se l'avouer vraiment, il continuait à s'exercer histoire de prouver à tous, si besoin était, que ses préoccupations spirituelles ne l'avaient pas amolli pour autant. Ses collègues, en dehors de son directeur, ne savaient rien, du moins le pensait-il, de ses activités de diacre. Non pas qu'il en ait honte, assurément, mais il s'agissait là de son jardin secret et il ne voulait, pour l'instant, aucune interférence avec son métier.

Mais Kevin était conscient que ce secret n'en serait plus un, au fur et à mesure que le temps passerait ; ses occupations religieuses, qui allaient crescendo, seraient bientôt de notoriété publique.

Après un solide petit déjeuner, il se dirigea vers la porte de son placard. Côte à côte pendaient ce qu'il se plaisait à appeler « mes uniformes ». D'un côté, sa tenue de lieutenant de police, qu'il ne portait que très rarement pour certaines cérémonies, et de l'autre, ses habits de diacre. Il ne pouvait s'empêcher de sourire à la vue de ce qui pouvait apparaître, pour certains, comme des accoutrements antinomiques.

Il prit son aube, son étole diaconale en laine et coton, et sa dalmatique verte, le vêtement liturgique des diacres. Vert, car symbole du temps ordinaire, c'est-à-dire non dédié à une fête, un baptême ou à une consécration particulière. Il rangea le tout, soigneusement, dans un grand sac de sport, et après une rapide douche, quitta son logement pour récupérer son véhicule et se rendre à Baillargues.

N'ayant aucune raison de se méfier, il omit de vérifier qu'il n'était pas filé. S'il avait prêté plus d'attention à son rétroviseur, notamment après avoir stoppé à Castelnau-le-Lez pour faire le plein dans une station d'essence, il n'aurait pu manquer d'être intrigué par cette moto qui le suivait depuis son départ de Montpellier et qui ne le doublait pas. Or, pour un motard qui chevauchait une 600 cm^3, le respect des limitations de vitesse relevait bien souvent, trop souvent en fait, d'une aimable plaisanterie.

Arrivé devant l'église du village de Baillargues, après avoir laissé son véhicule sur le parking de la mairie, Kevin s'arrêta pour regarder l'édifice dans lequel il allait officier. L'église était enchâssée entre des habitations, et son clocher semblait excentré sur la droite. Elle n'offrait aucun intérêt patrimonial particulier, si ce n'est qu'elle n'avait pu être classée, du fait d'une rénovation de son pavement, non conforme aux souhaits du service des monuments historiques. À l'intérieur, la bâtisse se composait, comme bien d'autres, d'une abside semi-circulaire et de trois travées.

Il se rendit directement à la sacristie située au fond à gauche de l'autel. Après s'être présenté, il fut accueilli par le père Boiteux. Ce dernier, qui avait été avisé par l'évêché de cette aide ponctuelle, lui fit bon accueil. Le curé se plaignit de la désaffection des fidèles, de leur faible participation aux quêtes et du manque de prêtres qui l'obligeait à se couper en quatre pour servir la messe à plusieurs clochers différents.

« Rien de bien nouveau », songea Kevin. Il avait en général droit aux mêmes sempiternelles remarques. Mais aujourd'hui le prieur n'aurait pas trop le temps de s'apitoyer, dans la mesure où il devait s'échapper immédiatement après l'office pour en dire un autre dans le village voisin. « Ce sera toujours ça de gagné », pensa-t-il. Et il aida l'abbé à enfiler ses vêtements sacerdotaux, tâche rendue difficile par son âge et ses rhumatismes.

Dehors, le motard, après avoir garé son engin dans une petite rue, se demandait ce que pouvait bien fabriquer le policier. « Il y a peut-être un lien entre cette église et celle de Saint-Guilhem ? Si je pénètre à l'intérieur, je perds mon anonymat », songea-t-il.

La solution lui apparut lorsqu'il réalisa que c'était l'heure de la messe et que de nombreux fidèles endimanchés se dirigeaient vers le lieu de culte. Après avoir laissé passer une trentaine de croyants, le motard enleva son casque, secoua la tête pour dégager sa queue-de-cheval et, récupérant un sac à main situé dans la sacoche arrière de la moto afin de donner une touche plus féminine à son vêtement de cuir, se déplaça vers la porte d'entrée.

Notre amazone des temps modernes décida de rester au fond de l'église, histoire de pouvoir effectuer un repli stratégique en cas de nécessité. De petite taille, elle se haussa sur la pointe des pieds pour essayer de repérer l'enquêteur de la PJ. Hélas, parmi les fidèles qui lui tournaient le dos, elle ne le remarqua point. Où a-t-il pu passer ? s'interrogea-t-elle. Devait-elle sortir avant que la célébration ne commence ?

Comme elle s'apprêtait à effectuer une marche arrière silencieuse, se disant qu'elle récupérerait bien sa « cible » en planquant près de son véhicule, les prêtres firent leur apparition. Immédiatement, la communauté des chrétiens se leva. Elle avait devant elle un véritable mur humain, et n'entrevoyait que de loin, et imparfaitement, les célébrants.

Elle hésitait à prendre la poudre d'escampette, car elle s'était rendu compte que la porte qui donnait accès à l'église couinait, ce qui attirerait immanquablement l'attention sur son départ. Catholique, mais non pratiquante, elle se résigna à devoir assister à la messe.

Puis l'assemblée des croyants s'assit. Les prêtres tournaient le dos aux fidèles. « Il y en a un beaucoup plus jeune que l'autre », réalisa-t-elle. Les officiants se présentèrent enfin face à leurs ouailles.

Elle en demeura bouche bée.

Elle devait rêver… Pourtant, même coupe de cheveux, même taille, même physionomie. Le vêtement avait beau le transfigurer, il n'y avait pas le moindre doute, c'était bien le policier qu'elle suivait depuis quelques jours. D'émotion, elle se leva et se rassit tout aussi rapidement, réalisant qu'elle était le point de mire de l'assemblée. Elle baissa la tête et se comporta de façon à ne plus se singulariser.

Ce n'était pas le moment de se faire « retapisser ». Elle s'avisa que non seulement elle utilisait des techniques de flics, mais qu'elle se servait de leur langage et de leurs expressions. Réminiscences qu'elle devait, sans doute, à ses deux frères aînés qui exerçaient le même métier en région parisienne.

La tête dans les épaules, elle assista à la totalité de la messe, se demandant si elle devait aller communier, pour s'assurer, de plus près, qu'il n'y avait pas de doute possible. Non, ce n'était pas raisonnable. Au demeurant, le lieutenant ne servait pas l'hostie et se contentait de seconder du regard le vieux prêtre.

À la fin de l'office, troublée, elle s'esquiva, récupéra sa moto et quitta le village.

Le Faucheur avançait, le dos courbé, les yeux fixes, tout à ses pensées, sans rien voir au-dehors, sans entendre le moindre bruit. Il entamait un nouveau pèlerinage d'Arles en direction de Saint-Jacques-de-Compostelle. Assurément, ce n'était pas le premier, mais il priait de toutes ses forces pour que ce soit le dernier.

Il portait une solide paire de baskets et un sac de sport acheté dans un grand magasin, dont il se servait en été, lors de ses balades en montagne. Accrochée à son dos, oscillait la coquille, emblème spécifique du pèlerin, censée lui ouvrir les portes des gîtes d'étape réservés à ceux qui, comme lui, effectuaient le trajet de la Via Tolosana ou Via Arelatensis, plus simplement appelée Route de Provence. Cette voie entièrement balisée était plus connue des randonneurs sous l'appellation de GR 653.

Après avoir traversé Saint-Gilles, il se dirigea vers Montpellier. Puis, il prendrait la direction de Toulouse, bien évidemment, d'où le nom donné à ce chemin, ensuite ce serait Auch, Pau, Oloron, Saintes et enfin le col de Somport, véritable point de convergence de tous les Jacquets, qu'ils aient utilisé la Via Turonensis (voie de Toulouse), la Via Lemovicensis (voie Limousine), ou la Via Podiensis (voie du Puy-en-Velay), avant l'entrée en territoire espagnol.

En vérité, en dehors de ces quatre routes royales, il y avait une multitude d'itinéraires secondaires que tout un chacun pouvait emprunter à sa guise. Mais pour sa part, il serait fidèle, cette fois-ci tout au moins, à la tradition. Il aurait un long trajet à parcourir – environ mille sept cents kilomètres, songea-t-il –, en serrant son bourdon dans sa main droite.

Il lui faudrait bien tout ce temps pour expier. Que le pèlerinage soit effectué à la suite d'une pénitence, d'un vœu, ou à cause de l'immense ferveur dont jouissait Compostelle, toucher le tombeau d'un apôtre du Christ ne pouvait que rapprocher de Dieu et se faire pardonner. Le principe voulait, et veut toujours que ce soit un homme nouveau qui retourne au pays, imposant le respect et faisant l'admiration de tous.

Enfin, c'était du moins ce qui se passait autrefois. Hippolyte – Dieu, qu'il détestait ce prénom – se contenterait de sa propre estime. Certes, il avait les moyens, moyens financiers s'entend, qui lui donnaient l'aisance que son métier de menuisier ne lui aurait jamais permis d'atteindre. Mais à quel prix ! Il égrena le chapelet des biens dont il disposait : un chalet à la montagne, dans les Alpes, une villa sur la Côte d'Azur, au bord de la Méditerranée, un appartement sur la Costa del Sol et cinq autres appartements, en France, qu'il louait. Mais le sacrifice exigé n'était-il pas exorbitant ?

Avait-il vraiment le choix ? Ses ancêtres avant lui avaient connu le même dilemme. Continuer dans la tradition de leur famille et en tirer des privilèges certains, ou y mettre fin ? Il se promettait pour sa part de faire en sorte que ses enfants ne soient plus tributaires des obligations qui avaient été les siennes. « Qui sont toujours les miennes », rectifia-t-il, en courbant plus encore le dos.

Quelques larmes naissantes firent glisser ses verres de contact. Il fut obligé de les remettre en place, de ses doigts malhabiles. Cette barbe à laquelle il n'était pas habitué le gênait et, sans cesse, il y portait les doigts, comme pour s'assurer qu'elle était bien présente. Qui pourrait ainsi le reconnaître ?

Chaque pas, qu'il scandait au moyen de son bourdon – bâton qu'il utilisait à la fois comme appui et comme arme contre les chiens errants –, le rapprochait de sa destinée. Servir. Servir, prédestination à laquelle, bien avant lui, tant d'autres membres de sa famille, de sa confrérie, avaient été pareillement assujettis. Il en était là de ses soliloques, lorsqu'il fut apostrophé par un homme qui cheminait également.

— Vous êtes parti d'Arles ?

Désireux de rester seul et de ne pas se lier en cours de route, il ne répondit pas. Devant un tel mutisme, le pèlerin n'insista pas et, accélérant le pas, s'éloigna. Il n'était pas rare que certains Jacquets fassent vœu de silence. Aussi personne n'imposait sa présence lorsqu'il sentait qu'elle n'était pas désirée. Ce cheminement était également pour beaucoup de pénitents un travail sur soi-même, une découverte ou redécouverte de certaines valeurs.

Hippolyte savait qu'avant d'atteindre son but, il devrait batailler ferme pour rester seul. Seul avec lui-même, seul avec son fardeau, seul avec sa conscience. Mais il s'agissait là d'un préalable obligatoire, dont seul le scrupuleux respect lui permettrait d'échapper à une sanction. Le châtiment des hommes, tout au moins, car en ce qui concernait la sanction divine…

Il pesta encore lorsqu'un couple s'approcha de lui et fit mine de lui adresser la parole.

Depuis que le Conseil de l'Europe avait déclaré officiellement les chemins de Saint-Jacques-de-Compostelle « Premier itinéraire culturel européen », il y avait foule, et garder son indépendance relevait de plus en plus du tour de force.

Avec la fraîcheur qui descendait, il tira la capuche de son K-way sur sa tête. Cela avait en plus l'avantage de l'isoler et de le faire savoir.

*

Les pavés de la rue Impériale luisaient sous l'effet conjugué du soleil couchant et de la pluie qui, bien qu'ayant cessé, laissait apparaître, de-ci de-là, de petites flaques humides sur les carreaux irréguliers de la principale artère de Montpellier.

Euchariste Caravielles promenait ses quatre-vingt-dix kilos d'un pas traînant. Inspecteur de police de son état, il était chargé par le commissaire central de sa bonne ville d'une enquête vraiment particulière. Il n'y avait pas eu moins de cinq crimes, en moins de six mois, dans le centre-ville. Et, attention, en aucune façon l'élimination de margoulins ou de filles de joie, en aucune manière l'assassinat de tenanciers de maisons de débauche, mais les meurtres de cinq honorables citoyens, rentiers pour certains, bourgeois établis pour d'autres. De quoi susciter surprise, mécontentement et frayeur des édiles, à la tête desquels M. Tagezy, maire de Montpellier, tempêtait plus fort que les autres.

« Et de plus, pensa notre enquêteur, trois autres décès ont été classés comme imputables à des accidents ». Euchariste se remémorait encore la colère de son supérieur lorsqu'il avait cru utile de lui rappeler, qu'à ses yeux de policier expérimenté, ces trois morts naturelles ne devaient, pas grand-chose à la nature.

— Vous êtes un incapable, non seulement vous n'arrivez pas à élucider ces homicides, mais vous voulez renforcer la terreur de la population, en signalant des disparitions dont rien ne prouve qu'elles soient d'essence criminelle !

Le regard particulièrement courroucé du commissaire, ajouté à son timbre de voix qui allait crescendo, avait dissuadé son interlocuteur de développer son argumentation.

L'inspecteur se rendait donc, à la demande expresse de son supérieur, à une réunion, provoquée par le maire, sur le développement de la ville. De façon à être absolument visible des participants, de tous les observateurs, à la requête de son chef, il avait dû quitter sa tenue bourgeoise et endosser son uniforme. Uniforme qu'il ne revêtait que peu souvent. Il s'en était d'ailleurs rendu compte en l'enfilant. « Le pantalon en drap bleu a dû rétrécir », pensa-t-il, refusant, en toute mauvaise foi, d'attribuer la nécessité de rentrer son ventre à une autre cause qu'à un tissu de piètre qualité. Les bottes en cuir noir le blessaient, et il se sentait engoncé dans sa redingote en drap noir, boutonnée jusqu'en haut. Heureusement qu'il n'avait pas été obligé d'enfiler sa tenue de cérémonie, avec son écharpe tricolore, sans franges, ses gants blancs et la cocarde à son chapeau rond, en soie.

Lorsqu'il parvint à la salle de réunion, il nota la présence de deux sergents de ville, avec qui il avait eu l'occasion de travailler. L'un d'entre eux lui ouvrit la porte, non sans avoir esquissé, à son intention, une sorte de salut. Le local était bondé et la conférence avait commencé. Il s'en doutait et avait fait le nécessaire pour arriver en retard et demeurer ainsi tout au fond de la salle, lieu d'où il pourrait tout observer, sans être vu, en pouvant s'éclipser discrètement, si le besoin s'en faisait sentir.

La réunion portait sur l'extension de la ville, sur les transformations que la municipalité était en train de mettre en œuvre et sur l'importance de leur bonne exécution.

— Notre cité ne peut rester à l'écart des bouleversements que connaît la capitale, expliquait le premier magistrat qui se trouvait à la tribune. J'ai pris contact avec le préfet Haussmann et les architectes Baltard et Violet-le-Duc pour étudier les projets de réhabilitation des immeubles concernés, continua-t-il. Les transformations ne sont possibles que par la rencontre d'une volonté politique et d'une mobilisation des crédits. Le remodelage que nous voulons mener à bien s'applique à un cinquième de la superficie du centre-ville. La municipalité a dû emprunter d'importantes sommes et les travaux ne pourront être conduits à leur bonne fin sans la participation de tous ceux qui sont intéressés, que ce soit en tant qu'actionnaires, qu'obligataires ou commanditaires.

Euchariste avait effectivement compris que l'aboutissement d'une aussi vaste entreprise, par un fervent admirateur de l'Empereur, ne pourrait déboucher sur des résultats concrets sans d'immenses capitaux qu'aucune fortune particulière ne pouvait fournir.

Il se remémora l'anecdote qui courait sur l'origine des travaux : alors qu'il visitait Montpellier, la voiture de Sa Majesté fut sur le point de verser dans une rue étroite. Inquiet à l'idée d'un possible attentat, M. Tagezy qui se trouvait à ses côtés demanda à son illustre visiteur ce qui venait de se passer. L'empereur aurait répondu, avec le calme et le sang-froid qui le caractérisaient : « Ce n'est rien, monsieur le maire, ce sont des rues à élargir. »

« La spéculation sévit déjà en ville et nul doute que de nouveaux riches feront leur apparition », s'avisa-t-il, en pensant au terme prochain du loyer qu'il devrait verser à son logeur. Cela le ramena immédiatement à son enquête. À ses enquêtes plus exactement, puisque le dénominateur commun à tous les défunts, était qu'ils étaient soit les propriétaires, soit les héritiers d'immeubles voués à la démolition. Plusieurs d'entre eux étaient connus des citoyens pour leur opposition, relayée et amplifiée par la gazette locale, aux travaux que d'aucuns jugeaient dispendieux et pharaoniques. « Montpellier n'est pas Paris », clamaient-ils.

Notre inspecteur sentait, confusément, que les ouvrages d'agrandissement de la place de l'Herbrie, ceux de l'élargissement de la rue Saint-Guilhem, de la prolongation de la rue Maguelone jusqu'à la place de la Comédie, étaient au cœur du problème. Mais encore fallait-il le prouver. Personne n'avait rien vu, personne n'avait rien entendu.

À dire vrai, il avait pu mettre en évidence que tous ces gens avaient été contactés par certaines banques ou certains particuliers qui voulaient acheter leurs biens. Mais toutes les personnes qui avaient été pressenties et, dont certaines s'étaient refusées avec véhémence à toute vente, n'étaient pas mortes pour autant...

Les racontars les plus sots couraient. Tout phénomène qui n'était pas expliqué par les autorités et compris par les citoyens entraînait l'imagination de quelques-uns à mettre en accusation l'existence et le rôle de confréries secrètes dont le but serait de s'approprier, à bon compte, les biens ou terrains d'autrui, dans un dessein spéculatif.

Ridicule, avait tonné le commissaire central, lorsque son enquêteur avait évoqué la rumeur qui se propageait en ville. À ce compte-là, il n'y aurait plus d'habitants à Paris, compte tenu de l'ampleur des transformations et des expulsions en cours !

L'inspecteur fut rappelé à la réalité par un tonnerre d'applaudissements. Instinctivement, il se tint sur ses gardes, conscient que cette manifestation et les quelques regards qui lui étaient adressés par ceux des spectateurs qui l'entouraient le concernaient d'une façon ou d'une autre.

— Je le répète avec fermeté, scandait M. Tagezy, l'enrichissement de notre ville et l'attrait qu'elle doit avoir auprès de nos concitoyens ne doivent pas être occultés ni perturbés par quelques disparitions, et la police mettra tout en œuvre pour arrêter les coupables.

Euchariste prit conscience, tout à coup, de la pression que devait subir le commissaire central. Il toucha du doigt ce que son supérieur avait voulu lui faire également partager : l'inquiétude des élus et l'importance d'un climat serein pour un développement économique durable et fructueux pour tous. Enfin, pour tous…

L'attrait de la capitale régionale, l'arrivée des capitaux des grands propriétaires terriens, par exemple, ne pouvait se faire que dans une situation de calme. Imaginer que la ville de Montpellier soit devenue un coupe-gorge limiterait son expansion et l'attirance qu'elle pouvait exercer sur les financiers et les bourgeois.

Il est vrai que jusqu'à présent, il n'avait pas du tout pris en compte cette dimension. Mais, en quoi cela le concernait-il ? Il ne mettrait pas plus de cœur à l'ouvrage. La mort d'un citoyen, aisé ou non, méritait les mêmes efforts d'enquête. Du moins le croyait-il. Mais il n'était pas sûr que tout le monde partageait cet avis…

Haussant les épaules, il décida de regagner ses pénates et quitta sans plus attendre la réunion.

Le lendemain, il alla à la pêche aux renseignements pour vérifier si ses « mouches » ne pouvaient pas lui apporter quelques informations intéressantes. Il avait déjà reçu dans un bureau jouxtant le sien quelques tuyaux de la part de délateurs et d'indicateurs locaux. Mais aucune piste sérieuse, en réalité, ne s'en était dégagée.

Expérimentant une pratique parisienne, ces informateurs avaient inscrit leurs noms, que nul ne devait connaître, sur la buée que laissait leur haleine sur la glace du guichet. Puis, une fois la somme perçue du caissier dont la prodigieuse mémoire faisait office de registre, ils effaçaient de leur manche toute trace de leur passage.

Il décida, après avoir vérifié le répertoire détenu au commissariat, d'aller voir quelques filles de joie et de faire pression, si besoin était, sur les propriétaires des maisons de tolérance. La réglementation de la police des mœurs imposait aux filles de déclarer tout changement de domicile ou lieu d'activité.

Toute fille publique qui demandait sa radiation des registres de la prostitution devait justifier d'un retour à une meilleure conduite, de moyens d'existence de bon aloi, ou prouver qu'elle était « réclamée » par une personne honorable, précisait même l'article 25 du règlement.

Les autorités avaient ainsi une bonne vision du monde interlope. Eucharistе n'ignorait pas qu'il devait le succès de certaines de ses enquêtes aux informations obtenues auprès d'anciennes maîtresses de maison de débauche, qui s'étaient acheté une conduite et avaient épousé des bourgeois ayant pignon sur rue.

Une heure après, malgré de longues palabres où alternaient suppliques et menaces, il en était toujours au même point. Les seuls ragots qui circulaient mettaient en cause une sorte de société secrète dont les membres assassinaient les riches propriétaires pour boire leur sang au cours de cérémonies orgiaques...

Il se garderait bien, cette fois-ci, d'en parler à son supérieur.

Dépité, las d'arpenter la ville de long en large, l'inspecteur Caravielles de passage devant la vitrine d'un magasin s'arrêta quelques instants pour contempler son image. De taille moyenne, de corpulence forte, le front bas, les cheveux mi-longs, toujours mal fagoté, le teint rougeaud, il se rappela que son patron lui avait reproché son manque d'ambition. Il convenait que les succès qui avaient été les siens auraient pu le propulser vers des postes plus importants.

Il reconnut que son manque de diplomatie et sa volonté à travailler seul, sans contrainte aucune, lui avaient joué, à plusieurs reprises, de forts mauvais tours. Mais qu'y pouvait-il ?

S'il avait profité de ce bref moment de repos pour surveiller ses arrières, notre enquêteur n'aurait pas manqué de remarquer qu'il était suivi par deux louches lascars, qui venaient également de s'arrêter et s'étaient promptement dissimulés dans un recoin.

Notre policier décida d'aller voir un de ses amis – Dieu sait qu'il n'en avait pas beaucoup –, qui tenait une distillerie d'alcool, faisait dans la tonnellerie et même était en train de se lancer dans l'industrie chimique. Il se dirigea vers les faubourgs.

Les douze coups avaient sonné à l'horloge d'un des nombreux clochers de la ville, lorsqu'il arriva devant la fabrique. Personne en vue. Il pénétra dans la partie de la brûlerie dévolue à la fabrication de crème de tartre. Il se rappela le jour où il avait donné la main à son compagnon pour détacher l'incrustation des parois des foudres, ces grands tonneaux dans lesquels le vin se repose et laisse en guise de remerciement, sur les flancs, ce dépôt rougeâtre. Cette crème de tartre, il l'avait appris ce jour-là, était utilisée dans la pharmacie et la teinturerie.

Il fallait s'approcher avec précaution des récipients dans lesquels ce qu'il appelait « la mixture » se faisait, car les émanations fortes et corrosives qui s'en dégageaient étaient la cause de nombreux étourdissements, ce qui expliquait que les portes étaient toujours grand ouvertes, même en l'absence de personnel, pour permettre une bonne ventilation.

Il se pencha au-dessus d'un bain de crème dont l'odeur lui arracha une exclamation de dégoût. Cri qui l'empêcha d'entendre le galop de ses suivants, lesquels, prestement, lui assénèrent un coup de canne ferrée sur la tête et le précipitèrent, après l'avoir saisi par les jambes, dans le tonneau.

Euchariste Caravielles passa de vie à trépas sans même s'en rendre compte. Il ne sut jamais qu'il devait une mort aussi atroce à ses investigations qui, aux dires des commanditaires de son exécution, faisaient de lui un danger potentiel. Il s'approchait trop près de la vérité. Vérité qui ne devait pas être révélée à trop de monde.

Après tout, il n'en serait que la neuvième victime. Et peut-être pas la dernière…

3

Kevin était en train de compulser les procès-verbaux d'audition des habitants de Saint-Guilhem, avec le secret espoir de découvrir un indice intéressant. En pure perte ! « Du moins jusqu'à présent », soupira-t-il. Habitués aux allées et venues des touristes, les autochtones ne prêtaient guère attention à ces derniers. Leur nombre, leur agitation, la sonorité des différentes langues dans lesquelles ils s'exprimaient, constituaient un véritable brouillard pour les résidents.

Seule la lecture des déclarations des commerçants, particulièrement attentifs aux visiteurs, notamment étrangers, était digne d'intérêt. « Il faudra recouper les informations avec le listing des appels téléphoniques », songea-t-il. Il y a peu de chance, toutefois, que l'auteur du meurtre ait pris le temps, ou le risque, de faire des achats, surtout par carte bancaire. Cela permettra de diminuer le nombre de suspects potentiels. Ce sera toujours ça de gagné. Faute de mieux…

La sonnerie du téléphone l'obligea à lever le nez de la masse de documents qu'il compulsait.

— Oui, lâcha-t-il en s'emparant du combiné.

— Lieutenant, c'est Lagarigue. Je viens de recevoir un coup de fil du labo d'analyse et de traitement de signal d'Écully. Vous savez, ils auraient dû examiner le disque dur de l'ordinateur que nous avons saisi…

— Oui, et alors ?

— Ils n'ont pas pu l'éplucher, car il n'y a plus de disque dur. Il a été ôté. Ils nous ont demandé si nous ne l'avions pas casé dans un autre scellé. Mais en ce qui nous concerne, nous avions fait un seul scellé de l'unité centrale. Vous ne l'auriez pas pris avant notre arrivée ?

— J'espère que vous plaisantez, major ! Vous savez très bien que c'est votre job, pas le nôtre.

— C'est ce que je leur ai dit. Vous devriez le leur confirmer, si vous n'y voyez aucun inconvénient.

Immédiatement, Kevin passa un coup de fil à ses collègues de la police technique et scientifique. Il obtint bien confirmation que le disque dur avait disparu et que, par conséquent, il ne fallait pas compter le faire parler.

— Merci quand même, balbutia-t-il, en raccrochant.

À ce moment-là, après un bref coup porté sur

la porte de son bureau, ses deux partenaires firent leur apparition. Le voyant le visage blême et les yeux dans le vague, Patricia l'interrogea :

— Des problèmes, chef ?

— Pas vraiment, je viens d'avoir la PTS à Écully. Le disque dur de l'ordinateur saisi par l'IJ a disparu.

— Disparu ! se récrièrent, simultanément, les deux officiers de police judiciaire.

— Oui.

Après un bref instant de silence, Bernard prit la parole :

— C'est à rapprocher de la disparition du téléphone portable et de la vitrine fracturée de l'intérieur.

Personne ne releva.

— Je retourne à l'évêché, pour vérifier si personne n'a touché à l'ordinateur en question et si le monsignore l'avait utilisé peu de temps auparavant. Qui vient avec moi ?

— Moi, répondit Patricia, avant que son alter ego ne puisse manifester sa volonté. Mais je vous rejoins sur place. Je prends ma moto.

Après avoir poussé la porte d'entrée donnant sur un petit jardin, et pénétré dans le hall d'accueil réservé aux visiteurs, Patricia ne manqua pas de remarquer :

— Le moins qu'on puisse dire c'est que c'est le grand calme. Il ne semble pas que le décès de l'un d'entre eux ait mis la révolution dans le diocèse !

— Peut-être que la mort est quelque chose de

familier aux gens d'Église et qu'ils ne l'appréhendent pas de la même façon ?

— Oui, mais tout de même, un crime !

Les deux policiers furent conduits dans le bureau du vicaire général. Immédiatement, Kevin énonça sa qualité de lieutenant de police, pour que son interlocuteur comprenne à demi-mot qu'il ne souhaitait pas que soient évoquées les relations privilégiées qu'il avait – mais en avait-il vraiment ? – avec l'Église.

— Mon père, savez-vous si l'évêque coadjuteur avait utilisé son ordinateur le jour même de sa disparition ?

— Je ne peux vous répondre, mais je crois que le père Lebois avait passé une partie de la journée avec lui. Posez-lui la question. Mais rencontrez-vous des problèmes particuliers ? Je pense qu'il codait son PC, n'arrivez-vous pas à…

— Ne vous inquiétez pas, nos spécialistes peuvent casser tous les codes possibles. Quelqu'un aurait-il, à votre demande, ou de son propre chef, pris le disque dur de l'ordinateur ?

Après un instant de silence, le vicaire général fixa ses interlocuteurs, et déclara :

— Non, sûrement pas. Pourquoi ? Vous l'avez perdu ?

Patricia, qui n'apprécia que très modérément la réponse, intervint sèchement :

— Nous n'avons pas l'habitude d'égarer ce genre d'élément de preuve, monsieur, déclara-t-elle en insistant sur ce mot, voulant prouver par là même qu'elle était peu sensible à la qualité de celui qui lui faisait face. Cela veut donc dire que quelqu'un de votre établissement – elle appuya lourdement sur le terme – l'a fait dans le but d'entraver nos investigations. Pour quelle raison ? lança-t-elle avec une certaine agressivité.

Le prélat, qui n'était pas habitué à être apostrophé de la sorte, se tourna vers Kevin et, avec le dessein de bien faire comprendre à son vis-à-vis qu'il ne répondrait qu'à son supérieur, précisa :

— Malheureusement, je suis dans l'impossibilité de vous donner la moindre indication sur ce sujet.

— Avez-vous été cambriolé ? La porte du bureau de Mgr Morandin a-t-elle été fracturée ? lâcha coup sur coup Patricia.

— Non, je ne crois pas, protesta calmement son interlocuteur en se levant. Suivez-moi, nous allons parler au père Lebois.

Ce dernier était en train de nettoyer la Laguna, au moyen d'un aspirateur qui semblait avoir connu des jours meilleurs.

Après les salutations d'usage, il répondit avec bonhomie aux questions que lui posa Kevin.

— J'ai passé la journée avec monseigneur. Le matin, je suis venu le chercher ici même, indiqua-t-il du geste en montrant le garage, vers 8 heures. Nous sommes allés au Conseil Général et nous sommes revenus vers 11h30. Il n'a pas mangé, et moi non plus, ajouta-t-il, en faisant la grimace et en passant instinctivement une main sur sa bedaine naissante. Monseigneur avait décrété un jour de jeûne. Je l'ai aidé à nettoyer son bureau pendant qu'il travaillait sur son ordinateur et…

— Il était donc devant son écran vers midi ? intervint Patricia.

— Oui, répondit le père Lebois, en adressant un regard interrogateur au vicaire général, comme s'il avait peur d'avoir annoncé une information qu'il aurait mieux valu taire.

Ne constatant aucun signe de réprobation de la part de son supérieur il continua :

— L'après-midi, je l'ai conduit à l'Orphelinat de la Sainte-Croix et, en fin de soirée, nous sommes allés… Enfin, vous le savez, ajouta-t-il d'une voix chevrotante.

Après avoir remercié les religieux pour leur accueil, Kevin et Patricia s'éloignèrent de l'évêché.

— Tous des faux-culs, ces calotins, proféra-t-elle, je suis sûre que le vicaire sait quelque chose. Convoquons-le. On verra bien si après quarante-huit heures de garde à vue il fait encore le malin !

Patricia, comprenant que la qualité d'ecclésiastique était la raison pour laquelle son supérieur différait une telle mesure, marmonna :

— Après tout, on a déjà mis en GAV des élus, et même récemment un député !

— On sera toujours à temps de le faire, mais ne

tirons pas toutes nos cartouches dès maintenant, répliqua Kevin, qui ne voulait pas prêter le flanc à la critique. D'accord... ? On se retrouve au bureau.

Patricia, en regardant partir son collègue, estima qu'il était bien pusillanime tout d'un coup. Il est vrai, pensa-t-elle comme pour l'excuser, qu'il vaut mieux y aller avec des pincettes !

— Bonjour à tous ! s'exclama-t-elle, son casque de motard dans une main et un gobelet de café dans l'autre.

Elle franchit rapidement le couloir conduisant à son bureau, non sans avoir réussi à tapoter sur la porte vitrée de son rédacteur en chef. Elle poussa un juron... le café, après avoir débordé, lui avait légèrement brûlé les doigts.

— Charlotte ! cria ce dernier qui, ayant entendu la voix de son reporter, ne vit d'elle que sa queue-de-cheval, tellement elle filait.

Il se leva et la rejoignit.

— Alors, vos investigations ? Où en êtes-vous ? Ne me faites pas regretter d'avoir mis sur une affaire de cette importance une néophyte !

— J'ai un scoop, chef, lança Charlotte en déposant son gobelet, et en grimaçant, tant le breuvage était chaud.

— Ah oui ! Le café n'est pas à votre convenance ? ironisa-t-il.

— Ne vous moquez pas de moi, je parlais de

l'enquête sur la mort du curé.

— Vous avez le nom du coupable, ou peut-être mieux… ses aveux ?

— Le flic qui s'occupe de l'affaire est… diacre, annonça-t-elle fièrement.

Puis, devant le mutisme de son rédacteur, elle précisa :

— Vous savez, c'est un laïc qui exerce les mêmes fonctions qu'un prêtre, mais qui n'a pas prononcé de vœux et qui ne peut ni entendre les gens en confession ni consacrer l'hostie.

Observant que son vis-à-vis se contentait de croiser les bras, en s'asseyant sur le rebord de son bureau, elle persista :

— J'en suis certaine, je l'ai vu, de mes yeux vu ! scanda-t-elle en désignant de ses deux index, ses yeux au demeurant d'un magnifique vert diaphane.

— On s'en fout, martela sur le même ton Michel Zerbaud.

Et, devant la stupéfaction de la journaliste, il renchérit en la tutoyant :

— Sa vie privée, on s'en tamponne. Tu ne travailles pas pour Gala ou Jours de France !

Vexée, Charlotte se tut.

— Ce n'est pas parce que je connais ton père, avec qui j'ai bossé il y a vingt ans, que tu peux te permettre de passer tes journées dehors, sans ramener une ligne, car je suppose que c'est le cas ?

— Patientez, monsieur Zerbaud. Le dossier

est tout chaud, on n'a même pas les résultats de l'autopsie. Je suis convaincue d'être sur une grosse affaire.

— Oui, je n'en doute pas. Tu auras sûrement le prix Pulitzer. En attendant, tu vas me couvrir l'accident en gare Saint-Roch. Et rapidement, ajouta-t-il, constatant que la jeune fille ne le prenait pas au sérieux. Je veux ta copie, sur mon bureau, avant 19 heures, lança-t-il en direction de Charlotte qui, rageusement, s'éloigna vers l'escalier de sortie.

Quelques jours après, Kevin et toute son équipe se trouvaient dans son antre pour faire le bilan des investigations. En fait, il fallait bien avouer qu'elles étaient au point mort. L'examen des témoignages recueillis grâce à l'enquête de voisinage et à l'étude des listings informatiques des communications téléphoniques, émises ou reçues sur des portables, ne donnait rien.

Il était nécessaire, au demeurant, pour que cette étude porte ses fruits, que l'on puisse effectuer des comparaisons entre le ou les téléphones d'un ou de plusieurs suspects et le listing. Mais comme il n'y avait aucun suspect…

Le résultat de l'autopsie était décevant. Décevant en ce qu'il n'apportait aucune orientation spécifique à l'enquête. Le prélat ne se droguait pas, n'avait pas de mœurs particulières – contraires au dogme de l'Église du moins –, et n'avait pas le sida. Il n'avait pas été détecté de trace d'alcool et l'examen des restes de nourriture qui se trouvaient dans son estomac ne fournissait aucun élément intéressant.

La sonnerie, stridente, du téléphone retentit. Le lieutenant décrocha.

— Bien, j'arrive.

À la façon dont leur supérieur avait répondu, tout en levant les yeux au ciel, Patricia et Bernard avaient tout de suite compris qu'il était convoqué dans le bureau du Serpent. Il n'eut pas besoin de confirmer leurs soupçons. Il sauta de sa chaise rapidement, et lança :

— Je vais le voir.

Le directeur du SRPJ était seul dans son bureau et tenait en main un télégramme. Il était, comme à l'accoutumée, vêtu avec une évidente recherche, d'un costume gris et d'une cravate rouge. De la main gauche, il faisait basculer autour de son index un stylo, signe d'une certaine perplexité et de nervosité.

Après avoir invité d'un geste, son visiteur à s'asseoir, il lui tendit une copie du TG et le commenta :

— La gendarmerie nous informe d'un accident de chasse. Les particularités sont que la victime a été tuée à Saint-Guilhem, qu'il s'agit d'un des vice-présidents du conseil général, Roger Bonneyroux, et qu'on n'a pas identifié le chasseur auteur du coup de feu… pour la bonne raison qu'il ne s'est pas présenté.

— C'est une affaire pour les gendarmes. Les journaux font état de temps à autre de ce genre d'accident, rétorqua Kevin.

— Je suis de votre avis et…

Il n'eut pas le temps d'aller plus loin dans ses remarques, car un des téléphones qui se trouvaient sur le bureau directorial fit entendre sa sonnerie aigrelette. Après s'être penché sur l'écran du combiné pour vérifier qui appelait, le commissaire divisionnaire décrocha.

— Bonjour, monsieur le procureur.

Il s'ensuivit une courte conversation, ponctuée de hochements de tête et de quelques « Oui, c'est aussi mon sentiment », « Bien entendu ». Enfin, le Serpent raccrocha. Il se leva et fit quelques pas autour de son collaborateur toujours assis. Les policiers du SRPJ avaient baptisé cette attitude la « danse du scalp ». Lorsque leur patron avait ce comportement, cela signifiait qu'il allait être obligé de vous dire quelque chose qu'il n'aimait pas et qui, par voie de conséquence, ne pouvait être que désagréable.

Kevin se rencogna un peu plus dans son fauteuil et rentra les épaules. Le proc n'était, assurément, pas satisfait des résultats de l'enquête. De l'absence de résultat, pouvait-on dire.

— Bien… je m'en doutais et c'est pour cela que je vous ai convoqué. Compte tenu de la personnalité de la victime, je parle du vice-président, le parquet a dessaisi les gendarmes et nous confie le dossier.

Oubliant totalement que quelques secondes auparavant il était parti du principe qu'il s'agissait d'une affaire concernant les pandores, tout au plus leur brigade de recherche, M. Foyard, après avoir toussoté pour s'éclaircir la voix, énonça :

— Vous filez immédiatement sur Saint-Guilhem avec vos deux collègues. Je vous envoie l'IJ. Je n'ai personne d'autre sous la main et puis… cela vous occupera. Vous n'avez pas l'air d'avancer beaucoup dans vos investigations ? proféra-t-il, dardant vers son vis-à-vis son regard acéré, et puis, sait-on jamais ! Les faits ont un dénominateur commun : le lieu où ils ont été commis !

Kevin s'interrogea intérieurement sur les liens qui pouvaient exister entre un accident de chasse et un meurtre… Mais il préféra ne pas ferrailler, même à fleuret moucheté, avec son supérieur. C'était perdu d'avance. « Enfin, cela me permettra d'aller faire un tour à l'abbaye », songea-t-il.

Bernard pilotait la Renault Scénic du service de main de maître. Depuis qu'il avait effectué un stage de conduite rapide sur la piste de Montlhéry, il ne manquait pas une occasion de le rappeler, tant par le verbe que par de brillantes démonstrations. Démonstrations qui conduisirent Kevin, peu de temps après la sortie de Montpellier, à rappeler à son collègue, d'une part, qu'il n'était pas sur un circuit et, d'autre part, que le défunt n'allant pas prendre la fuite, il n'y avait pas lieu de mettre leurs trois vies en danger.

Après avoir poussé un grand soupir, hautement révélateur de ce qu'il pouvait penser d'une telle diatribe, Bernard se résolut à adopter un pilotage plus en rapport avec les règles du code de la route.

Arrivés à Saint-Guilhem-le-Désert, nos trois enquêteurs furent pris en charge par un gendarme de la brigade d'Aniane. Ils traversèrent à pied le parking où ils avaient garé leur véhicule, qui était situé à droite du cimetière, et s'enfoncèrent par un petit chemin vers la vallée du Bout du Monde. En s'éloignant de l'abbaye et en grimpant sur l'un des versants de l'étroit vallon du Verdus, le paysage se dégageait. Montagneux et accidenté, il donnait là une idée de ce qu'était Saint-Guilhem quelques siècles auparavant. Les policiers avançaient en frôlant de profonds ravins, d'imposantes falaises verticales, et en côtoyant quelques gouffres.

Au bout de vingt minutes de marche à un rythme accéléré, Kevin regretta de ne pas avoir chaussé des baskets et d'être obligé, ainsi que ses deux coéquipiers, de faire des efforts dignes d'équilibristes, pour éviter de glisser sur un terrain qui devenait progressivement difficile et rocailleux. Leurs chaussures de ville n'étaient manifestement pas adaptées à la topographie des lieux. Le gendarme, quant à lui, en tenue de combat, portait des rangers et se jouait des pièges que recelait la nature.

Les ravins, de plus en plus nombreux, créaient des gorges sauvages, abruptes, pénibles d'accès, et une multitude de petites vallées étroites. Enfin, ils aperçurent un groupe de personnes, dont plusieurs étaient en uniforme. Cinq gendarmes et deux chasseurs. Après de rapides présentations, le major de gendarmerie, qui commençait à trouver que les policiers marchaient sur ses plates-bandes, leur fit un bref exposé des faits.

Les deux chasseurs qui revenaient, bredouilles, semble-t-il, d'une battue aux sangliers, avaient découvert le corps d'un des leurs. Sur-le-champ, ils avaient pris conscience qu'il était mort. Une balle dans la région du cœur, comme permettait de le supposer la tache rouge qui auréolait tout le torse, n'avait laissé aucune chance à la victime.

— Combien étiez-vous pour cette battue ? interrogea le lieutenant, s'adressant à l'un des deux chasseurs.

— Sept. Quatre sont passés par un chemin différent pour regagner leur domicile et tous les deux, nous avions rendez-vous avec Roger, ici même, indiqua-t-il de la main.

— Nous avons demandé du renfort, intervint le chef des gendarmes, de façon à bloquer les quatre autres personnes et à pouvoir vérifier immédiatement leurs armes de chasse. Tout individu porteur d'une arme à feu sera également contrôlé. Il appartiendra à la balistique, après essais et tirs comparatifs, de trancher.

— D'après vous, en dehors des membres de votre groupe, y avait-il d'autres chasseurs ? questionna Bernard.

— C'est sûr. Cet endroit est particulièrement riche en gibier de tout genre, surtout en sangliers.

— Connaissez-vous les noms des gens qui se trouvaient sur les lieux ? interrogea Patricia.

— Vous savez, tous les chasseurs se connaissent plus ou moins. Mais chacun a ses habitudes, de même que ses méthodes, qu'il garde jalousement. Cet après-midi, nous n'avons vu âme qui vive. Nous avons entendu des coups de feu, c'est évident, mais remarqué personne. Le mieux pour vous sera de contacter la société de chasse qui pourra vous communiquer toutes les identités. Les gardes-chasses également pourront vous aider.

À cet instant, l'équipe de permanence de l'identité judiciaire du SRPJ arriva accompagnée par le médecin légiste et suivie par les sapeurs-pompiers qui, exceptionnellement, se chargeraient du transport du corps à la morgue de l'hôpital Lapeyronnie de Montpellier.

Kevin s'avisa que ce dernier occuperait vraisemblablement un tiroir proche de celui dévolu à Mgr Morandin. « Un point de plus que ces deux affaires ont en commun », pensa-t-il, non sans une pointe d'ironie.

— Bien, intervint Kevin, qui souhaitait obtenir le maximum d'informations avant la nuit, comment s'appelle votre ami ? Vous le connaissiez depuis longtemps ?

— Pour sûr, répondit celui des chasseurs qui

paraissait le plus âgé. Roger est originaire de Saint-Guilhem. Après ses études qui l'ont conduit à Paris où il a exercé son activité, il est revenu dans le Midi. Puis il s'est lancé dans la politique. Il est aujourd'hui vice-président du conseil général, délégué à l'aménagement rural. Il faut dire qu'avant d'être à la retraite, et il l'était depuis très peu de temps, il était inspecteur général de l'Équipement. Mais il n'était pas fier le Roger et n'avait pas oublié les amis, ajouta-t-il dans un grand soupir.

Dès que toutes les identités furent relevées et les formalités d'usage effectuées, c'est en colonne qu'ils reprirent le chemin du village.

Le lieutenant s'approcha alors du responsable de l'équipe de l'IJ pour lui demander si le défunt avait dans ses poches un téléphone portable. La réponse étant positive, il exigea que la puce fasse l'objet d'un examen attentif, précisant qu'il allait adresser toutes les réquisitions nécessaires.

Le médecin légiste s'avança près de l'officier et déclara :

— Dites donc, c'est une véritable hécatombe, ici, en ce moment !

Après quelques instants de réflexion et, inspiré par la vision de l'abbaye de Gellone qui se profilait à l'horizon, Kevin lui rétorqua :

— Les voies du Seigneur sont impénétrables...

Les trois enquêteurs se rendirent en mairie dans le but de rencontrer le garde champêtre. La police municipale n'avait pas encore droit de cité dans ce hameau, et le garde-chasse représentait seul l'autorité. Ce dont avaient besoin les officiers de police judiciaire était en réalité des informations. Dans ce cas, qui, mieux qu'un autochtone, pouvait les tuyauter sur les habitudes des uns et des autres, les amitiés ou les inimitiés, les clans, etc.

Ils furent rapidement mis en présence de Firmin Boissière, garde champêtre de son état depuis trente ans. « Un sacerdoce que la famille Boissière monopolise, pratiquement de père en fils, depuis… un siècle au moins », se rengorgea l'heureux héritier de la charge municipale.

De petite taille, trapu, le béret vissé sur la tête, la trogne rubiconde, l'air matois, le père Boissière ne payait pas de mine. Et pourtant… On réalisait immédiatement qu'il était une véritable encyclopédie vivante de l'histoire du village et que lapins, perdreaux ou sangliers n'avaient pas intérêt à se trouver au bout de son fusil…

Les policiers du SRPJ n'eurent pas besoin de l'interroger. Bien au contraire, ils durent s'unir pour endiguer le flot de paroles qui s'échappait des lèvres du digne représentant de l'autorité locale. Ulcéré par les pratiques des chasseurs de la nouvelle génération, Firmin noya les enquêteurs sous une logorrhée verbale, dont il était difficile d'isoler l'essentiel, c'est-à-dire ce qui était utile à l'enquête.

Kevin mit ce comportement sur le compte de

l'émotion et de l'auditoire particulier à qui il s'adressait. Il se promit de revenir, pour essayer d'y voir plus clair.

Les noms cités et soupçons portés par le garde champêtre auraient suffi à occuper les cent cinquante fonctionnaires du SRPJ pendant un mois… !

L'état civil du défunt avait pu être établi comme suit : Roger Bonneyroux, né le 13 juin 1944, à Aniane, veuf sans enfant, inspecteur général honoraire de l'Équipement, vice-président du conseil général et – et ce n'était pas le moindre de ses titres –, enfant du pays.

Sur la place de la Liberté, Kevin tint un véritable conseil de guerre avec ses collègues.

— Patricia, vous restez en liaison avec les gendarmes pour avoir les coordonnées de tous les chasseurs en action de chasse ce jour-là et même les jours précédents. Pensez à vous faire remettre toutes les armes qu'ils auront récupérées, pour les examens balistiques par le labo. Vous irez également à la préfecture, au service des armes, pour que l'on vous confie la liste des propriétaires d'une arme à feu. Oui, je sais – précisa-t-il, anticipant son objection –, même si la loi fait obligation depuis 1996 à tout détenteur d'une arme de quatrième catégorie de le signaler en préfecture, il y a peu de gens qui le font. Mais sait-on jamais ?

Bernard, je veux que vous vous chargiez d'identifier toutes les sociétés de chasse d'une zone entre

Saint-Guilhem, Aniane et Saint-Jean-de-Fos. Prenez contact avec elles et faites-vous remettre la liste de tous les sociétaires. Ah ! j'allais oublier, vérifiez auprès des gardes fédéraux les noms des braconniers qui ont été arrêtés et de tous ceux qui sont connus pour chasser sans aucune autorisation. Pour ma part, je vais interroger les chasseurs interpellés.

La nuit étant déjà là, les enquêteurs décidèrent de regagner le siège du SRPJ.

Sur le chemin du retour, ils croisèrent de nombreux véhicules dont un arborait l'emblème de FR3. C'était l'hallali !

Dès son arrivée au service, le lieutenant Normand alla faire son rapport à son patron, lequel se chargerait, à son tour, d'aviser le procureur. Selon toute vraisemblance, il s'agissait, et pour une fois Kevin était d'accord avec son directeur, d'un accident de chasse. Seule la fonction de la victime justifiait que la PJ soit chargée du dossier. Cela distrairait malheureusement les enquêteurs de tâches essentielles aux investigations sur des affaires véritablement criminelles, elles.

Avant de regagner son domicile, Kevin s'attarda dans un bistrot situé non loin de son habitation dans une petite rue qui rejoint l'avenue Foch. La devanture ne payait pas de mine, mais la cuisine était familiale et l'accueil chaleureux. Il y régnait une ambiance bon enfant qui lui permettrait de faire table rase des soucis de la journée et d'avoir d'autres sujets de conversation.

À son arrivée, Lionel, grand barbu chevelu, à la dégaine soixante-huitarde, tenait le crachoir. Il salua le nouvel arrivant d'un ample geste de la main, tout en criant : « Attention, taisez-vous, de grandes oreilles nous écoutent. » Mais comme pour démentir cette appréhension et ce jugement à l'emporte-pièce, il s'approcha de lui et, lui passant le bras sur l'épaule, l'entraîna vers le bar pour lui offrir une bière.

Lorsqu'il regagna, péniblement, ses pénates, notre enquêteur avait réussi à tout oublier des problèmes de sa journée. Une bonne douche pour enlever la fatigue et les odeurs de fumée et il rejoignit son lit.

Le lendemain, il fut tiré d'un profond sommeil par la sonnerie de son réveille-matin. Il sauta du lit et, après de rapides ablutions, suivies d'un solide petit déjeuner, il se pencha par la fenêtre pour regarder le ciel. Oui, il ferait beau ! Il endossa une chemise jaune sable, assortie d'une cravate jaune rayée de marron foncé, et revêtit son blouson en cuir. Il était le seul officier à porter une cravate et n'affectionnait pas particulièrement le jean. En cela aussi, il se démarquait de ses camarades. Mais après tout... Après avoir enfilé un pantalon en flanelle aux tons gris, il descendit quatre à quatre les escaliers pour rejoindre sa voiture, en espérant qu'elle n'avait pas été roulottée. Il prenait au demeurant grand soin de ne laisser à l'intérieur aucun objet susceptible d'être dérobé ou d'attirer l'attention d'un rôdeur.

Dans le spacieux hall d'entrée du commissariat, point de passage obligé du public et, heureusement, des médias également, il y avait foule. Il reconnut plusieurs journalistes de la presse écrite, mais surtout des présentateurs vedettes du petit écran, qui n'avaient pas hésité à faire le trajet depuis la capitale. « Le sujet doit être particulièrement porteur, en terme d'audience », songea-t-il.

Dès son arrivée dans son bureau, il découvrit un exemplaire des journaux locaux et nationaux. Le Midi Libre côtoyait le Figaro et les titres des premières pages traitaient du même sujet : la mort d'un homme politique qui était associée à celle du monsignore. Encore une fois, il se dit que les journalistes allaient vite en besogne.

Il est vrai que leurs écrits ne subissaient la censure ni des avocats ni des tribunaux. Du moins pas de façon systématique. En parcourant rapidement les articles, il fut surpris d'apprendre que les deux personnes se connaissaient, et même se fréquentaient, ou plus exactement s'étaient côtoyées.

« Voilà de quoi nourrir mes prochaines recherches », rumina-t-il en haussant les sourcils.

Il se dirigea ensuite vers le bureau que partageaient ses deux collaborateurs. Ils étaient tous deux au téléphone, l'un avec la préfecture et l'autre avec les gendarmes d'Aniane. Il se retira sur la pointe des pieds et contacta le substitut de permanence pour savoir si le parquet prenait l'initiative d'une autopsie, avant l'ouverture d'une information. C'était le cas. Il y était même convié. Le chef du SRPJ n'ayant pas manifesté, cette fois-ci, le même intérêt que dernièrement, il allait être obligé de payer de sa personne. Consultant sa montre, il réalisa qu'il avait juste le temps de se rendre à l'hôpital.

Il slaloma au volant de son véhicule, afin de ne pas rester coincé, dans les sempiternels embouteillages de Montpellier. Si l'agglomération, sous la tutelle d'un maire bâtisseur, pouvait s'enorgueillir d'être devenue une « technopole », les travaux perpétuellement en cours ne faisaient que se déplacer d'un quartier vers un autre et confinaient au cauchemar.

Actuellement, toute la ville subissait les ouvrages dus à la construction de la deuxième ligne de tramway. Kevin mit le gyrophare aimanté sur le toit de sa voiture, et remonta rapidement l'avenue du Professeur Grasset en utilisant les voies réservées au tram, comme d'autres qui eux ne bénéficiaient pas, du moins légalement, de la même possibilité.

Il s'arrêta juste devant la porte de l'institut médico-légal et, après avoir pris une dernière bouffée d'air pur, y pénétra. Ce n'était jamais sans une certaine appréhension qu'il s'introduisait dans ces locaux. Le couloir qui conduisait aux diverses pièces sentait le désinfectant. Il salua une ou deux personnes, des fonctionnaires de l'IML, et s'avança dans la salle, où déjà le praticien chargé de l'autopsie était à l'œuvre.

— Ah, vous voilà, lieutenant. Approchez, lança le docteur Labourlette, qui était en train de compulser le rapport établi par l'identité judiciaire.

Kevin se rapprocha et le médecin légiste entama sa litanie habituelle : sexe, race, poids, âge apparent... Il demanda à l'officier de lui relater une nouvelle fois, puisqu'il venait de prendre connaissance du compte rendu qu'il avait entre les mains, les circonstances du décès. Kevin s'exécuta.

Le fonctionnaire de l'IJ installa son trépied et son appareil photo de façon à pouvoir, tout au long des opérations du toubib, prendre des clichés. Notre enquêteur se retira à l'écart. Le légiste égrena ensuite la liste des différents organes pour les décrire. Il semblait impensable à l'officier de police judiciaire qu'un individu puisse se réduire à une somme d'éléments organiques. Et l'âme ? avait-il envie de dire. Mais il s'en garda bien.

Le clinicien poussa un ouf de soulagement et, triomphant, exposa à la vue des divers participants un petit morceau de plomb. Comment un si modeste bout de minerai pouvait-il être à l'origine de la mort d'un individu, un être doué de raison, d'esprit et de spiritualité ! Les lois de la balistique et de la physique donnaient pourtant la réponse.

La balle, ou du moins ce qu'il en restait, fut mise sous scellés aux fins d'examen par les services spécialisés. Si l'enquête permettait de découvrir une arme suspecte, les tirs de comparaison auraient tôt fait de déterminer si elle était bien sortie de son canon. En effet, les stries ou les diverses imperfections qui pouvaient exister se retrouvaient automatiquement sur le projectile qui en jaillissait. Évidemment, seule l'étude au microscope électronique révélerait tous ces détails, que l'œil nu ne décelait pas.

L'autopsie terminée, Kevin ne s'attarda pas et gagna la sortie. Il se demandait toujours comment ses collègues de l'identité judiciaire pouvaient supporter toutes ces manipulations. Car eux devaient assister à toutes les dissections puisqu'ils étaient chargés d'effectuer scellés et clichés photo… Il n'aurait pas aimé être à leur place.

Il passa alors un coup de fil à ses deux coéquipiers et leur donna rendez-vous, avec une équipe de la police technique et scientifique, à l'hôtel du département. Il était temps d'y opérer une perquisition.

Auparavant, il contacta son supérieur, pour s'assurer qu'il n'y avait aucune interdiction ou contrainte particulière à effectuer une perquisition. Ce dernier l'informa qu'il allait téléphoner séance tenante au président du Conseil Général pour l'en aviser. Ne serait-ce que par courtoisie. La simultanéité de cet avis et de la perquisition permettait d'éviter que le ménage ne soit fait avant l'arrivée de la police. Encore que, dans ce cas-là, la fouille se pratiquerait chez une victime et non chez un élu mis en examen.

Une fois sur place, il attendit l'apparition de son

équipe, qui précéda, de peu, l'arrivée de la PTS.

Le hall d'entrée était immense et la hauteur sous plafond impressionnante. Au guichet, les deux employées paraissaient perdues dans cet environnement de glaces et de verdure. Ils furent invités à se rendre au troisième étage, où ils furent accueillis par un huissier, lequel, après avoir à son tour joint par téléphone un de ses supérieurs, déclara :

— Le président est informé de votre venue, suivez-moi.

Ils emboîtèrent le pas du fonctionnaire territorial, qui les guida à travers un labyrinthe de couloirs.

Le bureau de l'élu n'était pas aussi vaste que nos enquêteurs l'avaient imaginé. Quinze mètres carrés, tout au plus. Le mobilier de couleur claire, de facture moderne, consistait en une table de travail sur laquelle trônait l'inévitable micro-ordinateur à écran plat, une bibliothèque vitrée et un meuble de rangement bas. Les lieux étaient, par contre, ajourés par une grande baie à travers laquelle la vue portait loin. Cela contribuait à donner l'illusion d'un volume beaucoup plus important à la pièce.

Kevin se dirigea vers l'ordinateur qui était en veille. Il allait appuyer sur une touche du clavier lorsque le léger toussotement du responsable de l'équipe de la PTS le rappela à l'ordre. C'était leur job. Après avoir haussé les épaules, il se recula et jeta son dévolu sur l'agenda de l'élu. Toutes les pages étaient noircies de rendez-vous, de noms et de numéros de téléphone. Il nota rapidement que le patronyme de l'évêque coadjuteur revenait toutefois assez souvent. Il remit le document au brigadier-chef Bonnaud et, du regard, invita cette dernière ainsi que le gardien Roset à s'atteler à la bibliothèque.

— On cherche quoi ? hasarda Bernard.

C'était une bonne question. Après quelques instants de réflexion, le lieutenant déclara :

— Je n'en sais pas plus que vous. Tout ce qui peut avoir un lien avec des chasseurs ? Par exemple, une lettre de menace anonyme… Emparez-vous également de tout dossier dans lequel le nom de Morandin apparaît.

— Vous faites un lien avec cette affaire ?

— Non, pas obligatoirement, mais sait-on jamais ?

Nos enquêteurs se retirèrent, après avoir saisi l'unité centrale du PC de l'élu, ainsi que son agenda personnel et une caisse de documentation qu'il faudrait éplucher.

Dans le hall d'entrée du conseil général, le président tenait une conférence de presse, dans laquelle il faisait l'inévitable panégyrique de son collaborateur. Les officiers de police judiciaire refluèrent rapidement et se firent guider vers une porte située à l'arrière du bâtiment, réservée aux livraisons de matériel. Ils purent ainsi quitter les lieux discrètement.

Pendant ce temps, au sein de l'abbaye, une main, toujours la même, traçait avec la même application les lettres suivantes : B puis O puis N, N, E, Y, R, qui précédaient les voyelles O et U et enfin la consonne X. Le prénom fut inscrit d'un seul jet : Roger. La main, et avec elle celui à qui elle appartenait, se recula. On n'entendait aucun bruit. Le grattement de la plume sur le parchemin avait cessé. Une deuxième ombre se rapprocha, prit à son tour une plume et consigna, en rouge sang, une croix. Levant les yeux au ciel, le Faucheur se retira, laissant ainsi la place à son compagnon, qui porta, enfin, la mention : *requiescat in pace*. Le tout dans un silence religieux. Après avoir soufflé sur l'inscription, pour en accélérer le séchage, les deux initiés se mirent à genoux et entrèrent en prière.

Kevin regagna son domicile plus tôt qu'à l'accoutumée. Il avait besoin de se dépenser, physiquement tout au moins. Il enfila un short et un tee-shirt, chaussa sa paire de baskets et descendit quatre à quatre les escaliers. Il se dirigea au petit trot vers le zoo Lunaret et le bois de Montmaur, haut lieu des joggers de la ville.

Au bout d'une petite heure, il avait abattu quelque dix kilomètres. Il était en nage, mais comme c'était souvent le cas, en pleine forme. Ce genre d'exercice lui permettait non seulement d'évacuer les toxines, mais de récupérer un dynamisme et un enthousiasme qui lui étaient absolument indispensables. Il décida de poursuivre par une séance de musculation.

Il n'y avait pas grand monde dans la salle de muscu de l'hôtel de police. « Tant mieux », se dit-il. Rien ne l'exaspérait autant que de faire la queue devant une machine. Il enchaîna, coup sur coup, deeps et abdominaux sur la chaise romaine. Puis il effectua trois séries de dix tractions à la barre fixe. Il s'agissait là d'un exercice particulièrement difficile. Arriver, à la force des bras, à hisser ses quatre-vingt-cinq kilos, pour permettre à sa nuque d'être en contact avec la barre, requérait de sacrés muscles. « Mais c'est le meilleur mouvement pour avoir des épaules larges », lui avait seriné son ancien entraîneur. Aussi s'y soumettait-il régulièrement.

Il continua par quelques écartés latéraux, mouvement qui consistait à déployer ses bras en croix, lestés de poids, tout en étant allongé sur un banc. Après une heure d'exercices intensifs, il était vidé. Il décida de réintégrer son domicile. Demain, samedi, d'autres activités éprouvantes l'attendaient.

Au bout d'une nuit quelque peu agitée, peuplée de meurtres face auxquels il était demeuré impuissant, il fut réveillé en sursaut par le pin-pon caractéristique des pompiers. D'un bond, il fut à la fenêtre, juste à temps pour voir l'arrière du camion rouge de ces derniers disparaître à l'angle d'une rue. 8h30, déjà. Après une rapide toilette et un petit déjeuner sur le pouce, il regagna l'évêché. Il avait rendez-vous avec plusieurs diacres.

Ils étaient tous réunis dans une grande salle voûtée aux pierres apparentes. Kevin affectionnait tout particulièrement ces réunions au cours desquelles les participants, issus de milieux très différents, échangeaient des idées, parfois singulières, mettant ainsi en évidence leurs origines sociales ou leurs activités professionnelles. Il était fonctionnaire de police, Paul était médecin, André, professeur, Antoine, berger dans les Causses, Louis, maçon, et Alain, libraire.

Presque toutes les couches de la société étaient représentées au travers des vingt mille diacres permanents en France. Les préoccupations des uns et des autres étaient très contrastées, mais ils avaient tous en commun la même volonté : servir. Servir l'Évangile, œuvrer pour que les enseignements du Christ ne restent pas de l'ordre de l'incantatoire et ne soient pas réservés à un petit nombre de prêtres.

Le ministère diaconal était appelé à exercer un effet d'entraînement dans plusieurs domaines. Ils en étaient tous convaincus. Les diacres permettaient de relativiser la pénurie des prêtres, et ceux qui étaient mariés représentaient, pour certains, le signe avant-coureur d'un appel d'hommes mariés au presbytérat. Des membres du clergé mariés... ! Il s'agissait là d'un sujet qui sentait le soufre et que l'évêque en titre n'aimait pas évoquer, tant il semblait remettre en cause les préceptes de l'Église. Dogmes qui, en ce domaine, ne variaient pas d'un iota. C'est d'ailleurs pour cela que ce thème était intéressant et qu'il attirait de nombreux curés et créait de brillantes joutes oratoires.

Il fallait, au quotidien, rendre l'enseignement de l'Évangile plus familier à chacun et l'expérience ainsi que le capital culturel de chacun de ces diacres ne pouvaient que rejaillir de façon bénéfique sur l'Église. Ils s'étaient tous engagés, avec charité et simplicité, à aider les prêtres et l'évêque à faire progresser le peuple chrétien. Comment ? Grâce à de multiples réalisations de la solidarité, avec les exclus et les marginaux.

C'est pour remplir cet objectif qu'ils étaient nommés « chargés de mission ». Certains avaient en charge la communication ou les contacts avec les autres cultes. D'autres étaient aumôniers dans les hôpitaux ou auprès des étudiants. En fonction de leur préférence ou de leurs prédispositions, ils pouvaient aussi exercer dans les maisons de retraite et également en prison. Kevin, pour sa part, qui était sur la voie de l'ordination, avait choisi d'œuvrer en compagnie du Secours catholique.

À l'issue de trois heures d'un échange intensif, sur des sujets d'actualité ou qui leur tenaient à cœur, ils prirent leur repas ensemble. Notre policier retirait de ces réunions une nouvelle raison de vivre, un nouveau but à atteindre dans la vie. Il en ressortait bien souvent transfiguré. Il est vrai que l'exercice, au quotidien, de son activité professionnelle lui faisait douter assez régulièrement de la nature humaine.

Il obtint un rendez-vous avec le vicaire général et arracha, de haute lutte, le droit de servir la messe lors de la prochaine célébration, à Saint-Guilhem. L'ecclésiastique ne voyait pas d'un bon œil cette confusion des genres. Qui était son interlocuteur ? Le policier ou l'homme d'Église ? Néanmoins, sachant que son supérieur ne partageait pas cette réticence, il ne s'y opposa pas.

L'après-midi passa rapidement. Kevin aida les employés du Secours catholique dans les missions qui étaient les leurs au quotidien. Il s'enorgueillissait, même s'il s'agissait là, et il en était bien conscient, d'un péché d'orgueil d'être à l'origine de la création des « tables chrétiennes ». Il ne prétendait pas, du moins pas encore, à la sainteté. Il n'avait fait que reprendre un concept que l'on pouvait rencontrer dans d'autres cités. Le but de cette démarche n'était pas exclusivement de créer une nouvelle soupe populaire, sur le modèle de celles qui existaient déjà, mais il s'agissait d'une forme de réconciliation avec ceux qui nous sont proches, ainsi qu'une mission fraternelle d'accueil et de rencontre communautaire avec les autres, en particulier avec les plus démunis. Ces tables étaient en réalité un lieu de confrontation, de partage charitable, où l'on privilégiait l'amitié et l'échange et où, surtout, on essayait de mettre en pratique la parole de Jésus-Christ.

C'est à cela que pensait notre policier lorsqu'il servit une des douze tables auxquelles était attablé un échantillon assez représentatif de la communauté des déshérités. Hommes, femmes, familles au complet, routards de passage, jeunes adultes en rupture de ban, étrangers sans papiers…

Peu de gens étaient au courant de sa qualité de flic. Un jour ou l'autre, il avait bien conscience que ce serait un secret de polichinelle, mais d'ici là…

Le Faucheur aurait eu un haut-le-cœur, s'il avait connu la profession de celui qui venait, après l'avoir dirigé vers une place, de lui amener son repas.

Il privilégiait, par discrétion, les endroits de ce genre pour ne pas laisser de trace dans les hôtels ou les restaurants… Les moyens de paiement étaient, il le savait, comme autant de petits cailloux jalonnant l'existence des individus, et permettaient de les suivre à la trace, de vérifier où ils se trouvaient, ce qu'ils avaient fait et cela à quel moment de la journée, à la minute, près…

L'attention de Kevin avait été attirée par ce commensal qu'il n'avait jamais vu jusqu'à présent et qui n'avait pas le « look » des déshérités. Il avait comme un pressentiment. Mais il rejeta aussi sec cette appréhension, non justifiée, si ce n'était par sa méfiance professionnelle, contre laquelle il devait lutter.

Justement, il voulait se départir, par des actions comme celle-ci entre autres, de cette défiance maladive que les gens qui côtoient au quotidien la noirceur de l'âme humaine ont profondément ancrée en eux.

Il ne put s'empêcher de sourire en imaginant la stupéfaction de tous ceux qui l'entouraient s'il s'écriait, en direction de ce pauvre hère : « Police, vos papiers ! »

Comme pour se punir de sentiments si peu chrétiens, il redoubla de prévenance envers ce paroissien. Il lui apporta une généreuse part de gâteau en guise de dessert, ce qui ne manqua pas de susciter surprise et jalousie de la part des autres invités moins bien servis.

Le repas terminé, il aida à débarrasser les tables et participa au nettoyage de la salle.

Il eut, pendant quelques instants, la velléité de se renseigner malgré tout sur ce pèlerin, pour vérifier s'il avait demandé à disposer de l'une des quelque dix chambres individuelles – mon Dieu, quel luxe – proposées, moyennant une modeste contribution, à ceux qui, de passage, ne pouvaient s'offrir le faste d'un hôtel. Il dut se faire violence pour y renoncer.

Il passa la fin de soirée avec tous ceux qui comme lui, pour différentes raisons, trouvaient judicieux d'offrir un peu de leur temps, de leur énergie et de solidarité chrétienne.

Une fois la salle fermée, il se dirigea enfin vers l'évêché, dans le but de déposer dans la boîte aux lettres la clef qui donnait accès à la salle qu'ils venaient d'utiliser. Alors qu'il se trouvait à proximité de la bâtisse diocésaine, il marqua un temps d'arrêt.

Une silhouette familière rabattait la porte qui donnait sur une petite cour intérieure et à laquelle n'avaient recours que les initiés qui voulaient pénétrer ou quitter discrètement l'évêché.

Pendant quelques instants, Kevin se demanda s'il n'avait pas la berlue. Mais en aucune façon le doute n'était permis. C'était bien le directeur du SRPJ qui refermait le portillon. Pétrifié, il ne bougea plus. Son supérieur l'avait-il aperçu ? Mais non, M. Foyard ne se retourna pas et poursuivit son chemin. Que venait-il donc faire ici à une heure aussi tardive ? Près de minuit, s'assura l'enquêteur en consultant sa montre. Perplexe, il glissa la clef dans la boîte aux lettres et regagna son domicile.

Le lendemain, Patricia pénétra en trombe dans son bureau.

— Chef, dit-elle, la carte bancaire du curé a été utilisée à deux reprises sur Montpellier, pour des retraits d'argent. De petits montants ont été retirés dans un distributeur automatique de la BNP.

À l'appui de ses dires, elle présenta à son supérieur la réponse qu'elle venait de recevoir, par fax, à la réquisition judiciaire qu'elle avait transmise quelques jours auparavant, pour connaître l'état des comptes ouverts par le défunt, les mouvements et les fonds qui y transitaient. La routine, quoi.

D'un geste vif qui trahissait une certaine émotion, le directeur d'enquête s'empara du document.

À l'évidence, par deux fois, la dernière datant de l'avant-veille, cent cinquante euros avaient été prélevés grâce à la carte de retrait de Mgr Morandin. Se pouvait-il que l'assassin ait commis la folie d'effectuer un prélèvement sans réfléchir au fait que la banque en garderait la trace ? Qui plus est à deux reprises et au même endroit ! La modicité des sommes retirées indiquait toutefois qu'il ne s'agissait pas, dans ce cas-là, d'un truand de grande envergure. Pouvait-on avoir affaire au crime d'un rôdeur, comme l'avait suggéré le Serpent ? Kevin l'entendait déjà se gausser de lui, s'il s'avérait qu'il ait vu juste.

4

Le lendemain matin, Normand prit le chemin de Saint-Guilhem. Il voulait discuter avec le garde-chasse. Il savait que, de par son implantation géographique et sociale, grâce à sa connaissance des habitants et de leur mentalité, il représenterait une véritable mine de renseignements. Mais l'homme, bien que d'apparence rustre, était roublard. Il faudrait jouer finement.

Il se dirigea directement vers la demeure de ce dernier. Une bâtisse modeste, mais de caractère, située rue du Bout-du-Monde. Il grimpa quelques marches et toqua à la porte d'entrée.

Elle s'ouvrit brusquement.

— Qu'est-ce que c'est ? s'enquit avec véhémence le digne représentant de l'autorité.

— Je suis le lieutenant de police du SRPJ en charge de l'enquête. Nous nous sommes vus la dernière fois, répliqua-t-il.

— Oui. Que voulez-vous ?

— J'ai besoin de vous, rétorqua le policier, sur un ton patelin.

Après avoir toisé de la tête aux pieds le nouveau venu qui se trouvait deux marches d'escalier plus bas, le garde champêtre, en proie à une profonde réflexion, se gratta le front, souleva de deux doigts le béret qu'il portait en permanence et, après s'être dandiné d'un pied sur l'autre, prit ce qui semblait être une des décisions les plus importantes de sa vie.

« Entrez ! », déclara-t-il, en s'effaçant pour laisser pénétrer son interlocuteur.

Il referma rapidement la porte, non sans s'être assuré, par un bref regard à droite et à gauche, que personne ne le voyait recevoir un étranger.

L'antre de Firmin Boissière souffrait, cela se remarquait tout de suite, de l'absence d'une présence féminine. Vêtements et objets divers étaient déposés ici et là, sans ordre bien particulier. Le ménage ne devait pas être fait régulièrement, mais la lumière qui ne pénétrait que chichement au travers d'une petite fenêtre, masquait fort heureusement le désordre ambiant.

Comme s'il avait deviné le cheminement des pensées de son visiteur, M. Boissière marmonna :

— Depuis que je suis veuf, je n'ai plus le cœur à faire du rangement. Dieu sait que Célestine me manque, articula-t-il.

Puis, se reprochant cet instant de faiblesse, il

poursuivit d'une voix de stentor :

— Vous prendrez bien un ballon de rouge ? Ce nectar provient de ma vigne, ajouta-t-il en clignant de l'œil.

En d'autres temps, Kevin aurait décliné l'invitation. Il devait reprendre la route par la suite et appréhendait qu'un premier verre ne soit suivi de plusieurs autres. Par ailleurs, il devait s'agir d'une de ces piquettes…

Il pouvait prétexter être en service, mais sentait confusément que ce n'était peut-être pas la meilleure façon de s'attirer les bonnes grâces de quelqu'un dont il escomptait beaucoup.

— Avec plaisir, répondit-il, espérant que la grimace dont il ponctua sa phrase ne serait pas trop révélatrice de son inquiétude.

Firmin, après avoir choisi religieusement deux verres dans une commode, les remplit avec générosité.

— Santé, lança-t-il en faisant cul sec, signifiant par là qu'il en attendait de même de son partenaire.

Conscient qu'il était jaugé du regard et que de sa réaction dépendrait la bonne volonté du fonctionnaire municipal, mais inquiet malgré tout de la qualité du breuvage, Kevin prit son temps.

Il leva le verre à la hauteur de ses yeux pour mieux admirer la couleur du « nectar ». Il fit tourner légèrement le liquide, se rendant compte d'emblée que le récipient était d'une propreté douteuse, puis huma le vin, qu'il goûta enfin, à petites gorgées.

C'était pire que prévu ! Une véritable piquette ! L'espace d'un instant, le policier se demanda s'il ne s'agissait pas d'un piège, un piège pour vérifier ses qualités gustatives et sa sincérité. Mais non, le sourire béat de son vis-à-vis le rassura.

— Il est fameux, annonça-t-il en reposant le verre sur la table.

Aussi sec, le garde champêtre se resservit et remplit la chopine de son hôte, à peine entamée. Cul sec à nouveau et, après s'être essuyé les lèvres d'un revers de main, il se carra dans son fauteuil.

— Ainsi, vous êtes de la secrète ?

Le policier savait que c'était ainsi qu'étaient dénommés, autrefois, ceux qui, comme lui, travaillaient en civil. Les gens de la campagne avaient en règle générale affaire aux gendarmes qui, eux, étaient en uniforme. Même si cette expression avait tendance à disparaître, les anciens l'utilisaient encore.

— J'appartiens au SRPJ et…

Notre enquêteur n'eut pas besoin d'aller plus loin. Mis en confiance par la capacité de son invité à apprécier un « bon vin », Firmin Boissière parla. En réalité, il serait plus juste de dire qu'il monologua, ou qu'il soliloqua… Kevin se contenta, de temps à autre, de hocher la tête ou de froncer les sourcils, comme pour manifester son approbation ou son écœurement, à l'unisson de celui qui se trouvait devant lui.

Ainsi qu'il l'avait pressenti, son interlocuteur était

une véritable mine de renseignements. Il connaissait tout son monde et était au fait de toutes les anecdotes, même les plus croustillantes, sur les habitants du village.

Notre directeur d'enquête, qui voyait le temps s'enfuir avec trop de rapidité, après avoir toussoté comme pour rappeler sa présence, se hasarda à poser une question.

— Et M. Bonneyroux, vous le connaissiez ?

— Pour sûr, enchaîna tout de go notre conteur, pensez-vous, c'est un enfant du pays. Vous ne trouverez ici personne pour proférer du mal à son sujet. Il a fourni du travail à tout le monde.

— Il avait une entreprise ?

— Non, mais de par sa position sociale et son activité au Conseil Général... Tous les enfants de Saint-Guilhem travaillent sur Montpellier, vous voyez ce que je veux dire...

— Oui bien sûr. Avait-il des ennemis ?

Comme pour se donner du courage, Firmin se servit un énième verre, obligeant l'officier de police judiciaire à tremper de nouveau ses lèvres dans le breuvage, pour démontrer sans ambiguïté aucune, son penchant pour le « bon vin ».

« Des ennemis... hé bé... »

Une nouvelle fois, le représentant de l'autorité se gratta le front, signe d'une intense réflexion, tripota son béret qui était toujours vissé sur son crâne et lâcha :

— Il y a quelques semaines, une de ses vignes a été saccagée. Plus de cent plants ont été coupés à la tronçonneuse. Vous vous rendez compte !

— Il n'a pas déposé plainte ?

— Si, bien sûr.

— Et… l'enquête des gendarmes n'a rien donné ?

— Rien !

— Les pandores ne sont pas venus vous voir ? s'exclama le policier, qui voulait s'attirer les bonnes grâces du fin limier municipal.

— Pensez-vous, on ne les connaît même pas. Moi, j'aurais rappliqué tout de suite, question de logique.

Puis Kevin laissa méditer son vis-à-vis.

— Je suis certain que vous avez une petite idée, enchaîna-t-il.

— Pour sûr !

— Et, votre idée ?

M. Boissière jeta un regard en biais à celui qu'il considérait comme son alter ego, comme pour lui faire comprendre qu'il n'était pas dupe du petit jeu qu'il jouait.

Ce dernier, estimant qu'il était temps d'abattre son ultime atout, précisa :

— Bien évidemment, ce que vous me direz restera entre nous, entre collègues. Personne n'en sera jamais informé.

Après avoir hoché la tête, en guise d'assentiment, puis s'être levé en tapant du pied comme pour se donner du courage, le garde champêtre lança :

— Moi, à votre place, j'irais poser la question à l'Émile Delfourd. Il demeure au 7, rue du Planol.

Et, joignant le geste à la parole, il désigna de la main la direction à prendre. Tout dans l'attitude du représentant de la loi, toujours debout, indiquait qu'il souhaitait mettre un terme à l'entretien et qu'il estimait même en avoir trop dit. Mais le policier du SRPJ ne l'entendait pas de cette oreille. Il lui fallait battre le fer tant qu'il était chaud.

— Vous connaissez l'objet de leur différend ? Cela doit être quelque chose d'important.

— Pour sûr. Tout le monde le sait. Le grand-père du Roger a refusé un droit de passage au grand-père de l'Émile…

Réalisant que son interlocuteur ne mesurait pas à sa juste valeur l'importance de ce renseignement, il expliqua :

— Cela lui aurait évité de faire un long détour quand il veut aller sur une de ses terres, celle qu'on appelle « l'Enfermée ». Et le Roger, fidèle à ses ancêtres, avait maintenu ce refus. L'autre, ajouta-t-il en indiquant de la tête, le domicile de M. Delfourd, l'avait même menacé de lui donner un coup de fusil.

— Devant témoins ? s'enquit l'officier, soucieux de ne pas prendre pour argent comptant d'éventuels ragots.

— Pour sûr. C'était en plein café. Mais l'Émile, lorsqu'il avait un coup dans le nez, il lançait des avertissements à tout le monde. C'était une façon de parler.

Le lieutenant Normand estima qu'il en savait assez et qu'avec ces éléments, il allait pouvoir procéder à une interpellation ainsi qu'à une perquisition. Il remercia chaudement son interlocuteur et quitta son domicile, non sans que ce dernier se soit au préalable assuré que personne ne le voyait sortir.

« Enfin une piste ! » songea Kevin tout en se dirigeant vers le numéro 7 de la rue du Planol. La demeure du suspect paraissait vaste. Il y avait un grand jardin à l'entrée de la bâtisse ainsi que plusieurs corps de ferme en piteux état. Il faudra du monde, réalisa-t-il, tant les cachettes possibles sont nombreuses.

Il se déplaça vers la place de la Liberté pour récupérer sa voiture et regagner le SRPJ. Il fallait préparer la prochaine interpellation. Auparavant, il est indispensable que je passe au siège de la brigade de gendarmerie d'Aniane, pour entrer en possession de la plainte de Bonneyroux, relative à la destruction des pieds de vigne, médita-t-il.

C'est ce moment, alors qu'il était perdu dans ses pensées, que choisit Charlotte pour intervenir. Elle se trouvait par hasard sur place pour s'imprégner de la magie des lieux, condition sine qua non à la rédaction d'un article de qualité, lorsqu'elle avait repéré l'enquêteur qui se rendait chez un particulier.

Sa patience avait porté ses fruits, car après une

longue planque, c'est bien ainsi qu'il fallait appeler la chose, elle avait finalement vu sa cible ressortir. Elle allait tenter le tout pour le tout. Après tout, qu'avait-elle à perdre ? Elle comptait sur sa pugnacité, sur sa volonté, sur son charme et sur ce qu'elle savait déjà de la personnalité du directeur d'enquête.

— Monsieur Normand, lança-t-elle.

Surpris, Kevin se retourna et vit arriver vers lui une personne qu'il n'identifia pas, mais dont la physionomie ne lui était pas inconnue.

— Je me nomme Charlotte Dumoulin. Je suis reporter au Midi Libre et je couvre les deux meurtres.

« J'avais bien besoin de ça », pensa-t-il en fronçant les sourcils. Ce geste n'échappa pas à Charlotte qui, connaissant la répulsion des policiers vis-à-vis des journalistes, avait élaboré un plan d'attaque.

— Vous savez que vous devez vous adresser au procureur si vous souhaitez des infos, ou au directeur du SRPJ ?

— Bien sûr, mais je voulais juste bavarder avec vous. Mon frère m'a dit que vous étiez un homme de dialogue.

— Votre frère ?

— Oui, le lieutenant Alain Dumoulin, il m'a expliqué que vous étiez de la même promo.

Kevin se remémora immédiatement Alain. Effectivement, ils avaient effectué plusieurs virées ensemble sur Paris, depuis Cannes-Écluse, localisation géographique de l'École des officiers de police.

Il gardait de lui un agréable souvenir. Un collègue intelligent, sympathique et large d'esprit.

— Je me souviens bien de lui. Mais… comment se fait-il que vous ayez fait ce rapprochement ? Vous avez enquêté sur moi ? ajouta-t-il. Sa méfiance toute professionnelle reprenait le dessus.

— Pas du tout, mais le week-end dernier je me trouvais chez lui à Paris et je lui ai parlé de cette enquête qui était confiée au SRPJ. C'est lui qui a évoqué votre nom et grâce à la description qu'il m'a donnée de vous, j'ai deviné qui vous étiez.

— Ah ! d'accord.

— Je sais que les policiers n'aiment pas les journalistes, Alain me le serine chaque fois qu'il me voit, me répétant que nous ne sommes que des fouille-merde et que nous ne relatons pas les événements correctement, enchaîna-t-elle, assurée d'emporter la conviction de son interlocuteur.

Ce dernier eut la courtoisie de ne pas en rajouter en abondant dans le sens de son collègue, mais ne poussa pas jusqu'à le démentir.

Invariablement, lorsqu'un policier s'était laissé aller à une confidence, il s'en était mordu les doigts, parfois cruellement, et cela pour plusieurs motifs. Tout d'abord parce que le principe du communiqué de presse était réservé au procureur de la République, qui ne voyait pas d'un bon œil que l'on puisse s'affranchir de cette règle de droit qui figurait dans le code de procédure pénale. Puis à cause d'une raison plus terre-à-terre. Outre le fait que le journaliste ne savait pas tenir sa langue, même s'il l'avait promis, la divulgation prématurée d'éléments d'enquête faisait bien souvent échouer les investigations.

Toutefois, était-ce à cause de ses anciennes relations avec son frère, ou parce qu'il ne s'agissait pas de professer la compréhension et l'amour de son prochain de façon exclusivement théorique, ou tout simplement parce que cette dernière lui paraissait d'un commerce agréable, toujours est-il qu'il choisit de ne pas la rabrouer.

Charlotte avait bien potassé le passé historique de Saint-Guilhem et celui de son abbaye, certaine qu'ainsi elle s'attirerait les bonnes grâces de l'enquêteur. Décidant de passer sans tarder à l'attaque, sur un sujet qui n'obligerait pas son vis-à-vis à rester sur la défensive, elle lui demanda :

— Vous connaissez l'histoire de ce village et de son lieu de culte ?

Kevin, ne voulant rien dévoiler, se contenta de hausser les épaules, une moue dubitative se dessinant sur ses lèvres.

— Au tout début du IXe siècle, Guillaume, Guilhem en occitan, comte de Toulouse, établit un modeste monastère dans ce lieu appelé alors Gellone, dépendant de l'abbaye d'Aniane. Par la suite, il s'y retira. Cette fondation a déterminé le destin de la région durant de longs siècles, car, outre l'emprise spirituelle, son influence sociale et économique a été considérable. D'ailleurs, c'est le besoin de communication entre l'abbaye mère et sa cadette qui a entraîné la création du pont du Diable, enchaîna-t-elle pour tester les connaissances de l'enquêteur. Vous le connaissez ?

— On est pratiquement obligé d'y passer, si on arrive par Aniane, répondit prudemment le lieutenant Normand.

— Vous saviez qu'avec la vogue des pèlerinages, et cela dès le début du XIIe, cette abbaye recommandée comme un haut lieu de spiritualité par le Guide du pèlerin de Saint-Jacques-de-Compostelle, est entrée dans une période de plein rayonnement et de prospérité... notamment grâce à ses prestigieuses reliques, comme celle renfermant un morceau de la Vraie Croix ? reprit-elle. C'est cette croix-reliquaire qui a été utilisée pour tuer l'évêque, n'est-ce pas ?

Nous y voilà, songea le lieutenant, tout en répondant, un peu trop vite à son goût :

— Oui, vous devez être au courant. Votre journal l'a exposée en photo, à la une, lorsque vous avez couvert l'événement.

— D'après mon frère, étant donné qu'il s'agit d'un objet finement ciselé, il est pratiquement impossible d'y relever des empreintes digitales exploitables, poursuivit-elle.

Après quelques secondes d'hésitation, Kevin opta pour une réponse à la normande : « Bien sûr, effectivement c'est très difficile ».

Il ne pouvait quand même pas lui dire qu'on n'en avait recueilli aucune, sous peine de voir l'information retranscrite dans le journal dès le lendemain.

Peu satisfaite de cette non-réponse, Charlotte n'insista cependant pas et, mine de rien, porta ses pas vers l'entrée de l'abbaye. Elle précéda son interlocuteur puis, dès l'ouverture de la porte principale, se dirigea vers le bénitier et, d'une façon qu'elle espéra pas trop ostentatoire, trempa la main dans l'eau bénite, chose qu'elle n'avait pas faite depuis fort longtemps, et se signa. Du coin de l'œil, elle vit le policier l'imiter. Ils se dirigèrent ensemble jusqu'à l'autel.

— Je crois que le corps a été retrouvé ici, indiqua-t-elle d'un geste précis.

Le fonctionnaire du SRPJ se dit qu'il n'y avait là rien de secret. Les journaux locaux ainsi que la presse nationale avaient mitraillé les lieux sous toutes leurs coutures et relaté avec une grande précision tous les détails.

— Oui, effectivement.

— Dans une église, c'est incroyable ! Vous présumez un crime de rôdeur ?

Kevin se contenta de hausser les épaules en guise de réponse. On entrait à présent en terrain miné.

— Au départ, poursuivit-elle, j'imaginais moi aussi la possibilité d'un homicide perpétré par un vagabond. Mais maintenant, avec celui du vice-président, je n'y crois plus.

— Ah bon ? Quel lien faites-vous ?

— Ils se connaissaient tous les deux. Grâce à un collègue qui travaille à France Soir, j'ai pu mettre la main sur quelques photos les présentant en grande conversation, lors de cérémonies officielles dans la capitale. Je vous les montrerai, si vous le souhaitez, lâcha-t-elle, sûre de son petit effet.

Le directeur d'enquête se garda bien de répondre. Pour sympathique qu'elle soit, il n'allait quand même pas déchoir et demander l'aide d'une journaliste. Même s'il connaissait son frère et si elle était charmante. Toutefois, il nota dans un coin de sa mémoire d'effectuer quelques recherches de ce côté-là.

— Vous saviez que Mgr Morandin était en charge, lorsqu'il était affecté au diocèse de Paris, des questions immobilières et financières ? Cela se comprend, reprit-elle sans donner à son interlocuteur le loisir de lui répondre, dans la mesure où, pendant son séjour au Vatican, il travaillait pour le compte de l'Institut pour les œuvres de religion qui est en fait l'établissement bancaire du Vatican.

D'ailleurs, je me suis laissé dire qu'il avait été invité à regagner la France, car il avait été plus ou moins mêlé au scandale de la banque Ambrosino et était trop proche de Mgr Marcinkus. J'ai pu obtenir toutes ces indications grâce à un copain, avec qui j'ai fait mes études de journalisme et qui a fait un stage au Vatican, assena-t-elle.

Kevin s'assit, imité par Charlotte. Tant d'informations de cette nature, en si peu de temps et en ce lieu, cela semblait relever du sacrilège. Pour qui se prenait-elle, cette gratte-papier ? Mettre en cause l'Église. Incroyable ! Blême, il préféra ne pas faire de commentaire et, essayant de faire bonne figure, comme si toutes ces révélations le laissaient de marbre, il déclara : « Il faut que je vous abandonne maintenant ».

Et, se levant rapidement sans lui permettre la moindre répartie, il regagna la sortie.

Charlotte avait bien remarqué qu'au fur et à mesure, le policier avait pâli. Elle se doutait que ces nouvelles, autorisant à penser que le prélat n'était pas « blanc-bleu », pouvaient offusquer son interlocuteur, mais elle comptait sur son professionnalisme et sur la qualité des informations qu'elle lui communiquait pour faire passer la pilule. Consciente toutefois de s'être méprise et désireuse de se rattraper, elle lui chuchota, avant qu'il ne s'éloigne :

— Je reste pour me recueillir quelques instants.

Troublée, elle n'arrivait pas à comprendre si l'enquêteur était vexé par la pertinence de ses révélations, ou s'il les jugeait saugrenues. Pour sa part elle estimait lui avoir fait d'importantes confessions et être en droit d'en obtenir une contrepartie.

Furieux, Kevin s'éloigna à grands pas du lieu de culte pour récupérer son véhicule. « Quelle andouille, elle est capable d'inventer n'importe quoi, de dire n'importe quoi, pour avoir un scoop et vendre son canard ! Cela m'apprendra à être sensible aux charmes des journalistes », se reprocha-t-il.

Il grimpa dans la voiture du service et fit crisser les pneus en effectuant un démarrage que n'aurait pas renié Bernard. La colère étant mauvaise conseillère, il s'obligea à maîtriser les battements de son cœur, qui s'était emballé. Le professionnalisme reprenant le dessus, il ne manqua pas de s'interroger, alors qu'il arrivait en vue du pont du Diable. « Et s'il y avait une parcelle de vérité là-dedans ? » se demandait-il.

Il se devait, ne serait-ce que pour la moucher lors de leur prochaine entrevue, car il se doutait bien que la journaliste n'allait pas laisser tomber ses investigations, d'apporter un cinglant démenti à ses supputations rocambolesques.

Il décida de s'arrêter un instant pour respirer, se sentant oppressé et mal à l'aise. Il se gara sur le parking qui jouxtait le fameux pont.

Le lieutenant se rapprocha des rives de l'Hérault. Le pont du Diable, situé au lieu-dit « Le Gouffre noir » n'était plus utilisé, du moins par les véhicules. Il était doublé par un autre pont plus haut et donc à l'abri de la montée des flots, mais de moins belle facture.

Accroché aux berges abruptes de la montagne, cet ouvrage roman avait été érigé conjointement par les abbayes de Gellone et d'Aniane au début du XIe siècle. Il présentait deux arcades principales en plein cintre et deux ouvertures secondaires qui laissaient passer l'eau des crues. Pour les spécialistes, ainsi que l'avait appris Kevin, cet édifice était représentatif du premier âge roman languedocien. La pureté des lignes et le charme qui s'en dégageait faisaient qu'il était classé au patrimoine mondial de l'UNESCO. Heureusement, car compte tenu de la fréquentation des lieux en été par les estivants de tout l'arrière-pays et d'ailleurs, de nombreux promoteurs auraient pu être tentés d'en profiter.

En regagnant le parking, l'officier de police s'approcha d'un panonceau, destiné aux touristes, qui permettait d'apprendre que ce site ne recevait pas moins de six cent mille visiteurs par an, avec des pointes hebdomadaires de vingt mille en haute saison.

La raison de cette appellation un peu particulière, notamment pour une construction décidée et payée par le clergé, était explicitée par une légende : lors de l'érection de l'ouvrage, chaque nuit, le diable réduisait à néant les travaux effectués dans la journée. Guilhem fut donc amené à pactiser avec ce dernier. Il lui promit l'âme de la première créature qui le franchirait, s'il cessait son œuvre destructrice. En guise de paiement, on lui envoya un pauvre chien avec une casserole attachée à la queue. Fou de rage, Satan tenta, mais en vain, de détruire le pont. Par dépit, il se jeta dans le fleuve.

Rêveur, mais rasséréné à l'idée de la puissance et de la pérennité de l'Église, Kevin grimpa dans la 206 et se dirigea vers la brigade de gendarmerie d'Aniane. La plainte déposée par M. Bonneyroux avait été traitée consciencieusement, mais faute d'éléments permettant d'orienter l'enquête, un procès-verbal de vaines recherches avait été rédigé et adressé au procureur de la République.

Copie en fut donnée à notre enquêteur, à qui les gendarmes, narquois, souhaitèrent bonne chance. Il se garda bien, pour sa part, de révéler les informations qui venaient de lui être communiquées et qu'il allait exploiter dans le cadre de la commission rogatoire du juge d'instruction.

En arrivant sur Montpellier, il décida de faire un footing. Il s'était rendu compte qu'il s'agissait d'un réel besoin et que, tout en courant, il pouvait plus facilement faire le point sur les événements d'une journée. Il choisit de parcourir la plage reliant Palavas-les-Flots à l'abbatiale de Maguelone. Il ne serait pas le seul, mais le spectacle apaisant de la mer lui permettrait de se vider l'esprit.

Après quarante-cinq minutes d'une bonne suée, il se sentit ragaillardi. Il plongea dans l'eau assez fraîche et enchaîna sur vingt minutes de natation.

Exténué, il regagna le sable, se sécha et décida de réintégrer son domicile.

Le lendemain matin, il rejoignit ses collègues à la cafétéria, histoire de prendre un café en leur compagnie. C'était un lieu convivial, et l'on y échangeait bien souvent toute une foule d'informations que les enquêteurs des divers services cohabitant au sein de l'hôtel de police n'auraient pour rien au monde lâchées ailleurs.

Il regagna ensuite son bureau. Le rapport d'autopsie du cadavre de l'homme politique l'attendait ainsi qu'un exposé sur la blessure occasionnée et la description de celle-ci par le labo d'Écully.

Le projectile retrouvé dans le corps de M. Bonneyroux était une balle « flèche » qui avait la particularité, comme son nom l'indiquait, d'adopter la forme d'une flèche dès sa sortie du canon. De calibre 12, elle était utilisée par les chasseurs de cochons sauvages et était efficace contre le gibier pour un tir de soixante à soixante-dix mètres.

Ces renseignements allaient permettre de faire un tri parmi les armes que l'on devait rechercher lors de la perquisition chez le suspect. Mais le policier ne se faisait pas trop d'illusions, beaucoup de monde devait recourir à ce calibre et à cette sorte de munitions, du moins dans l'arrière-pays, où la chasse au sanglier était assez courue.

Après avoir fait le bilan des informations qu'il avait pu engranger avec son patron, puis avec les membres de son équipe – sans évoquer en aucune façon la rencontre avec la journaliste –, à la tête d'une dizaine de fonctionnaires du SRPJ véhiculés par quatre voitures, il se dirigea à nouveau vers Saint-Guilhem.

Par chance, M. Émile Delfourd était chez lui. Le

directeur d'enquête se présenta et expliqua le motif de sa venue. En guise de réponse, son interlocuteur esquissa tout d'abord un mouvement de repli – vite endigué par les policiers présents qui, sans le toucher, l'entourèrent –, puis lâcha une bordée de jurons.

De taille moyenne, pas loin des soixante-dix ans, trapu, le visage couperosé, la mine renfrognée, le cheveu rare, tout indiquait dans sa personne quelqu'un qui ne devait pas aimer composer, et qu'il valait mieux ne pas contrarier.

Mme Delfourd, alertée par les cris de son mari, s'approcha. Elle était tout à l'opposé de son conjoint. Menue, petite, de frêle apparence, elle n'était que douceur et l'on pouvait se demander par quel miracle deux êtres aussi différents avaient pu cohabiter. « L'attirance des extrêmes », pensa Kevin.

Il réitéra ses explications. Alors que la maîtresse de maison ouvrait la bouche pour s'exprimer, elle fut interrompue en patois par son époux. Même si personne n'avait compris les paroles prononcées, le ton sur lequel elles avaient été proférées et le soudain mutisme de son épouse ne laissaient place à aucune ambiguïté.

Mme Delfourd était sommée de se taire. Elle se replia sur elle-même, habituée semblait-il à ce genre d'injonction, fit demi-tour et regagna ses pénates. Du menton, le policier indiqua à Patricia Bonnaud de se consacrer à elle. Entre femmes, elle arriverait peut-être, loin des regards de son conjoint, à lui extirper quelques informations ?

Bernard, aidé de quatre policiers, devait passer au peigne fin les différents corps de bâtiment, pendant que Kevin, en la présence constante du légitime occupant des lieux, allait fouiller avec trois autres enquêteurs l'intérieur de la demeure.

L'habitation était bien tenue et sentait l'encaustique. On s'engageait directement dans une salle de grande dimension qui s'avéra être la cuisine. Une immense table de ferme en occupait le centre, ornée d'un pot de fleurs posé sur un napperon. Comme dans toutes les maisons du sud de la France, notamment celles qui étaient construites depuis longtemps, le jour y pénétrait avec parcimonie. Était-ce pour se protéger des ardeurs du soleil, ou alors une réminiscence de l'époque où un impôt était prélevé en fonction des ouvertures, révélatrices du nombre de pièces et de la richesse de leur propriétaire ?

Les murs blancs étaient peints à la chaux et donnaient malgré tout une certaine clarté à l'ensemble. Sur la gauche, accroché au-dessus d'un vaisselier, se trouvait un râtelier d'armes en noyer. Il supportait la présence de quatre fusils et carabines.

— Vous chassez ? questionna Kevin, en se dirigeant vers le présentoir.

— Oui, et alors ? C'est interdit maintenant ? se récria M. Delfourd.

— Quel type de chasse ? reprit calmement le directeur d'enquête, feignant d'ignorer le mécontentement de son interlocuteur.

— Ce qui se présente. Tous les gibiers.

— Même celui à deux pattes ? interrogea André, un des policiers présents, à qui la réplique ambiguë ne plaisait pas.

En guise de réponse, bousculant les fonctionnaires, Émile se rua sur lui. C'était méconnaître André, qui, habitué à se colleter avec les voyous, eut vite fait de maîtriser son agresseur.

— On se calme, intervint l'officier de police.

— Monsieur Delfourd, il semble qu'il vous manque une arme ? questionna-t-il, indiquant du geste un emplacement vide.

— Oui, répondit sans plus de détail l'occupant des lieux.

— Où est-elle ?

— On me l'a volée, il y a une dizaine de jours. C'était mon calibre 12 préféré. Si j'attrape celui qui…

— Vous avez signalé le vol aux gendarmes ?

Le haussement d'épaules qui s'ensuivit était suffisamment éloquent pour que le policier ne réitère pas sa question, ni ne demande de précisions.

— Je vois que vous utilisez des balles flèches ?

— Oui, et de la breneck aussi, comme tout le monde, rétorqua-t-il rageur.

À ce moment-là, Bernard fit irruption.

— Lieutenant, vous pouvez venir ?

Kevin, entouré de ses coéquipiers et de M. Delfourd, lui emboîta le pas en direction d'une grange.

Sous une bâche apparaissait une tronçonneuse de marque japonaise. Des copeaux et de la sciure étaient encore incrustés dans la chaîne. Bernard, après en avoir extrait un, le présenta à son chef.

À son tour, ce dernier examina ce qui lui avait l'air d'un morceau de cep de vigne.

— Vous vous servez de votre scie pour quel usage ? questionna-t-il.

— Pour le bois de chauffage.

— Bien sûr, mais là il semblerait qu'il s'agisse de cep de vigne, n'est-ce pas ?

— Oui, et alors ? J'ai arraché quelques plants brûlés par la gelée. Je les utiliserai pour la cheminée. Vous avez pu en apercevoir un tas juste avant de pénétrer ici.

Effectivement, les fonctionnaires du SRPJ avaient pu noter la présence de plusieurs amoncellements de bois qui se trouvaient dans la cour.

— Avez-vous eu l'occasion d'effectuer ce type de travaux pour d'autres agriculteurs ?

— Je suis un exploitant agricole, moi, pas un salarié, s'exclama-t-il outré par le sous-entendu. Je ne travaille que pour moi.

Kevin hésitait. Mais en l'absence d'autres pistes, en tenant compte des informations du garde champêtre et de l'absence de cette arme, dont le propriétaire n'avait pas daigné signaler le vol, il ne pouvait faire moins que de saisir la tronçonneuse et les divers copeaux. À toutes fins utiles, pour employer l'expression consacrée.

Le reste de la perquisition se termina sans nouvelle découverte significative. Les enquêteurs regagnèrent leur service après avoir appréhendé M. Delfourd. Kevin mit un point d'honneur à rasséréner son épouse, lui expliquant que si son mari n'avait rien à se reprocher, il réintégrerait vite son foyer. Il la quitta en pleurs. Il interrogea Patricia du regard et comprit à sa mimique qu'elle n'avait pu obtenir aucun renseignement intéressant.

De retour au siège du SRPJ, il prit contact directement avec le laboratoire de police scientifique d'Écully pour savoir si un examen comparé de ceps de vigne pouvait être opéré. Il lui fut répondu que la vigne étant un organisme vivant, une identification variétale était tout à fait possible. Il remercia son interlocuteur, appela l'identité judiciaire et leur demanda d'aller effectuer divers prélèvements sur la propriété saccagée de M. Bonneyroux et sur les débris découverts sur la chaîne de la tronçonneuse qu'il venait de saisir.

Tout en se frottant les mains, le lieutenant songeait que, si jamais les comparaisons étaient concluantes, il aurait là un véritable mobile. Pouvait-il, également, être l'auteur du meurtre du prélat ? Après tout, pourquoi pas ? Il était de Saint-Guilhem.

Séance tenante, il se rendit dans le bureau du Serpent à qui il fit partager ses découvertes et ses espérances.

— C'est une hypothèse séduisante, énonça le directeur, tout en se calant dans son siège dont il recula le dossier. Cela nous permettrait de faire d'une pierre deux coups. Mais quel lien établissez-vous avec le décès de l'évêque ?

— Aucun, pour l'instant du moins. À moins que le prélat, comme cela lui arrivait de le faire, ait entendu en confession M. Delfourd et que ce dernier…

— C'est un peu tiré par les cheveux. Vous extrapolez. Je serais étonné que le magistrat instructeur soit conquis par ce genre de supputations. Bien, de toutes les façons nous n'en sommes pas là. Tâchez d'obtenir des aveux. Tenez-moi informé de ses déclarations. J'avise le juge tout de suite, ajouta-t-il en tendant la main vers le téléphone signifiant par la même occasion la fin de l'entretien.

L'officier de police judiciaire regagna rapidement le bureau de Patricia et Bernard qui avaient déjà commencé, après les formalités inhérentes à la notification de garde à vue, à interroger le suspect.

D'entrée de jeu, il comprit que l'affaire ne serait pas simple. M. Delfourd, qui n'était pas d'ordinaire un grand bavard, n'en pipait pas une. Après avoir consenti à répondre aux questions relatives à son état civil, il se cantonnait dans un mutisme total.

— Vous savez que M. Bonneyroux a été tué par un chasseur, au moyen d'une balle flèche, or vous utilisez ce genre de munitions et, comme par hasard, on vous a dérobé une arme qui pourrait avoir servi au meurtre. Qu'avez-vous à dire ? interrogea Bernard.

Apparemment, pas grand-chose. Le gardé à vue, assis, épaules voûtées, contemplait le bout de ses chaussures. Il semblait peu concerné par les questions qui lui étaient posées.

— Avez-vous saccagé avec votre tronçonneuse la vigne de M. Bonneyroux ? se hasarda Kevin.

Cette question, à défaut de réponse, eut l'heur de ne pas laisser indifférent celui à qui elle était adressée. M. Delfourd redressa son visage vers le policier, ouvrit la bouche comme s'il allait répondre, se reprit et se contenta de rétorquer par un signe de dénégation de la tête. Puis, sans que rien ne permette de prévoir un tel mouvement, il se leva d'un bond et se précipita vers la porte. Il n'eut pas le temps de l'atteindre qu'il était plaqué au sol par Patricia et Bernard.

— Allons, monsieur Delfourd, dites la vérité ! lança le lieutenant Normand. De toute façon, nous aurons les résultats de l'expertise pour...

— Quelqu'un m'a vu ? Vous avez un témoin ? ricana le viticulteur. Vous ne pouvez rien prouver, assena-t-il avec force, comme pour s'en convaincre.

Il ne croyait pas un seul instant, semblait-il, aux preuves scientifiques.

Kevin, après s'être assuré que ses collègues maîtrisaient la situation, les abandonna, non sans leur avoir fait comprendre de persévérer. Il était rare que les suspects « s'allongent », rapidement. En fonction de leur appartenance, à telle ou telle catégorie professionnelle, il fallait user de tel ou tel type d'arguments. Pour les uns, la logique ou l'intelligence suffisait, alors que les autres s'obstinaient malgré les preuves les plus formelles ou les témoignages les plus accablants. La nature humaine était ainsi faite. On verrait bien au bout des quarante-huit heures de garde à vue, médita-t-il.

Le soir même, Normand décida de participer à la souricière qui avait été montée devant le distributeur de billets de la BNP. Tous les jours, depuis la découverte des retraits, plusieurs fonctionnaires de police planquaient. Deux étaient dans le sous-marin de la PJ, stationné à proximité, avec vue directe sur le DAB, et quatre autres se positionnaient de façon à boucler les issues de la rue du Temple, siège de la banque. Toutes les précautions avaient été prises.

Pour éviter que le véhicule, parqué parfois à l'air libre et donc à la vue de tous, sur le parking du commissariat, ne puisse être identifié, Marseille avait prêté son concours, par l'octroi d'un tout nouveau Citroën Berlingot, spécialement aménagé pour recevoir trois personnes. Tout avait été prévu pour que les enquêteurs puissent bénéficier du chauffage ou de la climatisation, sans que de la buée révélatrice de la présence d'individus ne vienne les trahir. Il en avait fallu du temps à l'administration pour qu'elle prenne en compte cette particularité !...

Les planques, du moins certaines, pouvaient se révéler particulièrement fastidieuses surtout quand elles n'aboutissaient pas. Mais peu de flics y échappaient. Parfois, elles pouvaient se poursuivre pendant des semaines entières et mobilisaient une armada de policiers. C'était le cas lorsque des informations tombaient annonçant le braquage d'une banque sans que le jour et l'heure aient pu être déterminés.

Kevin faisait équipe avec le gardien de la paix Michel, nouvellement affecté au SRPJ. Ils étaient tapis au fin fond d'une ruelle obscure. Il était plus de minuit et il n'y avait plus âme qui vive dans cette partie du centre-ville de Montpellier. Tout à coup, leur attention fut alertée par un bruit de pas. Ils virent alors poindre, tout au loin, une silhouette.

Au fur et à mesure que la personne, de sexe masculin, approchait, son allure intriguait le chef du dispositif. Toutefois, la relative obscurité de la rue, décidément bien choisie pour l'anonymat qu'elle sauvegardait, ne permettait pas de voir les traits de celui qui pouvait se révéler être un simple promeneur.

Kevin porta son talkie-walkie à ses lèvres et y souffla par deux fois, pour attirer l'attention de ceux qui participaient au dispositif. Il était en effet, notamment la nuit, hors de question de parler. Le bruit ainsi occasionné étant de nature à révéler la présence de tiers.

Tout à coup, Kevin nota que le passant ralentissait la marche. L'écho de ses pas, sur les pavés de cette rue, une des plus anciennes de la cité, s'amenuisait. Oui, l'individu allait moins vite.

« Bon Dieu, pensa l'enquêteur, tout en se reprochant ce juron, si cela pouvait être notre gars ! » Son cœur battait si fort qu'il se demanda un instant si l'on ne pouvait l'entendre. Mais un simple regard vers son coéquipier le rassura. Ce n'était pas le cas.

Le suspect passa à environ dix mètres d'eux sans les voir. Il était mince, de petite taille, le corps enveloppé dans un imperméable. Kevin tressaillit... Le directeur, son patron !... Exactement la même silhouette qu'il avait entrevue quelques jours auparavant sortant de l'archevêché, et dans le même créneau horaire. Il dut se cramponner aux aspérités du mur auquel il était adossé pour éviter de tomber.

Une nouvelle fois, il scruta son partenaire qui ne manifestait, pour sa part, aucun trouble. Il est vrai qu'affecté de fraîche date, il ne côtoyait pas le Serpent et ne l'avait peut-être pas identifié. À moins qu'il ne maîtrise ses nerfs mieux que lui...

Blême, il regarda l'individu s'arrêter juste devant le distributeur, regarder à droite, puis à gauche, pour s'assurer qu'il n'y avait personne et tendre la main vers le boîtier.

Le lieutenant avait donné des consignes. Pas d'interpellation avant le retrait d'argent. Il ne fallait pas tomber sur un loustic qui dirait avoir trouvé la carte bancaire, mais ne pas en connaître le code.

La tension était à son comble. Il toussota à nouveau, à deux reprises, dans le micro. Ça y est. Pour autant qu'il puisse en juger, le gars retirait les billets. L'officier de police porta une dernière fois le talkie-walkie à la bouche et murmura : « Go ! »

Immédiatement, suivi par Michel, arme à la main, il se précipita vers la silhouette. Il fut devancé par Paul, qui se trouvant dans le sous-marin, bondit le premier sur sa proie et lui expédia, tout en criant « Police ! », un magnifique uppercut. À la grande frayeur de Kevin, il redoubla son coup de poing, pendant que sa victime chutait à terre en hurlant :

— C'est moi, c'est moi, vous ne me reconnaissez donc pas !

Les six policiers étaient maintenant rassemblés, et l'un d'entre eux menottait rapidement le suspect qui avait le visage écrasé sur les pavés.

Le lieutenant s'empara tout de suite de la carte bancaire qui était tombée au sol, avec plusieurs billets. Malgré la faible lueur qui se dégageait du distributeur, il constata qu'il s'agissait, sans aucune erreur possible, d'une carte bancaire au nom de Bonneyroux.

Pendant que les enquêteurs procédaient à l'interpellation, Charlotte planchait sur son enquête à sa façon. Elle ne disposait pas des mêmes moyens que les policiers, mais estimait qu'elle avait également des atouts dans son jeu. Tout d'abord, elle n'allait pas se cantonner aux faits eux-mêmes, mais essaierait de travailler sur l'environnement professionnel et familial des deux défunts.

Elle jugeait que les fins limiers de la PJ ne voyaient pas plus loin que le bout de leur nez, qu'ils ne prenaient pas la hauteur ou le recul nécessaire pour analyser la situation. Par-dessus tout, et là elle se remémorait les discours de son frère, personne n'avait découvert le ou les mobiles de ces homicides. Il fallait donc œuvrer dans cette direction.

Elle avait décidé de compulser, en remontant dans le temps, les journaux de la région, aussi bien son quotidien que d'autres, pour mettre à jour les activités politiques et les interventions du prélat et du vice-président du conseil général. Elle avait commencé à effectuer les mêmes recherches sur Paris, en faisant appel à certains de ses collègues de promotion qui travaillaient, soit pour Le Figaro, soit pour France Soir.

Il y en avait même un, le major de promotion, qui à sa connaissance avait été embauché par Le Monde. Ce serait bien le diable si elle n'arrivait pas à retracer les carrières de ces deux personnalités. Notamment de Mgr Morandin qui venait de Paris.

Les premières informations intéressantes étaient parvenues de Rome. L'évêque coadjuteur avait un passé quelque peu sulfureux. Ses relations avec des banquiers dont les agissements scandaleux avaient éclaboussé le Vatican permettaient de brosser de sa personne l'image d'un prêtre plus attiré par les finances que par la liturgie, de quelqu'un dont le comportement présentait certaines zones d'ombre.

Charlotte venait en effet de recevoir des informations, notamment grâce à des photocopies de plusieurs articles parus dans des journaux italiens, qui laissaient entendre que le monsignore, ainsi qu'il était appelé par les médias de là-bas, était immensément riche. Son contact continuait à lui transmettre par mail, des articles qu'il avait scannés pour le besoin et qu'il lui adressait sur sa messagerie électronique.

Ayant fort heureusement appris l'Italien, qu'elle parlait presque couramment, elle pouvait s'affranchir de la présence d'un traducteur.

Ainsi, elle apprit que le digne représentant de l'Église était soupçonné par la Guardia di Finanza – service policier italien chargé d'enquêter sur la délinquance financière et le blanchiment d'argent –, d'être titulaire de plusieurs comptes bancaires numérotés, anonymes, dans des paradis fiscaux comme la Suisse, entre autres, et d'être également partie prenante dans plusieurs sociétés-écrans.

Elle releva la tête, abasourdie par tant d'informations. Comment se faisait-il que malgré la couverture nationale de l'événement de sa mort, personne n'ait songé à évoquer et à traiter cette facette, pour le moins surprenante chez un dignitaire de la communauté chrétienne ?

Bien que toute jeune dans le métier, elle connaissait du moins de réputation la toute-puissance de l'Église et se doutait que son entregent avait dû lui permettre d'occulter ces révélations.

Elle libéra ses cheveux, qui disciplinés par une queue-de-cheval, lui occasionnaient parfois de violentes migraines. Elle secoua la tête, s'étira, comme pour mettre ses idées au clair et se plongea à nouveau dans la lecture des hebdomadaires, le front plissé par l'effort et la concentration.

Son rédacteur en chef, qui passait non loin d'elle, ne put s'empêcher de la dévisager. « Si elle suit les traces de son père et fait preuve de la même obstination, nul doute qu'elle fera un bon journaliste d'investigation », médita-t-il. Et il poursuivit son chemin.

Charlotte était en train de lire les propos du procureur général du canton de Genève. Ce magistrat disait en substance que son pays n'avait plus la réputation de coffre-fort inviolable de l'argent sale, grâce à l'activité de certaines instances judiciaires et à la mise en place d'une panoplie de normes répondant à un standard convenable.

Il évoquait également les efforts déontologiques

importants consentis par la majorité des établissements bancaires suisses. Il avait l'honnêteté de reconnaître, toutefois, que si la Suisse donnait l'impression de lutter ardemment contre le blanchiment, les moyens engagés et les résultats obtenus par les autorités fédérales laissaient transparaître un retard considérable sur ses voisins de l'Union européenne.

Au bout du compte, il nuançait ses propos, en expliquant que la loi était une chose et que sa mise en œuvre en était une autre. Elle poursuivit la lecture d'un autre article dans lequel il apparaissait que quatre-vingt-dix pour cent des fonds d'origine étrangère déposés dans les banques suisses n'étaient pas déclarés par leurs détenteurs dans leurs pays respectifs. Il s'agissait là d'un sous-entendu, lourd de signification…

Enfin, les députés européens, d'un commun accord, déploraient que la législation suisse conduise à paralyser l'exécution des demandes d'entraide judiciaire internationale, en maintenant des voies de recours totalement superfétatoires, et à accorder une protection juridique excessive à tous ceux qui avaient décidé de placer en Suisse des fonds d'origine douteuse.

En clair, la prétendue bonne volonté des autorités helvétiques relevait donc du vœu pieux, résuma-t-elle.

Parcourant encore les courriels qu'elle avait reçus, elle tomba sur un mot de son homologue italien qui laissait entendre qu'avec l'explosion de la bulle Internet Mgr Morandin y avait laissé des plumes…

Elle pensa tout de suite qu'elle avait là une monnaie d'échange qui intéresserait le lieutenant Normand. Mais comment faire pour l'approcher ? Elle avait été particulièrement maladroite la dernière fois, et le contacter sans perdre la face risquait de s'avérer difficile. Elle se remémora que son frère devait venir sur Montpellier prochainement, et que ce serait peut-être une bonne occasion, pour renouer un contact.

5

Tout le monde avait pris place dans le bureau de Patricia et de Bernard. Le commissaire divisionnaire Foyard faisait face à Kevin. Le silence s'éternisait. Sans un mot ce dernier lui tendit la carte bancaire incriminée.

Le directeur la prit dans les mains, la retourna, la soupesa et, dirigeant son regard vers celui que ses subordonnés venaient d'interpeller, l'apostropha tout en brandissant l'objet :

— Comment êtes-vous entré en possession de ceci, vous l'avez volée à qui, comment, dans quelles circonstances ?

Devant une telle avalanche de questions, le suspect, le visage tuméfié, ne put que marmonner :

— Mais vous me connaissez, tous les policiers du commissariat me connaissent ! Vous savez que je n'ai jamais dérobé quoi que ce soit !

— Cette carte n'est pas à vous, tout de même ?

— Bien sûr, mais je ne l'ai pas fauchée. Je faisais la manche place de la Comédie. Je me suis assoupi et lorsque je me suis réveillé, elle était là, dans la casquette déposée à mes pieds. Il y avait même inscrit au dos le numéro du code. Regardez si vous ne me croyez pas ! lança-t-il en désignant la carte du regard.

Pendant cet interrogatoire, le lieutenant ne pouvait que constater la ressemblance, pas évidente, semblait-il, pour tout le monde, existant entre son patron et le suspect. Même taille, même âge apparent, même corpulence. Si jamais son chef apprenait qu'il l'avait soupçonné… Il en poussa un soupir d'effroi et de soulagement.

— Vous avez effectué des retraits d'argent ? Quand et où ?

Et le gardé à vue reprit sa ritournelle pour expliquer ce qui lui était arrivé. Oui, il avait effectivement utilisé la carte, mais jamais, au grand jamais, il n'avait rencontré son légitime propriétaire. Non, il n'était jamais allé à Saint-Guilhem-le-Désert.

Sa principale argumentation semblait être de ressasser inlassablement : depuis le temps que vous me connaissez, vous savez bien que je suis incapable de commettre un vol !

Bernard passa un coup de fil à la permanence et demanda l'officier de quart. Il s'agissait d'un officier de police qui supervisait, en temps réel, toute l'activité du commissariat et qui devait déterminer si telle ou telle affaire était de son domaine de compétence ou réorienter le dossier. On pouvait comparer cette unité aux urgences d'un hôpital. Il était informé de tout ce qui nécessitait la présence des forces de l'ordre sur la ville de Montpellier.

À l'énoncé du nom de Claude Patouillard, le policier lui rétorqua qu'il était effectivement connu de tous les fonctionnaires de son service et de toutes les brigades de roulement. Il s'agissait d'un gars qui se faisait ramasser régulièrement pour IPM (ivresse publique et manifeste) sur la voie publique. Non, d'habitude il n'était pas identifié comme voleur. Bien au contraire, il était souvent la victime de vols, car il hébergeait de temps à autre des routards qui faisaient étape à Montpellier et qui, à l'issue de soirées très arrosées, s'en prenaient à lui. Après quelques instants de recherche, l'officier de police lui communiqua l'adresse de son client : 8, rue des Avocats, dernier étage, porte droite.

— Nous partons en perquisition à son domicile, annonça Kevin.

Après avoir menotté le suspect, Patricia prit le volant, l'officier à ses côtés. Dans le dos de la jeune femme, Bernard serrait de près l'accusé. Il ne fallait jamais installer celui qui était entravé par des menottes derrière le chauffeur. Dès l'école de police, on vous apprenait que cet individu pouvait passer ses bras enchaînés autour du cou du conducteur et provoquer un accident.

De même, les portières arrière du véhicule étaient

bloquées systématiquement. Elles ne s'ouvraient donc que par l'extérieur. Toujours pour éviter toute tentative de fuite d'un prévenu.

M. Patouillard demeurait en plein centre-ville. L'accès, tout au moins en voiture, y était particulièrement malaisé. Il fallait tout d'abord franchir les bornes installées par la municipalité dans cette zone, piétonne, de l'Écusson. Il était nécessaire d'être extrêmement prudent, les journaux se faisant régulièrement l'écho de véhicules soulevés par les balises escamotables qui se relevaient trop vite. La Renault Scénic personnelle de l'adjoint au maire, chargé de superviser cette opération très controversée, avait fait les frais de ces dysfonctionnements. La gazette locale s'en était donné à cœur joie et les ennemis politiques de l'élu ne s'étaient pas privés de le brocarder.

L'immeuble d'habitation était une de ces vieilles bâtisses de Montpellier qui semblaient avoir souffert. La rue étroite ne permettait pas aux rayons de soleil d'y effectuer quelques incursions. Il n'y avait aucune possibilité de stationner régulièrement son véhicule. Aussi l'édifice était-il fréquenté par des étudiants et par des gens en rupture de ban. La lourde porte en chêne était taguée. Une des plaies, mais pas la seule, de Montpellier. L'escalier qui conduisait aux divers niveaux présentait des marches branlantes et usées par le temps. Les murs suintaient d'humidité. Il se dégageait de l'ensemble une odeur insoutenable, de crasse et d'urine.

— Comme d'habitude, il faut se taper à pied tous les étages, râla Bernard.

L'appartement de M. Patouillard était en fait un grand studio, et un véritable capharnaüm ! Un lit, une commode, une table et trois chaises dont deux étaient bancales composaient l'ensemble du mobilier. La perquisition fut rondement menée. Elle n'apporta aucun élément nouveau à la connaissance des enquêteurs. Aucun document au nom de Bonneyroux, pas de téléphone portable. Rien !

Déçus, nos limiers regagnèrent leur base, non sans avoir autorisé leur suspect à se changer.

L'interrogatoire allait pouvoir reprendre. Il fallait faire vite à cause de la garde à vue limitée à quarante-huit heures. Par la suite, le gardé à vue serait présenté au magistrat instructeur qui vraisemblablement demanderait un mandat de dépôt au juge des libertés et de la détention. À ce moment-là, si ce magistrat faisait droit à la requête de son confrère, les enquêteurs ne pourraient plus poser de questions au mis en examen, qui serait conduit à la maison d'arrêt de Maguelone. On ne pouvait écarter une possibilité de remise en liberté...

Le lieutenant décida de laisser M. Patouillard entre les mains de ses collègues. Il devait, rapidement, s'occuper de M. Delfourd. La mesure de prolongation de garde à vue arrivant à son terme, il fallait rendre compte au juge d'instruction. Allait-elle demander un mandat de dépôt ?

Qu'avons-nous réellement contre lui ? s'interrogea-t-il. Une indication, orale, donnée par un garde champêtre ! Une présomption de destruction de ceps de vigne ainsi qu'une arme à feu disparue ! Avec ça, raisonna-t-il, nous n'irons pas très loin. Bien heureux d'avoir pu obtenir une prolongation de garde à vue ! Il décida de tenter le tout pour le tout.

Il avait demandé au labo de travailler en urgence sur les comparaisons d'ADN des différents plants de vigne. Évidemment, tous les services exigeaient la même rapidité. Vite, toujours plus vite. Il était de tradition qu'il ne fallait pas essayer de joindre Écully. Les spécialistes, dès qu'ils avaient une information, appelaient le service demandeur, conscients des problèmes relatifs aux délais de garde à vue. Il prit le parti, malgré tout, de s'affranchir de la règle.

Le fonctionnaire qu'il contacta manifesta tout d'abord sa surprise et son mécontentement, mais il transféra la communication directement au chef du laboratoire.

Ce dernier, un biologiste expert, déclara tout de go à l'enquêteur :

— Vous avez de la chance, j'ai les résultats sous les yeux. Oui, les comparaisons effectuées à partir de l'ADN prélevé sur les échantillons que vous nous avez adressés démontrent de façon formelle que les copeaux et la sciure extraits de la tronçonneuse sont ceux de la vigne qui a été saccagée.

— Merci, déclara Kevin, soulagé. Merci beaucoup de vos diligences.

Et, il raccrocha tout en poussant un ouf de satisfaction.

Le gardé à vue avait beau être une tête de mule, rien n'indiquait réellement qu'il était coupable du crime. Kevin le savait et évitait, autant que faire se pouvait, de mettre en garde à vue des citoyens qui, comme lui, n'avaient jamais eu maille à partir avec la police ou la justice, au seul motif qu'ils ne voulaient pas coopérer. Il est vrai que pour les enquêteurs, cette mesure de privation de liberté était simple à prendre et était également l'unique possibilité qu'ils avaient de conserver à leur disposition un suspect, de le cuisiner, de faire une perquisition chez lui, bref d'effectuer tous les actes absolument nécessaires aux investigations. Mais il s'abstenait de mesures qualifiées de « confort », dans certains cas, par les policiers et les magistrats, conscients de l'impact qu'elles pouvaient avoir sur un honnête citoyen.

Enfin, un début de preuve, enfin une piste !

Ragaillardi, il fit extraire M. Delfourd de sa cellule. Ce dernier avait bien changé, au terme de ces quarante heures dans l'hôtel de police. Il paraissait très abattu et, sans pouvoir dire qu'il avait perdu de sa superbe, on sentait qu'il était dans de nouvelles dispositions d'esprit. En témoignaient les multiples regards qu'il lançait au policier. Après l'avoir laissé mijoter quelques minutes, feignant d'être absorbé dans l'examen de ses dossiers, Kevin attaqua :

— Monsieur Delfourd, j'ai sous les yeux le rapport qui vient de m'être adressé par fax par le laboratoire de police technique, déclara-t-il en exhibant sous le nez de son vis-à-vis une liasse de documents qui n'avaient rien à voir avec l'affaire en cours. « Il apparaît clairement, et je vous rappelle que je parle de preuve scientifique, ajouta-t-il en martelant ce mot, que c'est votre tronçonneuse qui a été utilisée pour couper les plants de la vigne de M. Bonneyroux. Que répondez-vous à cela ? L'avez-vous prêtée à quelqu'un ? »

Le gardé à vue se leva d'un bond, imité en cela par Kévin et par le policier resté près de la porte du bureau, qui craignaient une nouvelle tentative de fuite. Mais non ! Ce sursaut était simplement dû à l'inactivité et l'enfermement qui avaient visiblement pesé sur cet homme habitué au plein air. La tête baissée, comme un petit garçon pris en faute, il lâcha :

— Oui, c'est moi qui ai détruit sa vigne, il me narguait. Je lui avais proposé d'acheter un droit de passage, mais, par méchanceté, il ne voulait pas et m'obligeait à parcourir plusieurs kilomètres au volant de mon tracteur pour atteindre mon plantier, lorsque je souhaitais labourer ou y travailler. Il m'avait dit que, lui vivant, il ne céderait rien à ma famille.

Le lieutenant Normand retint sa respiration et se garda bien d'interrompre les confessions du viticulteur. Allait-il avouer avoir été dans l'obligation de le tuer, pour arriver à ses fins, ou se venger ?

— Je n'avais pas le choix, je n'avais pas le choix, c'est terrible, c'est terrible, psalmodia M. Delfourd, les yeux toujours fixés sur le bout de ses chaussures.

Le directeur d'enquête regarda le policier chargé de la garde du suspect, pour s'assurer qu'il comprenait parfaitement les paroles du gardé à vue. À voir la grimace et le sourire de ce dernier, il fut rassuré. Non, il n'avait pas la berlue, il avait bien entendu. Il fallait maintenant jouer serré.

Ne pas brusquer celui qui était interrogé, mais savoir également profiter de cet état particulier, parfois très bref, au cours duquel un coupable responsable des pires crimes, par la grâce de Dieu pourquoi pas, ou tout bêtement pris de remords, était capable de reconnaître ses torts ou d'avouer ses fautes, même les plus intimes ou les plus horribles.

Kevin, en tant que diacre, n'avait pas le pouvoir de confesser, mais il était au courant, par des conversations avec les prêtres, que ce moment-là est un instant très spécial, très fragile, par lequel un être se confie à un autre. On ne devait pas interrompre celui qui parlait, mais tout simplement le guider, l'encourager.

M. Delfourd retraça l'histoire de sa famille et des rivalités qui l'opposaient à son voisin. Le policier n'en avait cure et au bout de cinq minutes de monologue, il sentit qu'il devait intervenir pour endiguer ou du moins canaliser les aveux qu'il recevait.

M. Delfourd reconnaissait la destruction de la vigne, c'était un bon début, mais pour notre enquêteur de la brigade criminelle du SRPJ, il ne fallait pas en rester là. L'officier de police judiciaire frémissait à l'idée de la réaction de ses collègues, si lui, le fin limier, n'arrivait qu'à des révélations de cette nature. La saisine du service, pour un tel fait, demeurerait dans les annales de la PJ !

— Et, en ce qui concerne le fusil de chasse ?

Kevin ne pouvait déontologiquement lui suggérer une réponse ou un aveu. Surpris, comme s'il ne voyait pas le rapport entre ce qu'on lui reprochait, ce qu'il reconnaissait et la demande qui venait de lui être faite, le gardé à vue leva la tête pour la première fois vers celui qui lui posait cette question, apparemment saugrenue. Au bout de quelques minutes, le front plissé sous l'effet d'une intense réflexion, il déclara :

— Quelle arme ?

— Celle qu'on vous a, paraît-il, dérobée, où l'avez-vous mise ?

Nouveau silence. Il fallait un certain temps pour que le contenu de la sollicitation arrive et soit analysé par son cerveau… Il répondit :

— Je vous l'ai dit. On me l'a volée, je ne sais pas où elle est.

C'était justement ce que le policier redoutait.

Les aveux qu'il recueillait, la contrition de celui qui venait de les prononcer ne s'appliquait qu'à un seul acte, particulièrement grave pour un paysan, le saccage des plants de vigne.

Kevin, qui avait repris la position assise pour ne pas risquer de perturber les révélations de l'agriculteur, ne put s'empêcher de se lever brusquement. Il porta ses deux mains vers sa tête, qu'une brutale migraine assaillait, et tourna le dos à son interlocuteur. « Dire que nous étions, peut-être, si près du but ! » rumina-t-il.

Il reprit rapidement ses esprits. Il ne pouvait enfoncer qui que ce soit et lui faire avouer ce qu'il n'avait pas fait. L'époque de l'Inquisition était révolue depuis longtemps. Il sentait confusément que cet être fruste, capable d'emportement et des plus formidables colères, n'avait peut-être pas tué son antagoniste. Certes à ses yeux le motif était d'importance : la terre. La terre qui vous vient de vos ancêtres, qui vous nourrit, que vous chérissez tous les jours et que vous laisserez un jour à votre descendance. La terre qui vit, pour laquelle vous suez, vous blêmissez et qui porte le fruit de votre labeur. C'est pour elle que la nuit vous vous levez lorsque vous entendez le tonnerre gronder, la pluie diluvienne s'abattre, les grêlons résonner sur le toit de votre demeure. Pour lui, il n'y avait pire crime que de s'en prendre à elle.

— Avez-vous tué M. Bonneyroux ?

— Mais non, rétorqua le suspect. Pas du tout, je vous l'assure, s'exclama-t-il, d'une voix où perçaient des accents de sincérité.

Devinant qu'il n'en tirerait pas plus pour l'instant, le directeur d'enquête décida d'appeler l'identité judiciaire. Il fallait effectuer les prélèvements d'ADN et les relevés d'empreintes dactyloscopiques qui se pratiquent sur tous les gardés à vue. Il s'agissait là d'une activité importante, dont seule la réalisation régulière permettait d'alimenter le fichier automatisé des empreintes digitales et le Fichier national automatisé des empreintes génétiques.

En ce qui concernait le relevé de l'ADN, un technicien muni de gants prélevait au moyen d'un coton-tige de la salive dans la bouche du suspect. Il devait faire particulièrement attention pour éviter que ce prélèvement ne soit souillé par des particules étrangères. Les siennes ou celles d'un tiers qui aurait pu éternuer, par exemple. Il n'était pas rare que le labo retourne l'échantillon, qui n'avait pas été prélevé dans des conditions correctes et qui portait les ADN de plusieurs personnes différentes...

Il en était de même pour le laboratoire qui réalisait l'opération. Des prélèvements d'ADN avaient été effectués, au préalable, sur tous les techniciens, pour exclure des résultats de l'analyse leur propre ADN, qui par mégarde ou erreur de manipulation pourrait apparaître dans les résultats obtenus. Cela arrivait également.

La prise d'empreintes digitales venait, quant à elle, d'être modernisée. Jusqu'à présent, on avait recours à la technique qui faisait obligation d'encrer les doigts des individus, avant de les appliquer sur une feuille de papier. Désormais, et depuis peu, on utilisait une borne de signalisation. Le suspect plaçait sa main sur une surface vitrée, l'appareil scannait vos empreintes et la transmission des données sur la base se faisait immédiatement. Le procédé était plus propre et les comparaisons en étaient facilitées. La rapidité de l'analyse qui s'ensuivait était époustouflante.

Les différents services, sur le territoire national, n'avaient pas encore tous accès à cette nouvelle technologie compte tenu de son coût. Mais ce n'était qu'une question de temps.

Ces formalités réalisées en sa présence, Kevin laissa le soin au garde de reconduire le gardé à vue dans sa cellule.

Le directeur du SRPJ étant absent, il prit contact avec le juge à qui il rendit compte des aveux obtenus. Il en informa également le procureur de la République, car, par une bizarrerie du code de procédure pénale, le magistrat instructeur n'étant pas saisi, il devait transmettre le dossier au chef du parquet qui le ferait parvenir à son tour, s'il le décidait, au juge d'instruction en charge de l'affaire criminelle, par le biais d'un réquisitoire supplétif.

Enfin, au terme de ce labyrinthe procédural,

Mme Rapenaud aurait quand même les nouveaux éléments à sa disposition. Elle demanda au policier de lui présenter M. Delfourd, au terme de la prolongation de garde à vue. Il acquiesça.

*

Charlotte était en train de pondre son dernier article. Il n'avait rien à voir avec l'enquête qui la passionnait, mais cela faisait partie intégrante de son job, elle ne pouvait se focaliser sur une seule affaire, d'ailleurs, son rédac chef ne le lui aurait pas permis. Avec un soupir de soulagement, elle mit le point final au paragraphe. Elle s'étira et se frictionna les yeux.

Consacrer trop de temps au travail devant un écran d'ordinateur ne lui valait rien. Elle sentait poindre une légère migraine. Elle avait besoin de s'aérer. C'était primordial pour elle. Elle avait envie de contact, de se frotter aux gens, de les interroger, de les voir vivre. Elle aurait peut-être dû faire comme ses frangins et passer le concours d'entrée dans la police. Mais, rien qu'à l'idée de l'uniforme, elle fronça le nez. « Non merci, très peu pour moi. Je tiens trop à ma liberté d'expression », réfléchit-elle.

Cela lui fit penser à son frère Alain. « Il peut bien me donner un coup de main tout de même », songea-t-elle, en tapant légèrement du poing sur la table. Elle prit son téléphone et l'appela sur son portable. Comme d'habitude, son frérot était très occupé.

Lorsqu'elle l'avait au bout du fil, elle ne le reconnaissait pas. Cassant, toujours énervé, il était tout autre. « Son métier », pensa-t-elle. Bref, il descendait ce week-end sur Montpellier et il était d'accord pour contacter son ancien collègue.

Notre reporter se demanda comment, sans que cela paraisse trop évident, elle pourrait profiter de l'événement. Ce serait quand même incroyable si elle ne parvenait pas à ses fins. En général, elle récoltait toujours ce qu'elle voulait. « Enfin presque ! », fut-elle obligée de reconnaître en pensant à quelques échecs, qu'elle préféra reléguer aussitôt au plus profond de sa mémoire.

Elle avait confiance en ses qualités professionnelles et dans son charme personnel. Il s'agissait là de deux atouts. Elle se leva de sa chaise, s'étira et se regarda dans la glace adossée à la porte du petit bureau qu'on lui avait enfin permis de squatter. Elle aimait bien son indépendance et d'ailleurs, travailler au milieu du brouhaha ne lui convenait guère. Certes, il se dégageait de cette ambiance une force de travail, qu'il ne fallait pas négliger, mais pour correctement analyser l'événement ou les faits, elle avait besoin d'un peu d'intimité.

« Il me manque quelques centimètres », bougonna-t-elle. Elle était malgré tout fière de la régularité de ses traits et de ses yeux verts. Ses longs cheveux bruns ourlés de reflets roux, et qu'elle entretenait avec une légère coloration, tirés en arrière et disciplinés en queue-de-cheval, donnaient d'elle, du moins c'était son avis, l'image d'une femme volontaire, décidée surtout à ne pas s'en laisser compter. Ce petit côté pète-sec, comme le lui reprochaient ses frères, lui avait bien valu quelques mésaventures, notamment du point de vue sentimental, mais après tout... c'était un choix de sa part. Côté vêtements, elle privilégiait les plus pratiques : jeans, pulls à col roulé et chaussures à talons légèrement compensés. Au demeurant, si elle voulait pouvoir se déplacer en moto, elle se voyait mal en jupe, ou tailleur. Nul doute que ce profil de garçon manqué provenait de son éducation au contact de ses deux frères.

Rendez-vous avait été pris dans un petit restaurant du centre-ville. Charlotte, montpelliéraine depuis peu, avait dû regarder le plan. Elle avait décidé de faire quelques efforts de toilette et, en lieu et place du sempiternel jean, avait revêtu un tailleur beige et un chemisier assorti.

Elle avait remarqué qu'à contrario de ses collègues qui privilégiaient les vêtements de sport, Kevin s'habillait de façon beaucoup plus classique. Veste, pantalon de ville et chemise-cravate. Cela lui donnait un air un peu vieillot pour son âge ; après tout, ils n'avaient que deux ans d'écart. Mais puisque c'était son choix...

Elle décida de laisser les deux compères arriver les premiers. Ainsi, ils auraient amplement le temps d'évoquer leurs expériences d'école de police. Elle en avait soupé de ces histoires potaches, ressassées par ses deux frangins. Elle se demanda, en souriant en son for intérieur, si le policier apprécierait sa présence au repas.

Lorsqu'elle apparut, avec au moins vingt bonnes minutes de retard – il fallait savoir se faire désirer –, Alain prit la conversation en main.

— Je crois que vous vous connaissez ?

— Oui, répondit-elle sobrement.

Puis, histoire que tout le monde comprenne qu'elle ne souhaitait pas pour l'instant que leur conversation soit centrée sur des problèmes professionnels, même si elle en mourait d'envie, elle changea de sujet.

— C'était une cave ? interrogea-t-elle, en laissant son regard errer sur les murs, voûtés, en pierres apparentes, du restaurant.

— Non, mais un local affecté aux gardes, énonça Kevin.

— Aux gardes ? s'étonna-t-elle.

— Oui, cette salle fait partie intégrante d'un ancien hôtel particulier. La cour intérieure autorisait l'accès des carrosses. À droite et à gauche se situaient les appartements dévolus aux gens d'armes et aux écuries. Un escalier conduisait aux parties nobles du bâtiment réservées aux seigneurs ou aux riches bourgeois. C'est le cas de beaucoup de constructions de ce genre, précisa-t-il.

— On dirait que tu connais bien ta ville, constata Alain.

— Oui, effectivement.

Charlotte s'interrogeait. Ne devait-elle pas profiter de l'occasion pour lui demander de lui servir de Cicérone ? Mais elle jugea qu'il risquait de trouver la ficelle un peu trop grosse, et ne voulait pas qu'il se sente pris au piège.

Le repas fut fin et agréable. Les convives évitèrent soigneusement toute allusion à leurs activités professionnelles respectives. Charlotte découvrit un policier cultivé et chaleureux. Compte tenu de ses occupations extra-professionnelles, pour le moins surprenantes, elle n'en attendait pas moins.

La conversation s'alanguissait lorsque Alain, décidément incorrigible, mais pouvait-elle, décemment, le lui reprocher, ramena la discussion sur le boulot.

— Vous en êtes où, avec le meurtre de l'évêque ? s'enquit-il en désignant du menton, le regard rieur, sa sœur. Ça a fait la une des journaux !

L'enquêteur se demanda s'il devait révéler qu'ils avaient interpellé quelqu'un, mais qu'en fait la piste tournait court. Il dut faire un effort sur lui-même pour répondre :

— Rien de bien concret.

À la façon, lapidaire, dont il avait formulé sa réponse, Alain sentit qu'il valait mieux ne pas insister.

Il regarda sa montre. Il était près de 23h30 et il n'y avait plus que deux couples dans le restaurant. Il devait pour sa part regagner la capitale le lendemain après-midi par le TGV, aussi décida-t-il de donner le signal du départ.

Kevin avait bien apprécié cette soirée. Notamment le charme de la sœur de son ami, qui avait su ne pas l'interroger, et ne pas évoquer les sujets professionnels. Il en avait assez de fréquenter essentiellement un milieu de flics avec les sempiternels propos qui tournaient toujours autour de leur job. Il avait cru remarquer que Charlotte semblait captivée par les vieux quartiers de la ville et par son passé. Aussi se hasarda-t-il :

— Si vous êtes intéressée par l'histoire de Montpellier, je pourrais vous faire visiter le centre-ville.

Puis, devant le silence de celle à qui il s'adressait, il ajouta rapidement :

— Mais vous avez aussi la possibilité de participer à des visites organisées par l'office du tourisme, s'exclama-t-il, regrettant déjà sa proposition.

— Merci, je préfère explorer la ville avec un autochtone, articula-t-elle, avec un grand sourire.

Au même moment, elle sentit le pied de son frère toucher le sien. Elle lui lança un rapide regard pour lui intimer de se tenir tranquille.

Ils se levèrent et quittèrent l'établissement. Le centre-ville était désert et les ruelles qu'ils parcouraient en conversant les conduisirent place de la Comédie, le cœur de la cité. L'endroit était un peu plus animé, mais il n'y avait rien de comparable avec la vie nocturne des très grandes agglomérations comme Paris, Lyon ou Marseille. Alain, en bon Parisien, en fit la remarque.

Ils se séparèrent. Charlotte partit avec son frère récupérer sa voiture, pendant que Kevin se dirigeait à pied vers son appartement. Oui, il avait passé une agréable soirée. Il grimpa quatre à quatre les escaliers et, une fois déshabillé, entrebâilla la porte de sa penderie. Il caressa du regard l'aube qu'il devait revêtir le lendemain, pour servir la messe à Saint-Guilhem. Il se coucha, non sans penser à Charlotte.

Dimanche matin, Kevin se leva tôt. Il se pencha à la fenêtre qu'il venait d'ouvrir et constata qu'il allait faire beau. « Parfait », se dit-il, en enfilant un pantalon de survêtement et un tee-shirt. Il chaussa ses baskets et décida de couper au plus court en direction du zoo. Le dimanche à cette heure relativement matinale, 7h30 réalisa-t-il en consultant sa montre, la circulation était inexistante.

Il partit à petites foulées et obliqua vers l'avenue du Professeur Grasset. Il était sûr au moins de ne pas rencontrer de voiture sur cet axe-là. Tout au plus le tramway, puisque la partie centrale de l'artère était réservée aux voies du tram. Il dépassa, toujours en gardant la même cadence, l'université Paul-Valéry et remonta en direction du zoo de Lunaret. Le gardien venait juste d'ouvrir les portes, ce qui lui permit de ne pas faire le pied de grue.

Il ralentit l'allure, car les dénivelés étaient très

importants et son cœur allait être particulièrement sollicité. Il passa devant plusieurs volières, mais n'eut pas le loisir de voir leurs occupants.

Les macaques se manifestèrent pour leur part bruyamment lors de son passage. Il contourna la tour de La Valette et poursuivit sa course vers la ferme pédagogique, qu'il laissa sur sa gauche. Il tourna autour du « grand lac », qui en réalité n'avait de grand que le nom, et remonta la colline en direction de la sortie.

Panthères et lions étaient aux abonnés absents. Le zoo et ses pensionnaires se réveillaient tout juste. Il reprit le même chemin qu'à l'aller et rentra au bercail. Cinquante minutes, constata-t-il en consultant sa montre tout en grimpant, lentement cette fois-ci, les escaliers.

Il but deux grands verres d'eau et prit une bonne douche. 9 heures. Il était l'heure de se préparer et de regagner l'abbaye de Gellone. La messe avait lieu à 11 heures, il avait tout le temps, mais il fallait compter avec les impondérables.

Tout en conduisant, il élaborait une stratégie. Devait-il annoncer clairement au prêtre qu'il allait assister sa qualité de policier et jouer franc jeu avec lui, ou se taire ? Il pesa le pour et le contre, puis décida de se laisser guider par les événements.

Il stationna sa Golf série 5 bleu nuit, dont il ne se servait que peu souvent – il utilisait en règle générale son véhicule de service –, sur le parking vide de toute automobile. Il était gratuit le dimanche ; seulement hors saison touristique, déploraient certains.

Immédiatement, il réalisa en se dirigeant vers la cure qu'il y avait un attroupement relativement important. Une foule de pèlerins qui arboraient la coquille de saint Jacques. Il se remémora, tout d'un coup, que la célébration du jour était plus précisément consacrée à ceux qui faisaient le pèlerinage en direction de l'Espagne.

Comme il arrivait devant l'habitation du curé, ce dernier en jaillit. Il se présenta, curieux de savoir s'il allait être reconnu. Apparemment ce n'était pas le cas. Le prêtre l'accueillit chaleureusement sans lui faire aucune remarque.

— Venez, dit l'abbé Rébufat à son nouvel assistant.

L'abbatiale était bondée de pèlerins. La cérémonie fut chaleureuse et la ferveur bien plus importante que celle à laquelle il était accoutumé. Cela tenait, sans nul doute, à la qualité des participants. Ils n'arrivaient pas ici par habitude, mais dans un but particulier, poussés par une démarche toute personnelle.

Tout au fond de l'église, se trouvait un homme de haute stature, mince, qui se distinguait des autres croyants par un comportement singulier. Il s'était mêlé aux pèlerins, dont il faisait partie, et scrutait de son regard acéré les deux officiants avec insistance. Indiscutablement le plus jeune lui rappelait quelqu'un, mais l'aube dont il était revêtu, tel un uniforme, l'empêchait de l'identifier.

Le moment de la communion venu, tous les fidèles se levèrent et s'engouffrèrent dans la travée principale pour venir recevoir l'hostie des mains du prêtre ou de celles de Kevin. S'il ne pouvait lui-même consacrer l'hostie, une fois qu'elle l'était, il pouvait l'offrir.

C'est ainsi qu'Hippolyte Lafin reçut des mains du diacre l'hostie consacrée.

Pour l'instant, ni le Faucheur ni le policier ne s'étaient reconnus.

Tous les Jacquets sortirent sur le parvis de l'abbatiale. Ensemble, ils s'écrièrent : « Ultreia ! », qui était le terme utilisé par les pèlerins du Moyen Âge et qui signifiait « va de l'avant ». Il s'agissait là d'un cri de joie et d'encouragement.

Kevin regrettait que ce genre de manifestation ne soit plus d'actualité, du moins en relation avec la foi. Car que faisaient d'autre les sportifs en se regroupant en cercle juste avant d'entamer un match de foot ou de rugby, épaules contre épaules, têtes contre têtes, poussant des cris pour se donner du cœur à l'ouvrage…

Dès la fin de l'office, le prêtre invita son assistant à partager son repas avec lui. Ils regagnèrent donc la cure en silence, l'esprit encore imprégné de la cérémonie qui venait de se terminer et de la magie qui s'en était dégagée. Cette communion des cœurs, pour ne pas dire des âmes, même si elle était fugace, trop fugace pour Kevin, n'en représentait pas moins le point fort de son engagement.

Après une collation rapide, ils s'installèrent dans deux fauteuils en cuir usagés, mais confortables.

La conversation s'engagea tout de suite sur l'existence et l'utilité des diacres. Le curé n'avait, semble-t-il, pas l'habitude d'en recevoir, aussi souhaitait-il débattre de leur rôle dans l'Église. S'il était d'accord pour constater qu'ils permettaient de compenser un certain déficit en prêtres, il soutenait que ce ministère diaconal pouvait être considéré comme un ersatz, pour assurer une vie liturgique minimale dans les paroisses sans abbés résidents.

Kevin ressentit tout de suite la réticence de cet ecclésiastique, réticence que certains de ses pairs manifestaient vis-à-vis de l'influence, naissante, mais croissante, du diaconat.

Il dut ferrailler, certes à fleuret moucheté, avec son interlocuteur, désireux de lui faire partager sa conviction, sans pour autant le contrarier. Il tenta de lui expliquer que les prêtres, à l'instar de ce qui se passait pour les évêques, n'avaient pas à tout faire, mais à veiller à ce que tout se fasse. Que le diacre se mettait à la disposition de tous, qu'il était appelé, par sa proximité, à stimuler les collaborations, à signifier l'urgence de la fraternité entre les hommes. Il essaya de lui faire toucher du doigt l'impact attendu de la grâce de la présence fraternelle de quelqu'un qui pouvait être père de famille, collègue de travail, et qui était ainsi en contact direct avec le monde à évangéliser et à servir. On pouvait donc espérer de lui qu'il articule d'une manière concrète les exigences de l'Évangile et celles de la vie quotidienne de son temps.

Le lieutenant Normand voyait se dessiner, au fur et à mesure de son plaidoyer, une certaine perplexité sur le visage de son vis-à-vis. Beaucoup de curés voyaient dans l'émergence des diacres une sorte de concurrence déloyale de la part de laïcs grossièrement formés aux mystères de la foi.

Il crut emporter le morceau en explicitant que le conflit larvé avec les membres du clergé n'avait de chance d'être évité que dans la mesure où le ministère de chacun gagnerait en spécificité. L'Église aurait donc avantage à confier aux diacres permanents des responsabilités qui sortent franchement des attributions habituelles des prêtres.

Kevin attendit une réponse de son hôte, mais ce fut en vain. Il sentait, confusément, qu'il n'avait pas convaincu ce dernier. Pour ne pas s'attirer son inimitié et conscient qu'il fallait laisser aux idées qu'il essayait de développer le temps d'être digérées, il orienta la conversation vers Mgr Morandin.

— Je crois savoir qu'il n'était pas opposé aux diacres permanents ? suggéra-t-il.

— J'avoue que je n'ai jamais eu l'occasion de discuter avec lui sur ce chapitre. Il était davantage intéressé par l'histoire de l'abbaye et était incollable sur le sujet.

— Il venait souvent ici ?

Le père Rébufat regarda longuement celui qui lui avait posé cette question, se caressa le bout du menton de la main et passa à l'offensive :

— Vous m'interrogez en tant que membre, apparenté, du clergé ou en qualité de policier ? s'enquit-il.

L'officier de police s'attendait à une telle saillie. Aussi répondit-il du tac au tac, sans manifester, du moins en apparence, la moindre contrariété :

— J'avoue que le personnage m'intéresse, mais qu'effectivement votre avis sera utile à mes investigations.

— Vous n'avez pas avancé ?

— Pas de façon concluante, reconnut-il.

— Monseigneur venait souvent se recueillir et prier ici. Il lui arrivait de passer la nuit en prière et...

— Son chauffeur l'attendait dehors pendant tout ce temps ?

— Pas du tout, il se présentait parfois seul. Il conduisait lui-même sa voiture. Il connaissait le maire du village et...

— Le maire ! Pourquoi ?

— Je ne peux vous répondre avec certitude. Il faudra le lui demander. Mais je subodore qu'ils souhaitaient donner une impulsion plus importante à Saint-Guilhem. Leurs démarches n'étaient peut-être pas sous-tendues par les mêmes motivations. Notre prélat pensait sûrement à restaurer le rayonnement spirituel de l'abbaye, alors que l'élu devait voir là un moyen d'enrichir sa localité avec plus de touristes, et surtout de les fidéliser tout au long de l'année.

— C'est-à-dire ?

— Je n'en sais pas plus, mais mes paroissiens, du moins un certain nombre d'entre eux, se rendent compte que le village périclite et que l'influence du tourisme ne se fait sentir véritablement que pendant les mois d'été.

— Mais le site étant classé au patrimoine mondial de l'UNESCO, comment pouvaient-ils espérer modifier quoi que ce soit ?

— Je ne peux vous en dire plus. Je vous communique simplement mes impressions.

Le prêtre se leva, et Kevin comprit qu'il ne se confierait pas davantage. Il n'était d'ailleurs pas convaincu qu'il en sache plus long. Les dignitaires de l'Église n'avaient pas pour habitude de se confesser aux simples curés de village. Aussi décida-t-il de changer l'orientation de leur conversation.

— En dehors des touristes, qui fréquente régulièrement votre paroisse ou ses environs ?

— Vous êtes conscient que le site national des grottes de Clamouse draine également un grand nombre de visiteurs et contribue à l'attrait de la région.

Le policier ne pouvait ignorer que l'excavation naturelle en question, située quelques kilomètres avant Saint-Guilhem, attirait effectivement les estivants. Il suffisait pour s'en convaincre de quitter la route principale et de gagner les parkings qui avaient été créés tout exprès pour les accueillir, remplis de dizaines de cars et de véhicules particuliers.

— Et en dehors de la grotte ? renchérit-il.

— Vous avez également les chasseurs de sangliers. La région est encore assez giboyeuse, même si aux dires des anciens, cela ne peut se comparer avec les années précédentes. Ah, j'allais oublier, reprit l'ecclésiastique, se rasseyant pour servir une liqueur de verveine à son commensal, les groupes ou groupuscules de tout genre. Les chercheurs d'OVNI, les adventistes, les swedenborgs, les branhamistes, les moonistes, les adeptes de Raël, ceux qui prônent un retour à la nature, les rosicruciens… et j'ai failli omettre cette secte ou confrérie satanique, dont je ne me rappelle plus le nom.

— Mais, la municipalité met des salles à leur disposition ? s'enquit notre enquêteur, interloqué.

— Pas du tout. Tous ces gens-là occupent des grottes aux alentours et cela de façon plus ou moins épisodique. Les gendarmes leur font la chasse, mais ils ont autre chose à faire, vous savez ! N'oubliez pas que le sous-sol des monts de Saint-Guilhem est creusé par une multitude de galeries et de cavernes. Il n'y a pas, et de loin, seulement celle de Clamouse, qui, elle, est la plus belle, celle dont les concrétions sont les plus spectaculaires. À l'époque de Guilhem, d'innombrables ermites en avaient fait leur lieu de prédilection.

— Ces grottes ne sont-elles pas répertoriées ?

— Pensez-vous ! Elles sont trop nombreuses et n'offrent pas toutes, loin s'en faut, un intérêt archéologique. Par ailleurs, les gens qui fréquentent ou occupent ces emplacements ne passent pas obligatoirement par le village, car les habitants ont pour consigne d'aviser la gendarmerie d'Aniane.

L'après-midi touchait à sa fin et Kevin, après avoir remercié le prêtre de la paroisse, regagna Montpellier.

*

Le lundi matin, Charlotte, en grande forme, arriva sur son lieu de travail. Elle gara sa moto sous les abris en verre prévus à cet effet et grimpa quatre à quatre les escaliers, dédaignant l'ascenseur trop lent à son goût. Dans le couloir, elle fut hélée par son rédacteur en chef :

— Bravo, je viens d'entendre à la radio que la police a intercepté un suspect en rapport avec le meurtre de M. Bonneyroux... lança-t-il sur le mode interrogatif, comme pour laisser le temps à la journaliste de prendre la suite.

Devant le mutisme de sa jeune consœur, il renchérit.

— Le procureur s'apprête à donner une conférence de presse à l'hôtel de police. Rendez-vous utile et filez sur place, à moins que vous ne m'annonciez que vous renoncez à couvrir cette affaire.

Sans piper mot, Charlotte tourna les talons et

dégringola les escaliers aussi vite qu'elle les avait montés, tout en pestant en son for intérieur. « Ce n'est pas possible, il n'a pas pu me faire ça ! L'interpellation a dû avoir lieu dimanche, ou au cours de la nuit », réfléchit-elle en enfourchant sa moto.

La salle dévolue à la conférence de presse était pleine de confrères qu'elle salua distraitement. Elle en connaissait certains de vue, d'autres de réputation, mais n'avait pas quant à elle, assez d'ancienneté pour être véritablement reconnue par ses pairs.

Au fur et à mesure que le chef du parquet déroulait les investigations effectuées par le SRPJ, elle sentit son estomac se nouer et les larmes lui monter aux yeux. Bon Dieu, l'arrestation avait eu lieu quelques heures avant le repas pris en commun. « Ah, il s'est bien fichu de moi ! Il a dû bien rigoler », songea-t-elle, en serrant les mâchoires.

Tremblante de rage et de rancœur, elle prit à toute vitesse des notes. Elle n'aurait donc pas droit à un scoop, ses confrères disposeraient tous des mêmes informations. C'était bien la peine d'appeler son frangin à la rescousse…

— Il me le payera, marmonnait-elle peu après, tout en slalomant entre les voitures bloquées par un des sempiternels embouteillages du centre-ville.

Alors que, furieuse, elle était en train de coucher son article sur le papier, la sonnerie du téléphone retentit. Elle décrocha et lança un vindicatif :

— Oui !

— Bonjour, c'est le lieutenant Normand. Je ne vous dérange pas ?

Interloquée, elle se demanda s'il l'appelait pour jouir de sa déconfiture, se moquer d'elle ou prendre la température. Elle se contenta d'émettre un grognement, tout en indiquant qu'elle était en train de rédiger son article, suite à la conférence de presse.

Après un instant d'hésitation, l'officier de police reprit la parole :

— Ah oui. J'arrive du palais de justice. Le magistrat va remettre dehors la personne que nous avons interpellée. Il a un alibi béton que mes collègues ont vérifié ce dimanche. Il ne peut être l'auteur du coup de feu tiré sur l'inspecteur général.

Le cœur de Charlotte battait la chamade. Ce fait nouveau n'avait pas été évoqué lors de la conférence. Elle aurait donc de l'avance sur l'information que ses confrères, de la presse écrite tout au moins, balanceraient à la une de leurs quotidiens le lendemain matin. Sans plus de vergogne, elle interrogea tout son saoul son interlocuteur, estimant qu'il lui devait bien ça. Tout en notant rapidement les confidences du policier, elle se demandait s'il regrettait son mutisme de la soirée précédente et essayait de se racheter.

Elle répondit par l'affirmative lorsqu'il lui proposa un rendez-vous pour lui faire visiter la ville. Elle trépignait maintenant qu'elle avait obtenu les infos nécessaires et qu'elle devait les rédiger. Elle écourta la conversation, puis se lança à corps perdu dans la relation de l'événement.

Son article bouclé, elle bondit de son siège et alla le présenter fièrement au rédacteur en chef. Elle l'avait entraperçu, lors de la conférence de presse, et s'était demandé s'il venait vérifier sa présence ou s'il était là tout simplement pour se tenir informé, comme il aimait le faire.

Après avoir corrigé d'un trait de plume rageur quelques expressions, Michel Zerbaud lança un regard interrogateur vers sa jeune consœur.

— Le procureur n'a pas évoqué cette remise en liberté, ni l'alibi du mis en cause ! s'exclama-t-il surpris.

Devant le mutisme de cette dernière, il rajouta :

— J'étais présent à la conférence.

Souriante, Charlotte répliqua du tac au tac :

— Je sais, je vous ai vu. Mais je suis catégorique, j'ai mes sources, il va être remis dehors dans quelques heures si ce n'est pas déjà fait à l'instant où je vous parle. Je suis formelle, crut-elle bon de renchérir, constatant que son patron faisait la moue.

« Il n'osera quand même pas mettre en doute mes propos ! » s'inquiéta-t-elle. Elle savait pertinemment qu'il n'oserait jamais lui demander d'où provenaient ses informations. Les flics et les journalistes avaient au moins un point commun, ils ne dévoilaient jamais l'identité de leurs informateurs.

— Bien, votre article passera, demain à la une. Vous pouvez le signer.

C'est en chantonnant et dansant d'un pied sur l'autre qu'elle regagna son bureau.

Elle était également contente d'elle-même. Elle disposait d'une information qui serait divulguée par la suite dans la presse et que volontairement, par représailles, se dit-elle, elle avait cachée au policier du SRPJ.

Le lendemain, tous les journaux titraient « La vigne a parlé ». Il s'ensuivait généralement des commentaires, dans lesquels on apprenait que, grâce à l'ADN prélevé sur les ceps de vigne, un coupable avait pu être confondu.

« Je suis la seule à avoir annoncé la remise en liberté du viticulteur », réalisa-t-elle, en compulsant rapidement et nerveusement la presse régionale et nationale. Enfin un scoop ! Certes, ce n'est pas avec ça que j'aurai le Pulitzer, mais il faut savoir se contenter de petites victoires…

Dans les pages régionales se trouvait également une information qu'elle estimait importante. Elle la lut à haute voix, comme pour mieux se convaincre de sa portée : cinq départements, dont l'Hérault, se fédèrent pour porter la candidature des espaces Causses et Cévennes au patrimoine mondial de l'UNESCO. Ces espaces sont proposés au titre des « paysages culturels vivants et évolutifs ». Il s'ensuivait une explication donnée par le département de l'Hérault sur l'opportunité extraordinaire qui s'offrait là, sur les retombées très concrètes en matière de tourisme pour ces territoires et sur l'absolue nécessité de protéger ce site.

Charlotte était convaincue qu'elle avait mis au jour une information cruciale, en lien avec le meurtre du vice-président du conseil général. Obscurément, elle sentait qu'il fallait creuser cette hypothèse. Peut-être M. Bonneyroux n'était-il pas étranger à tout ça.

D'après ce que lui avait dit André qui couvrait habituellement ce genre de rubrique, le rôle de l'ancien inspecteur général de l'Équipement avait été particulièrement ambigu. Il voulait à tout prix valoriser le site, par le biais d'une politique audacieuse en direction des touristes, mais avait freiné des quatre fers et s'était opposé au projet qui consistait à présenter les lieux à la candidature de l'UNESCO. Elle n'avait pas pu obtenir plus de précisions, mais avait sollicité son confrère pour qu'il creuse le sujet.

Elle était persuadée que le policier n'avait pas fait la corrélation et réfléchissait à la façon de lui communiquer ses propres soupçons. Il fallait agir avec la plus grande diplomatie, ne pas le vexer en attirant son attention sur un événement dont il avait, manifestement, totalement sous-estimé l'importance.

De son côté, casquée et bottée, Patricia s'engagea vers le centre-ville au guidon de sa moto. Elle privilégiait ce moyen de locomotion qui lui permettait de s'affranchir du problème des bornes, qui entravaient l'accès à la zone piétonne. Bien évidemment, les services de police disposaient de boîtiers électroniques, mais ils n'étaient pas en nombre suffisant pour équiper tous les véhicules et étaient souvent en panne.

Elle circulait sur la rue Lallemand lorsqu'elle vit son chef direct sortir à pied de l'évêché. Elle accéléra pour le rejoindre, mais il emprunta une petite allée en sens interdit. Déconfite, car elle allait lui proposer de le prendre en croupe, elle continua sa route vers le commissariat central.

— Où en sommes-nous avec Patouillard ? lança Kevin à Bernard, qui venait de reconduire le témoin dans sa cellule. Aux yeux de la loi, tant qu'il n'était pas mis en examen, il demeurait un simple témoin.

— Il n'a pas varié d'un iota dans ses déclarations. Il maintient toujours ce qu'il nous a dit dès le début. Il ne se mettra pas à table, du moins en ce qui concerne notre affaire.

— D'après les infos que nous ont communiquées les policiers du commissariat, il n'est pas connu pour des actes de violence, renchérit Patricia. J'arrive du centre-ville où j'ai effectué une vérification auprès d'un de ses compagnons de beuverie qui m'a confirmé que le jour de la mort du curé, ils étaient ensemble en train de décuver. Qui plus est, il n'a pas de moyen de locomotion. Je pense qu'on ne pourra pas l'accrocher pour le meurtre. Tout au plus pour le recel et l'escroquerie à la carte bancaire.

Il faudrait demander à l'évêque en titre, si le coadjuteur avait l'habitude de noter son code au dos de sa carte, s'enquit-elle, en regardant le lieutenant.

— Allez-y en personne. Je ne suis pas retourné à l'évêché depuis notre dernière visite. Peut-être aurez-vous plus de flair que moi.

Interloquée, Patricia ouvrit la bouche pour dire à son supérieur qu'elle l'avait aperçu peu de temps auparavant sortir de la maison diocésaine, puis elle se ravisa et se tint coite.

— Je vais rendre compte au juge, mais j'ai comme l'impression qu'après une présentation devant elle, il sera laissé libre. Faisons le point, ajouta Kevin. Nous avons interpellé, dans le cadre du meurtre de M. Bonneyroux, un individu qui avait une raison de lui en vouloir, on n'a pu l'accrocher. En ce qui concerne l'homicide de l'évêque coadjuteur, nous avons un gugusse sans envergure, qui sera remis dehors. Il va falloir reprendre nos investigations et repartir de zéro. Nous devons découvrir un lien qui ne soit pas simplement géographique entre ces deux personnes. Si nous ne déterminons pas un éventuel mobile, on restera dans le brouillard. Pourquoi ont-ils été tués ? Une vengeance ? Pour s'assurer de leur silence ?

Personne ne s'aventura à répondre.

Le directeur d'enquête dénoua légèrement sa cravate et passa un doigt dans le col de sa chemise, comme si la bouffée d'air supplémentaire qu'il en obtiendrait allait l'aider, en oxygénant davantage ses neurones, à trouver la bonne solution. Après quelques minutes de silence, l'opération n'avait pas porté les fruits escomptés. En désespoir de cause, Kevin quitta le bureau de ses collaborateurs.

Patricia hésita à se confier à Bernard. Pourquoi leur chef mentait-il ? Après quelques tergiversations, elle décida de garder ses doutes pour elle.

6

Kevin décida de faire une pause. L'expérience, du moins la sienne, lui avait permis de comprendre que lorsqu'il n'arrivait pas à y voir clair dans une enquête, c'était tout simplement pour la bonne raison qu'il manquait de recul, parce qu'il avait la tête dans le guidon et se contentait de voir ce qu'il avait devant les yeux, sans projeter son regard plus loin.

« Une journée de détente, avec Charlotte, sera la bienvenue », pensa-t-il. « Après tout, nous évoquerons vraisemblablement les affaires en cours. Il peut en sortir quelque chose de positif », conclut-il comme si, pris de remords à l'idée de ne pas consacrer tout son temps et son énergie aux investigations, il avait besoin d'une justification quelconque.

Charlotte avait débuté la matinée de très bonne humeur. Son rédac-chef était content, ses collègues aussi, il faisait beau et elle avait un rencard. « Professionnel ou privé ? » se demandait-elle tout en enfilant son jean.

Elle arriva à l'heure place de la Comédie. « Presque une faute pour une femme », songea-t-elle. Après une solide poignée de main, toute professionnelle, elle suivit son mentor.

— Montpellier est une ville universitaire, surtout célèbre pour sa faculté de médecine, attaqua-t-il. Dès le XIIe siècle, il y avait des écoles de médecine et elles furent regroupées en une université au XIIIe. Des élèves prestigieux vinrent y étudier, comme Rabelais qui termina ses études vers 1530, énonça Kevin.

Ils empruntèrent la rue Jacques-Cœur et s'arrêtèrent devant l'hôtel des Trésoriers de France, sur la façade duquel apparaissait un magnifique soleil, symbole du règne de Louis XIV. Par chance, le monumental portail d'entrée étant ouvert, ils purent pénétrer dans la cour et contempler le grand escalier, à trois volées, ainsi que le majestueux frontispice à colonnades superposées.

Ils cheminèrent un moment à travers un dédale de petites rues.

— Nous sommes à l'Écusson, indiqua Kevin, toutes ces ruelles ont du charme, vous ne trouvez pas ? Qui plus est, comme elles sont piétonnes, les badauds peuvent y flâner à leur guise.

— Oui, c'est vrai, mais je n'aimerais pas habiter ici. Il est impossible d'y venir en voiture, et surtout les artères sont très étroites et le soleil ne semble pas pénétrer dans les appartements, ce qui est un comble quand on demeure dans le Midi.

Normand acquiesça du bout des lèvres, se gardant bien de préciser que quant à lui il vivait dans l'un de ces appartements. Il continua :

— L'avantage de ces petites rues, c'est qu'en été, par temps de canicule, on peut y progresser à l'abri des rayons du soleil. Au XIVe siècle, les habitants tendaient des draps d'une façade à l'autre pour permettre aux chalands de se promener sans risquer une insolation.

Il leva le regard et indiqua de la main à la journaliste qu'un espace de quelques mètres seulement séparait le haut des habitations.

— Cela existe toujours dans certaines villes du sud de l'Espagne comme Tolède, ou du sud de l'Italie comme à Naples, approuva Charlotte.

— Si vous êtes intéressée par l'histoire de la cité, je vous conseille le bouquin de Robert Merle : *En nos vertes années*. Je pourrais vous le prêter si cela vous dit.

Ils arrivèrent boulevard Sarrail, où se dressait un majestueux hôtel particulier. Les battants de la double porte qui en condamnait l'accès étaient ouverts. Ils pénétrèrent dans la cour intérieure et les imposantes façades ouvragées s'offrirent à leur regard. Kevin indiqua un très bel escalier qu'on appelait « le degré de Manse » et qui figurait dans tous les ouvrages consacrés à la vieille ville.

Charlotte ne pipait mot, tant elle était sous le charme de cette cité. « Peut-être aussi sous le charme de celui qui me la fait visiter », devait-elle reconnaître à son corps défendant. Elle s'était toujours donné comme ligne de conduite de ne pas mélanger le travail et la vie sentimentale.

Tout en cheminant aux côtés de son Cicérone improvisé, elle le contemplait. Il était grand, du moins par rapport à elle, mince, le visage régulier. Toute sa personne dégageait une certaine douceur. Douceur qui devait s'expliquer par ses choix de vie un peu particuliers pour un flic, il fallait bien l'avouer. Elle ne put, alors, s'empêcher de penser à ses deux frères, qui étaient aux antipodes du comportement de ce policier montpelliérain.

Mais par-dessus tout, ce qui le distinguait, c'était sa façon de s'habiller. Elle ne l'avait jamais vu en jean ni en baskets. Il portait un pantalon bleu clair en flanelle et une chemise dans le même ton, de la marque Olly Gan, pour autant qu'elle pouvait en juger au vu de l'estampille. Il avait des chaussures de ville marron. « Ça manque un peu de fantaisie », pensa-t-elle.

Ils traversèrent l'avenue Foch et dirigèrent leurs pas vers la place Saint-Roch. Une foule importante se trouvait rassemblée sur le parvis de l'église. De très nombreux Jacquets, leur coquille visible sur leur sac à dos, s'étaient donné rendez-vous, pour assister à une messe célébrée à leur intention.

— Saint Roch est le patron de la ville. Cette place est un lieu de passage, pour ceux qui se dirigent vers Saint-Jacques-de-Compostelle. Ils sont accueillis volontiers dans les locaux de ce presbytère, précisa-t-il en désignant de la main la maison, située derrière l'oratoire. C'est un point de délivrance de la « créanciale »... vous savez, le carnet de route du pèlerin qui est délivré par l'Église ?

— Oui, oui, je connais, le rassura son interlocutrice.

— Ils peuvent également le faire viser pour attester qu'ils sont bien passés par Montpellier.

Alors qu'ils s'approchaient du sanctuaire à proprement parler, Kevin aperçut un groupe de trois policiers vraisemblablement là pour encadrer la manifestation, pacifiste bien évidemment, qui devait parcourir les rues de la ville dès la fin de la messe. L'un d'eux se rapprocha de lui.

— Bonjour lieutenant ! Vous vous souvenez de moi ? J'avais postulé pour une affectation en PJ il y a quelques mois et vous m'aviez reçu.

Après avoir serré la main de son collègue, ainsi que celles des deux autres fonctionnaires de police, Kevin acquiesça.

— Ah oui. Je me rappelle. Apparemment cela n'a pas marché !

— Votre directeur m'a dit qu'il prendrait ma demande en compte dès que j'aurai obtenu ma qualification d'officier de police judiciaire. J'aurai les résultats à la fin du mois.

— Bonne chance, et à bientôt peut-être, ajouta

l'officier de police en s'éloignant rapidement, tant il était soucieux de ne pas évoquer, en un jour de congé, les questions d'ordre professionnel.

Depuis le parvis, au milieu de la foule, le Faucheur qui attendait son tour pour pénétrer dans l'église n'avait rien perdu de la scène.

Encore lui, songea-t-il. Il savait que s'il restait longtemps sur place au point d'arriver à distinguer des inconnus, il pouvait également être identifié. Qui plus est, celui qu'il reconnaissait comme faisant partie des tables chrétiennes semblait entretenir les meilleurs liens avec la police... Un étrange malaise s'empara de lui. Quelque chose d'indéfinissable lui faisait craindre cet individu. Il décida de ne plus profiter de l'hébergement qui avait été le sien jusqu'à présent.

De toute façon, un pèlerin qui restait trop longtemps sur place risquait d'attirer l'attention. Il avait bien pris la précaution de justifier sa présence par le fait qu'il avait mal à la jambe, mais il valait mieux changer de gîte. Dardant son regard vers le presbytère voisin, il décida d'en solliciter l'hospitalité pour quelques jours. Enfin, son tour arriva. Il pénétra dans l'église et se réfugia dans un recoin du transept, où la relative obscurité qui régnait serait propice au recueillement et protégerait son incognito.

Pendant ce temps, Kevin expliquait avec force détails que plusieurs sortes de rencontres chrétiennes étaient proposées tout au long de l'année, qu'il existait un service évangélique des malades – auquel il lui était arrivé de participer, ce qu'il se garda bien d'avouer –, une chorale, des rassemblements festifs… Tout à coup, il s'arrêta net. Il venait de réaliser que la densité des informations révélées pouvait paraître étrange lorsqu'elles étaient divulguées par un laïc. En avait-il trop dit ? Avait-il été trop bavard ? S'était-il dévoilé ?

Il jeta un regard inquiet vers Charlotte.

Cette dernière, fine mouche, avait pris conscience de ce soudain silence et de ce qui pouvait le motiver. Elle s'efforça de ne pas paraître le moins du monde surprise par ces révélations.

Rasséréné, le policier reprit :

— J'ai lu toutes ces informations sur un prospectus qui a été déposé dans ma boîte aux lettres.

La journaliste opina du bonnet et, histoire de confirmer qu'elle n'avait rien noté de particulier, enchaîna : « C'est apparemment la mode de faire des peintures en trompe-l'œil ».

Ce faisant, elle indiqua du regard une superbe fresque qui se trouvait face à l'église, et qui avait été peinte sur une façade aveugle d'un immeuble, à l'origine plutôt mal en point. Puis, déviant tout à coup la conversation, elle déclara :

— Vous avez vu l'article évoquant la demande de classement du site des Cévennes et des Causses au patrimoine mondial de l'UNESCO ?

Son interlocuteur n'eut pas le temps de lui répondre, car la sonnerie de son téléphone portable retentit.

— Allô, répondit-il rageusement. Quoi ! Encore !... Ce n'est pas possible.

Charlotte pigea rapidement, compte tenu des interjections proférées et de la surprise qui se manifestait sur le visage de son voisin, qu'il se passait quelque chose d'important. Sur ses gardes, elle resta cependant de marbre et fut tout ouïe.

— Il faut que je vous quitte, il vient d'y avoir un autre meurtre à Saint-Guilhem !

— Un meurtre !

Kevin hésita à lui donner plus d'informations, mais troublé par ce qu'il avait appris et conscient qu'il ne devançait que de quelques heures l'annonce de l'événement, il lâcha, tout en prenant congé :

— Oui, le maire a été découvert, mort, à son domicile.

L'officier de police regagna rapidement le siège du SRPJ, où Patricia et Bernard l'attendaient.

— Décidément, attaqua Bernard, tout en faisant ronfler le moteur, c'est pire que le triangle des Bermudes. À la cadence où s'enchaînent les disparitions dans le coin...

— Il semblerait que l'existence d'une abbaye ne confère pas à ce lieu la sérénité voulue, renchérit sa collègue.

Un cordon de gendarmes protégeait l'accès à la demeure du premier magistrat de la commune.

Antonin Séverad, élu, réélu depuis plus de quinze

ans, comme allaient l'apprendre les enquêteurs, était apprécié de ses concitoyens. C'était un personnage haut en couleur, trapu, et sociable, sans quoi il n'aurait jamais exercé aussi longtemps la charge qui était la sienne. Sous son apparence de brave paysan, il cachait cependant un esprit calculateur, retors, près de ses sous, et un peu trop des deniers de la collectivité dont il avait la responsabilité.

Sa demeure, située au centre du hameau, ne se distinguait en rien, du moins en apparence, de celles qui lui étaient mitoyennes, construite tout en hauteur et en pierres apparentes. On y accédait par un escalier usé et patiné par le temps et les intempéries. Les policiers n'eurent pas besoin d'exciper de leur qualité pour être autorisés à pénétrer dans ce qui s'avéra être la salle à manger.

Une surprise les y attendait. L'intérieur était de facture résolument contemporaine. Les murs étaient blanchis à la chaux et quatre canapés en cuir rouge et noir, ainsi qu'une grande table en verre fumé, associée à des chaises en fer, meublaient l'espace. Plusieurs tableaux pendaient, accrochés à des cimaises. Ils représentaient des paysages de la région, mais peints de façon peu conventionnelle. Des petites taches de couleur suggéraient, plus qu'elles ne les matérialisaient, le panorama et les arbres.

Sans un mot, les policiers suivirent le major de gendarmerie qui les conduisit dans le bureau du propriétaire des lieux.

Le corps de M. Séverad était encore allongé par terre. Personne ne l'avait bougé et les gendarmes, dans la mesure où ils avaient appris, rapidement, qu'ils étaient une nouvelle fois dessaisis du dossier, laissaient ce soin aux policiers. Le défunt était vêtu d'un survêtement bicolore, à dominante bleue, et chaussé de baskets. Une partie de sa boîte crânienne avait été enfoncée, par ce que le médecin légiste qualifierait vraisemblablement d'objet contondant. Du sang avait coulé et s'était coagulé sur le visage.

Immédiatement, les hommes du SRPJ notèrent le désordre important qui régnait dans le bureau. Les tiroirs avaient été ouverts et leur contenu jeté à même le sol. Le placard dans lequel l'édile rangeait apparemment ses dossiers avait été fracturé. Les chemises renfermant la documentation avaient été manifestement ouvertes comme pour être consultées.

Sur le bureau trônait un ordinateur, équipé d'un écran plat.

— Au moins un vingt et un pouces, fit remarquer Bernard.

D'un design particulièrement moderne, il supportait également la présence d'un scanner et d'une imprimante laser couleur. Les deux caissons mobiles qui servaient de rangements et se situaient de part et d'autre d'un fauteuil en cuir noir n'avaient pas échappé pour autant que l'on puisse s'en rendre compte, à la rage du visiteur, qui avait tout mis sens dessus dessous.

— Celui ou ceux qui ont fait cela recherchaient de l'argent ou du moins des objets aisément transportables ou négociables, intervint le sous-officier de gendarmerie.

Kevin opina du bonnet, tout en se demandant ce que l'auteur du meurtre pouvait bien s'ingénier à récupérer dans les classeurs…

Il se rapprocha du corps de M. Séverad et constata qu'il portait à son poignet une luxueuse montre Cartier. Apparemment, elle avait échappé à la rapacité du voleur… « Voleur négligent », ne put-il s'empêcher de noter, tout en jetant un regard vers Patricia, qui, en silence, haussa les sourcils. Elle avait compris, sans mot dire, ce que voulait lui faire toucher du doigt son supérieur.

L'officier de police se rendit également dans la chambre à coucher. Elle était d'une singulière sobriété et était occupée, en tout et pour tout, par deux tables de chevet, un lit en cent soixante et une immense penderie ouverte qui laissait apparaître plusieurs costumes, des vestes, des manteaux, etc.

« Le nécessaire pour un homme qui exerce une fonction en lien avec une représentation », s'avisa Kevin. Il s'approcha des vêtements et, se contentant de les toucher du regard, il s'aperçut qu'il s'agissait d'ensembles particulièrement coûteux : Armani, Yves Saint-Laurent, Hugo Boss.

Nul doute que monsieur le maire ne devait pas se satisfaire de l'allocation qu'il percevait en fonction du nombre, peu important, des citoyens de sa commune !

— Quel était son métier ? lança-t-il à la cantonade.

Un des gendarmes présents précisa qu'il était propriétaire terrien, viticulteur et qu'il était de notoriété publique qu'il avait du bien.

— Est-il marié, a-t-il des enfants ?

Un autre militaire l'informa qu'il était veuf et qu'il avait un fils qui séjournait à l'étranger. Il proposa au policier d'essayer de le contacter par l'intermédiaire d'une de ses relations, qui demeurait à Aniane, non loin de la brigade territoriale. Kevin acquiesça.

— Ce sera toujours ça de moins à faire, lui chuchota à l'oreille Patricia qui le suivait comme son ombre.

Face au lit se trouvait un tableau de grande dimension. Il s'agissait du « pic Saint-Loup », petite montagne locale qui défrayait régulièrement la chronique par les accidents survenus à ceux qui voulaient gravir sa façade nord. Le lieutenant Normand s'en approcha et, en se penchant, constata qu'il ne touchait pas le mur, comme son poids aurait dû l'y obliger.

Bernard, qui s'était avancé près de son supérieur, décolla légèrement le cadre à l'aide d'un stylo. Les trois flics se rendirent compte que la toile dissimulait un coffre-fort, dont la porte, faiblement entrebâillée, expliquait le fait que le tableau ne plombait pas correctement.

Les gendarmes s'étaient approchés, eux aussi,

quelque peu déconfits. Leur gradé expliqua aux policiers du SRPJ qu'il avait interdit à ses hommes de pousser plus loin leurs investigations, dans la mesure où ils étaient dépossédés de l'enquête.

À ce moment de leurs constatations, les spécialistes de l'identité judiciaire, ainsi que le médecin légiste qui avait été requis, firent leur apparition. Tout le monde se retira et les pandores profitèrent de cette diversion pour faire savoir qu'ils laissaient le champ libre à la police nationale.

Après un examen sommaire, le légiste diagnostiqua que la mort remontait à quelques heures et qu'elle était consécutive au coup reçu sur la tempe. Un coup donné, semblait-il, par quelqu'un de plus grand que celui qui en avait bénéficié à son corps défendant.

— On s'en serait douté, ne put s'empêcher d'intervenir, goguenard, Bernard, le maire doit, à tout casser, mesurer un mètre soixante-cinq.

Le spécialiste de la médecine légale se contenta de toiser le policier et continua ses observations.

Les experts de la PTS se mirent à l'œuvre, utilisant, sans économie, leur poudre d'alumine pour essayer de relever des empreintes digitales, prélevant des particules suspectes sur le survêtement du défunt et analysant le contenu de sa poubelle. Un autre prenait des clichés photo et se chargerait de faire un plan des lieux, sur un papier millimétré. La routine, quoi !

Soudain, l'un des intervenants, allongé à même le sol et affairé regarder sous l'un des deux caissons mobiles situés aux extrémités du bureau, poussa une exclamation. Il se redressa et déplaça lentement l'ensemble de tiroirs, faisant apparaître un petit couteau dont la lame était rougie de sang. Il s'en saisit avec précaution et le déposa dans un petit sac transparent.

Kevin nota qu'il s'agissait d'un canif au manche en buis terminé en forme de boule, et qui avait été dessiné et réalisé par un autochtone, élu meilleur ouvrier de France. Il expliqua à l'assistance, médusée par ses connaissances, qu'on pouvait retrouver le même dans toutes les boutiques de Saint-Guilhem, assorti de l'explication qu'il venait de fournir.

Le sang était-il celui du défunt ou ce dernier avait-il réussi à embrocher son assassin ? En tout état de cause, il s'agissait là d'un élément de preuve qui pouvait s'avérer crucial pour peu que l'on puisse faire une comparaison avec le sang d'un suspect…

L'officier de police eut enfin l'autorisation d'enlever le tableau. Le coffre-fort n'avait pas été forcé. Il était de dimension importante, blindé, résistant au feu et de marque Fichet. Il ne renfermait aucune somme d'argent si tant est qu'il en eût contenu auparavant, et seuls divers documents y étaient rangés. L'OPJ les parcourut rapidement. Il s'agissait d'actes notariés relatifs à une donation entre époux et de documents comptables. Rien d'autre.

— Un si grand coffre pour si peu de choses, c'est

surprenant tout de même ! s'étonna Patricia.

Les enquêteurs se doutaient bien que celui ou ceux qui avaient trucidé le maire pouvaient avoir fait main basse sur de l'argent ou d'autres documents. Des documents compromettants vraisemblablement. Mais compromettants en quoi et pour qui ? Mystère, constata le lieutenant Normand.

Il demanda à Bernard et Patricia d'entamer tout de suite l'enquête de voisinage et resta avec ses collègues de l'IJ pour s'assurer qu'ils saisissaient bien l'unité centrale de l'ordinateur. Il s'empara, lui-même, d'un ensemble de documents comptables, ainsi que des relevés de compte de M. Séverad. « Pas mal de travail en perspective », réalisa-t-il, en se demandant s'il ne ferait pas mieux de solliciter le concours de ses collègues de la financière !

Quelques heures après leur arrivée, ils chargeaient dans leur voiture plusieurs cartons remplis de documents saisis et faisaient retour vers Montpellier. Ils avaient apposé les scellés sur la porte de la maison et nommé, à son corps défendant, un voisin comme gardien desdits scellés.

Les Sautarocs, nom que les habitants de Saint-Guilhem tenaient du fait, paraît-il, qu'ils aimaient sauter de rocher en rocher, s'étaient rassemblés sur la place de la Liberté. Ils étaient déjà interviewés par FR3. Les journalistes de la presse écrite étaient également présents. Kevin reconnut Charlotte au milieu d'un groupe qui se rapprochait d'eux, alors que Bernard affectait de ne pas les voir. En voyant que les policiers passaient au large, ils n'insistèrent pas.

— De vrais charognards, éructa Patricia en les regardant s'éloigner à travers le pare-brise de leur véhicule.

Dès son arrivée, Kevin apprit qu'il était attendu d'urgence par son directeur. Il se rendit tout de suite dans son bureau et constata qu'une véritable réunion de crise se tenait. Outre le grand patron, il y avait le sous-chef, le responsable de la division criminelle et celui, ou plus exactement celle, de la division financière.

M. Foyard faisait les cent pas derrière son fauteuil, tant était forte sa nervosité. « Il a dû se faire sonner les cloches », pensa le lieutenant.

Effectivement, ce devait être le cas, car le directeur du SRPJ expliqua tout de suite qu'il venait de recevoir un coup de fil de la direction centrale de la PJ, elle-même actionnée par le cabinet du Premier ministre.

— Il semblerait que les élus de la région s'inquiètent, proféra le grand patron. Ils évoquent la possibilité d'un tueur en série. Personne n'a travaillé sur ce plan-là, bien évidemment, lança-t-il en direction du chef de la division criminelle, lequel se retourna à son tour vers le lieutenant.

— Non, pas pour l'instant, confirma ce dernier.

— Je veux qu'on explore toutes les pistes possibles.

C'est clair ? assena le commissaire divisionnaire.

Personne ne répondit. La cause était entendue. Le lieutenant en tira profit, pour réclamer l'aide de la division financière, ne serait-ce que pour éplucher les documents comptables qu'il venait de saisir.

— Bien, c'est d'accord, vous pouvez y aller maintenant, lança le Serpent en le fixant.

Kevin, qui n'en demandait pas plus, en profita pour s'éclipser.

De retour dans son service il prit des nouvelles des deux gardés à vue.

— Remis dehors tous les deux, lui précisa un officier. Le magistrat a estimé qu'ils offraient des garanties de représentation et n'a même pas sollicité du juge des libertés et de la détention un mandat de dépôt.

Le directeur d'enquête s'assit sur son fauteuil et esquissa quelques mouvements de rotation, tout en réfléchissant. Les deux pistes qu'ils suivaient avaient fait long feu. Il appela ses deux coéquipiers pour faire le bilan.

— Le big boss veut que nous travaillions sur l'hypothèse d'un tueur en série, émit-il du bout des lèvres en haussant les sourcils, preuve qu'il accordait peu de crédit à cette éventualité. Faites des recherches là-dessus, avec les éléments dont nous disposons : âge, profession, qualité, etc. Pour ma part, je vais prendre contact avec la division financière et leur refiler toute la documentation. Des questions ?… Pas de questions ? Parfait, au boulot, articula-t-il, en se levant.

Kevin se remémora ce que lui avait dit Charlotte au sujet du classement du site au patrimoine mondial de l'UNESCO. Par ailleurs, il lui fallait des informations sur les éventuels liens qui existaient ou pouvaient exister entre les trois défunts. Qui, mieux que les Renseignements généraux, pourrait le tuyauter ! Il n'avait pas osé aborder cette question devant le chef du SRPJ, connaissant les mauvaises relations que ce dernier entretenait avec le directeur régional des RG. C'était la guéguerre des polices, chacun reprochant à l'autre, l'inutilité de son service, ou son peu de résultats, notamment en regard de sa crédibilité supposée ou de l'importance de ses effectifs…

Heureusement, notre enquêteur lui, s'était lié d'amitié avec un lieutenant qu'il rencontrait de temps à autre à la salle de musculation. Il se dirigea vers le service de ce dernier. Mais sa carte magnétique ne lui permettant pas l'accès à l'étage dévolu aux RG, il dut montrer patte blanche, décliner son identité et faire appeler son collègue par l'interphone.

Après les salutations d'usage, Michel Dutilleul lui offrit un café dans son bureau. Sa table de travail était jonchée de coupures de journaux.

— Je passe en revue les médias, lui expliqua son vis-à-vis qui avait surpris son regard en direction des quotidiens de la presse locale, régionale et nationale.

— Tu m'avais bien dit que tu t'occupais du milieu agricole, n'est-ce pas ? questionna Kevin.

— Oui, et je travaille également sur tout le haut canton qui, d'après ce qui transpire, te donne du souci. Vous n'avez toujours pas de piste.

— On a interpellé deux gars et…

— Je sais, mais ils ont été remis dehors.

— Exact. Connaissais-tu Mgr Morandin, M. Bonneyroux et le maire de Saint-Guilhem ?

— J'entretenais quelques relations avec M. Séverad. J'allais le voir régulièrement pour prendre le pouls du monde paysan, et surtout parce qu'il avait présenté sa candidature pour obtenir la Légion d'honneur et que je devais faire « un blanc » là-dessus.

Par « faire un blanc », le policier des Renseignements généraux entendait rédiger un rapport qui ne porterait aucun en-tête et qu'il ne signerait pas de son nom. Il serait blanc de toute indication de ce type, qui aurait permis d'en identifier l'auteur ou son service d'appartenance. C'était un « grand classique » des RG et cela leur permettait d'échapper ainsi à toute prise à partie, en cas de propos inexacts, voire mensongers.

— Ils se connaissaient ?

— L'inspecteur général de l'Équipement fréquentait effectivement le maire de Saint-Guilhem. Ils avaient des projets en commun, semble-t-il.

— Apparemment, M. Bonneyroux n'était pas favorable au classement de la zone de compétence de l'élu, au patrimoine mondial de l'UNESCO.

— Eh bien, tu me surprends, je ne pensais pas qu'à la PJ vous vous intéressiez à ce genre d'événement. Mais, tu as raison, il y a eu une véritable joute entre eux et pas simplement oratoire. Je me base sur ce que j'ai pu apprendre en discutant avec des membres du conseil général. Tu veux que je me rencarde ?

Kevin hésitait. Il n'avait peur que d'une chose. C'était que son homologue, dès l'obtention d'une information intéressante, n'en avise sa hiérarchie qui se ferait un malin plaisir, au lieu d'en informer la PJ de Montpellier, d'en rendre compte à Paris et le tuyau redescendrait alors en direction du SRPJ, mais au titre de super info des RG. C'était la technique de ce service que de se faire mousser auprès de leurs autorités d'emploi ou des élus, dès qu'ils le pouvaient. Une constante sur le plan national également.

Michel, relevant la méditation dans laquelle était plongé son ami, comprit tout de suite où était le problème. Il lui proposa :

— J'essayerai de me tuyauter là-dessus. Je te tiendrai au courant tout de suite, avant même d'en parler à mon directeur, pour que tu ne sois pas court-circuité. D'accord ?

Kevin qui n'avait pas le choix acquiesça, en espérant que le bénéfice qu'il en retirerait serait supérieur aux inévitables emmerdes qui allaient fondre sur lui si d'aventure le Serpent apprenait ce marché qu'il ne manquerait pas de qualifier de marché de dupes. Point n'était besoin de préciser qui, dans ce cas-là, serait la dupe !

Les deux policiers se séparèrent en se promettant de s'appeler prochainement, ou de se rencontrer à la salle de muscu.

Le lieutenant Normand se rappela également ce que lui avait dit Charlotte sur les relations de l'évêque coadjuteur avec la banque Ambrosino. Si ces informations l'avaient particulièrement choqué – dans la mesure où il les mettait sur le compte de la volonté de la journaliste de faire dans le spectaculaire –, vu le bilan actuel de son enquête, pas loin du zéro pointé, il ne pouvait les négliger.

Après mûre réflexion, il décida de se rapprocher d'un de ses collègues de promotion, actuellement affecté à la Direction centrale des renseignements généraux à Paris. Ce dernier, bien qu'exerçant au ministère de l'Intérieur, avait son habitation principale dans les environs de Montpellier et faisait régulièrement la navette. Son cycle de travail le lui permettait.

— Stéphane ? lança-t-il, réalisant que l'on décrochait le téléphone sans qu'aucun interlocuteur ne s'annonce.

— Oui.

— C'est Kevin.

Il s'ensuivit une brève discussion au cours de

laquelle les deux compères conclurent de se rencontrer dès le retour du Parisien sur Montpellier. Kevin n'avait pas du tout évoqué l'objet de son appel, sachant que leur conversation pouvait être écoutée et enregistrée. Un grand classique chez les RG. Surtout s'agissant d'une ligne confidentielle protégée, qui n'apparaissait sur aucun annuaire téléphonique du ministère.

Le lieutenant décida de s'attaquer au scénario du tueur en série. Il n'y croyait pas vraiment, mais si son directeur lui posait des questions, il fallait qu'il puisse démontrer qu'il s'y était intéressé. Sans compter que, même s'il n'y accordait aucun crédit, il était dangereux d'occulter par principe une piste, aussi farfelue qu'elle apparaisse de prime abord. Il décida de regrouper les membres de son groupe et de mettre en commun leurs connaissances sur le sujet.

Les profileurs, dont la presse se faisait de temps à autre l'écho, n'étaient pas encore arrivés en province. Toutefois, comme tous ses collègues il avait eu l'occasion de s'intéresser à ce sujet. C'est donc autour de tasses de café qu'il leur prépara lui-même, que les trois détectives, réunis dans son bureau, entreprirent de cogiter.

Patricia, à qui il fit un compliment sur l'originalité du débardeur qu'elle portait, ce qui la fit rosir d'émotion, attaqua en déclarant que le profilage criminel était l'utilisation de preuves ou d'informations, afin de cerner l'état mental et les traits de personnalité d'un agresseur, dans le but d'obtenir son style de vie et des données en vue de son identification.

Bernard, plus terre à terre, ne manqua pas de lui demander quels étaient les apports de cette technique. Kevin, qui tenait à démontrer sa maîtrise du sujet, lui expliqua :

— Le profilage est une aide à l'orientation de l'enquête, à l'action des forces d'intervention, à la décision dans le processus des recherches, à l'interrogatoire des suspects et surtout à la prédiction d'un futur passage à l'acte.

Ce à quoi Bernard rétorqua, benoîtement :

— Et la prochaine victime c'est qui ?

Désireux, toutefois, de ne pas rester sur le mode sarcastique et soucieux de démontrer qu'il avait, lui aussi, quelques connaissances en la matière, il précisa :

— Idéalement, le profileur devrait avoir des connaissances pluridisciplinaires, en psychologie, en criminalistique et en médecine légale. Il lui faudrait également aller sur les scènes de crime, mais il devrait, pour cela, être policier ou gendarme. Ou alors, il faudrait que les enquêteurs soient aussi psychologues…

— Oui. Comme Alex, le détective vedette du romancier américain James Patterson, renchérit Kevin.

Et ils partirent tous d'un grand éclat de rire, tant

il y avait un fossé voire un gouffre entre les magistrales démonstrations des enquêteurs de romans, et la triste réalité de ceux qui trimaient et ramaient dans un monde pas virtuel du tout.

— Avec ça, on n'est pas plus avancés. Il va falloir, nous-mêmes, nous transformer en profileurs… Et si l'on avait véritablement affaire à un serial killer ? interrogea le lieutenant, désireux de se faire l'avocat du diable.

Patricia, qui décidément était en verve, fit à nouveau part de ses connaissances :

— Le FBI classe les tueurs en série selon deux typologies. Les tueurs en série organisés et les tueurs en série désorganisés. Chez les tueurs en série organisés, le choix de la victime est dicté par la présence chez celle-ci d'éléments communs tels que l'âge, l'apparence, le style de vie, la race ou d'autres particularités et…

— Dans le cas qui nous intéresse, s'interposa le directeur d'enquête, on peut noter que les trois victimes ont toutes une vie sociale importante, orientée vers l'extérieur. Deux sont élus du peuple et le troisième est un élu de Dieu. Par ailleurs, ils opéraient tous dans le même secteur géographique.

— Chez les tueurs en série désorganisés, les victimes sont choisies au hasard, enchaîna Patricia, et…

— Dans ce cas-là, cela nous fait une belle jambe, intervint Bernard, toujours aussi caustique.

— Si tu veux bien me laisser terminer, l'interrompit-elle à son tour. Les tueurs agissent sur une impulsion soudaine sans planifier leur action. Les victimes sont choisies au hasard et la caractéristique commune des agressions est la surprise. La violence est immédiate et elle aboutit rapidement à la mort. Je crois… qu'on peut exclure cette hypothèse, déclara Patricia. Dans les deux cas, on a affaire à des gens qui ont un quotient intellectuel normal, voire supérieur à la moyenne. Dans le domaine familial, ce sont des enfants uniques ou des aînés, qui présentent des carences sur le plan affectif.

L'officier de police, se remémorant que le prêtre de la paroisse de Saint-Guilhem lui avait fait part de la présence d'une confrérie satanique, crut bon de rajouter :

— On ne peut faire l'impasse sur les crimes qui sont commis dans les milieux de l'ésotérisme. Il existe parfois dans certains lieux un univers souterrain, toute une microsociété parallèle de groupes qui prétendent pratiquer la magie noire rituelle. Dans ces groupes les gens pensent être des élus et pouvoir, en tant que tels, devenir des hommes ou des femmes d'essence supérieure, à travers des rituels plus ou moins délirants.

Constatant la surprise de ses collègues, il réalisa qu'il avait omis de leur faire part des discussions qu'il avait eues avec le père Rébufat. Il les briefa donc, rapidement, sur ce qu'il avait appris, sans toutefois faire connaître ses sources. Il décida également, pour accroître ses connaissances sur de tels sujets, de consulter une banque de données à sa disposition et nota d'aller surfer sur le Net pour enrichir ses connaissances.

Ils furent tirés de leurs cogitations par un coup de fil. Kevin décrocha et entendit la voix de Michel Dutilleul, de la direction départementale des renseignements généraux. Ce dernier lui donnait rendez-vous, vers 19 heures, à la salle de musculation. Conscient que son ami ne voulait pas en dire plus par téléphone, il acquiesça et reposa le combiné.

Bernard en avait profité pour prendre la poudre d'escampette et filer à ses occupations. Patricia quant à elle, enhardie par le compliment de son supérieur, lui annonça qu'elle participait le soir même à une soirée donnée dans le cadre de l'IPA.

— Vous connaissez l'International Police Association ? C'est une association qui a un statut consultatif auprès de l'UNESCO et qui regroupe des policiers de pays démocratiques, ajouta-t-elle, autour de liens culturels ou sportifs. Nous recevons des flics italiens ce soir. Vous y allez ?

Kevin aurait volontiers répondu favorablement à ce qu'il ressentait comme étant une invite de sa collègue, mais il venait de donner rendez-vous à Michel. Aussi prétexta-t-il d'autres occupations programmées depuis un certain temps pour motiver son refus.

Patricia, faisant bon cœur contre mauvaise fortune, le sourire aux lèvres, comme pour démontrer le peu d'importance qu'elle attachait à ce refus, quitta son bureau. Dans le couloir, toute joie disparue de son visage, elle ne put s'empêcher de ruminer.

Le soir même, vers 19 heures, alors que Kevin était en train de faire des développés couchés – exercice qui consistait à soulever une barre chargée de poids en fonte –, Michel fit son apparition. Ils décidèrent de travailler ensemble. L'un pratiquait, pendant que l'autre l'assurait. Il était totalement déconseillé de se livrer à certains entraînements seul, sans un partenaire prêt à vous épauler en cas de difficultés.

Les exemples abondaient de pratiquants qui, épuisés, n'avaient pu relever la charge et étaient passés de vie à trépas, la barre ayant glissé de la poitrine vers le larynx, avant de l'écraser. Par ailleurs, l'entraînement à deux était particulièrement stimulant à condition d'être deux partenaires de la même force et voulant développer les mêmes muscles. Les temps de repos étaient alors limités au laps de temps nécessaire à votre alter ego pour accomplir son nombre de répétitions.

Après le développé couché, ils enchaînèrent sur un travail à la poulie haute, puis par des écartés latéraux, effectués sur un banc dont la partie supérieure du dossier était légèrement inclinée. Cela permettait de concentrer l'activité musculaire sur la partie supérieure des pectoraux. Au bout de deux heures de musculation, éreintés, ils terminèrent leur séance par une série d'abdominaux, puis par des étirements.

Ils quittèrent l'hôtel de police alors que la salle était envahie par un groupe de culturistes, et se donnèrent rendez-vous dans un petit restaurant arabe, donnant sur la place du Nombre-d'Or, à proximité des berges du Lez.

L'établissement, où l'on vous servait moyennant une somme relativement modeste un couscous de qualité, était ajouré par une grande baie vitrée qui donnait sur une sorte de mail assurant l'accès au quartier d'Antigone. Ce nouveau quartier, une création de l'architecte catalan Ricardo Bofill, s'étendait sur quarante hectares.

Les constructions réalisées, de style néoclassique, alliaient la technique de la préfabrication, béton précontraint qui permettait l'utilisation de formes particulièrement audacieuses, comme des courbes, des décrochements, à la recherche d'une harmonie rigoureuse et novatrice. « Le tout a de la gueule ! » ne put s'empêcher de relever Kevin, non sans déplorer un côté pompeux.

Fort heureusement, si le restaurant était bien souvent le lieu de rencontre des flics de l'hôtel de police pour le déjeuner, il n'avait pas du tout la même fréquentation en soirée. L'accueil n'en était que plus chaleureux. La qualité de la cuisine, son authenticité, le fait qu'elle se digère relativement aisément et la facilité d'accès de l'établissement – on trouvait de nombreux parkings à proximité –, en faisaient un emplacement recherché par les autochtones, autant que par les touristes de passage. Leur amphitryon, les ayant identifiés, leur proposa une petite table bien située qui leur permettrait de bénéficier d'une certaine confidentialité, tout en conservant une vue sur les allées piétonnes animées d'un perpétuel va-et-vient.

Michel entra sans plus attendre dans le vif du sujet. Grâce à ses contacts, il avait pu apprendre que, dans un premier temps, l'ancien vice-président du Conseil Général avait soutenu à bout de bras et défendu bec et ongles, un programme portant sur la valorisation de la région d'Aniane. Il avait effectivement relayé des projets présentés par le maire de Saint-Guilhem.

Il s'était toutefois peu à peu retiré de l'entreprise, après avoir compris que son action risquait – et l'avenir allait lui donner raison – d'aboutir à un classement de la zone concernée au patrimoine mondial de l'UNESCO, ce qui en ferait certes une aire prestigieuse, mais dans laquelle aucune intervention humaine ne serait plus possible, du moins sans un maximum de contraintes.

Comme Kevin fronçait les sourcils, manifestant ainsi une certaine incompréhension, son interlocuteur lui précisa :

— N'oublie pas qu'avant d'être un élu, M. Bonneyroux était inspecteur général de l'Équipement et qu'à ce titre, il avait passé une partie de sa vie à créer, proposer, puis superviser l'aménagement du territoire, parfois par des constructions de lotissements. En d'autres termes, reprit le fonctionnaire des Renseignements généraux, je me suis laissé dire qu'avec le maire de Saint-Guilhem, ils avaient concocté la réalisation de plusieurs ensembles immobiliers qui auraient été construits le long de l'Hérault, en amont et en aval des berges du pont du Diable.

Les répercussions économiques pour les deux communes auraient été fantastiques. Outre le coefficient d'entraînement sur l'économie locale que ces constructions auraient induit, on pouvait escompter de la même façon des retombées plus régulières grâce aux diverses taxes payées par les promoteurs, par les acheteurs, etc. Je passe également sur les emplois qui auraient été créés et leur pérennité… Ainsi, toute une région en aurait été bouleversée.

— Et le site, défiguré, non ?

— C'est un autre problème, précisa Michel en haussant les épaules. Mais, écoute-moi, ce n'est pas tout. Certaines de mes sources m'ont fait comprendre que cet engagement n'était pas du tout désintéressé. Pas… du… tout, martela-t-il.

— Que veux-tu dire par là ?

— Il semblerait qu'une société soit en train de

racheter depuis plusieurs années, en sous-main, tous les terrains sur les lieux concernés. Il s'agit de sols recouverts par la garrigue, donc sans aucune valeur, mais imagine un peu leur estimation, si ces terrains étaient tout à coup déclarés constructibles ! Ce serait le jackpot assuré pour les heureux propriétaires.

— Tu es sûr de tes infos, en ce qui concerne ces achats ?

— J'en ai eu la confirmation par un contact, à la chambre des notaires. Mais je n'ai pas plus de précisions là-dessus. Il faudrait gratter encore.

Perplexe, Kevin entrevoyait d'autres champs d'investigation. Après le ou les crimes de rôdeurs, puis ceux de serial killers, ceux de sectes sataniques, il tenait là une justification plus simple, plus en rapport avec l'orgueil des hommes et, surtout, avec une motivation plus connue : le fric, le désir d'enrichissement par tous les moyens. Depuis toujours, et sous toutes ses formes, c'était un des moteurs les plus puissants du genre humain.

Notre enquêteur, lorsqu'il supputait que depuis toujours, l'argent était l'une des principales explications des vilenies commises par les hommes, ne réalisait pas encore combien il était près de la vérité.

Il pensa d'emblée que dans cette optique-là Charlotte avait été plus clairvoyante que lui et en conçut une certaine contrariété.

Il décida, malgré tout, qu'il ne pouvait prendre pour argent comptant les déclarations de son collègue. Les RG étaient connus pour tirer des plans sur la comète et bien souvent leurs propos étaient creux. Il lui appartenait donc, tout en suivant cette piste, d'obtenir des preuves tangibles, des preuves qui sauraient convaincre un magistrat.

— Et, en ce qui concerne le monsignore ? reprit-il.

— Pas grand-chose de ce côté-là, admit l'officier de police des RG. Il n'était dans la région que depuis peu de temps et l'environnement ecclésiastique est un milieu difficile à pénétrer. Nous n'y avons aucun contact régulier, mais ce n'est peut-être pas le cas de tout le monde, ajouta-t-il, en regardant fixement son vis-à-vis.

Kevin se demanda si son collègue avait percé à jour ses activités de diacre. Il décida toutefois de ne pas relever l'insistance avec laquelle la question avait été formulée et, comme si de rien n'était, changea de conversation.

Ils se séparèrent, non sans avoir remercié leur hôte pour la succulence du repas et la cordialité de son accueil.

Le lieutenant Normand regagna à pied son logement. Il était près de minuit et les lieux qu'il traversait, bruissant d'activité la journée, étaient étrangement calmes. Voir déserts. Il emprunta les petites rues de l'Écusson dont la municipalité avait essayé, et réussi, il fallait bien l'avouer, de faire une zone piétonne au charme d'autrefois. Certaines enseignes étaient en fer forgé et évoquaient un passé révolu.

Nostalgique d'une époque où le temps prenait sa pleine mesure, il grimpa les escaliers de son appartement, songeant au travail qui serait le sien dès le lendemain matin.

*

Kevin était en train de mettre sur pied son expédition à la mairie de Saint-Guilhem. Il avait obtenu le feu vert de son directeur, qui avait jugé bon de recueillir l'accord du magistrat instructeur. Les investigations dans le milieu politique, quels qu'en soient les résultats, étaient toujours un exercice périlleux pour un policier, surtout s'il était haut placé dans la hiérarchie. Périlleux pour le devenir de sa carrière, tant il est vrai que les gardés à vue du lundi, peuvent parfois être les ministres du vendredi !

Pour ne pas perdre de temps au cours de la perquisition, il s'était adjoint l'aide de deux collègues de la division financière qui, mieux que les enquêteurs de la criminelle, seraient à même de discerner le bon grain de l'ivraie.

Ils arrivèrent sans tambour ni trompette au secrétariat de la mairie. Secrétariat qui n'était ouvert que le matin, dans la mesure où l'unique employée ne l'était qu'à mi-temps. N'étant pas accoutumée à un tel déploiement de force, même s'ils n'étaient que quatre fonctionnaires de police, elle se mit avec complaisance à la disposition des policiers dès qu'elle eut compris que sa participation pouvait faire progresser leur enquête.

La mairie était une ancienne maison de maître restaurée, et réaménagée pour occuper le plus rationnellement possible une dizaine de pièces. Le bureau du maire était meublé, et Kevin n'en fut pas surpris, dans un style très contemporain. Table dépouillée, aux lignes épurées, rangements importants dans des armoires vitrées qui permettaient de visualiser d'un coup d'œil l'intitulé des divers dossiers.

Au bout d'une heure de recherche, il restait sur sa faim. Il n'y avait là aucun document qui trahisse un projet un tant soit peu personnel. Il s'en ouvrit à la secrétaire de mairie, qui conduisit alors les enquêteurs vers une pièce contiguë au bureau, dont elle chercha pendant quelques minutes la clef, tout en précisant comme pour s'en excuser :

— M. le maire n'aimait pas que l'on fasse le ménage dans cette pièce qui était en réalité son lieu de prédilection, même s'il recevait le public dans le cabinet de travail où vous vous trouviez il y a quelques instants.

D'emblée, les enquêteurs furent intéressés par les documents qui s'y entassaient. Pendant que ses collègues de la financière jetaient leur dévolu sur tout ce qui pouvait se révéler être en rapport avec des comptes bancaires ou des transactions, le directeur d'enquête dépliait avec l'aide de Bernard d'immenses rouleaux de papier sur lesquels étaient dessinés plusieurs ensembles immobiliers. Leurs lieux d'implantation étaient clairement indiqués. De part et d'autre du pont du Diable, c'est-à-dire essentiellement sur la commune de Saint-Guilhem-le-Désert.

Le concepteur n'y était pas allé de main morte, tant le projet était d'envergure. L'habitat se fondait dans la végétation et, pour ce faire, l'emprise au sol s'étalait sur plusieurs dizaines d'hectares. Aucune habitation, pour ne pas dénaturer le paysage, ne s'élevait de plus d'un étage.

Bernard remit à son supérieur un courrier qu'il venait de repérer dans une enveloppe à en-tête du ministère de l'Équipement qui était adressée au maire. Une lecture rapide de ce document permettait d'apprendre que Paris ne pouvait accorder son aval à un tel programme de construction, dont la réalisation était susceptible de soulever un vent de fronde des associations protectrices de l'environnement.

Une lecture plus attentive de l'objection mettait en évidence qu'en dépit du désir du ministre de lui être agréable et de la recommandation de celui qui était à l'origine de l'entreprise, dont le vécu, l'expérience et le sérieux en la matière ne pouvaient être mis en cause – vraisemblablement l'inspecteur général, songea Kevin –, et malgré les assurances que son cabinet avait pu lui donner précédemment, la présente missive devait être considérée comme une fin de non-recevoir.

— La lettre date d'il y a un mois, pensa à haute

voix Kevin tout en s'emparant du courrier.

Il se retourna vers la secrétaire de mairie et lui demanda si elle était informée de projets immobiliers sur la commune. Au vu de sa réponse négative, il s'enquit de savoir si M. Bonneyroux venait de temps à autre voir le maire.

— Bien sûr, confirma-t-elle. Ils se connaissaient depuis toujours. Les compétences de M. Bonneyroux ont constamment été utilisées, bien avant qu'il ne soit un élu du département et qu'il ne soit à la retraite.

Après deux heures de perquisition et un monceau de documents saisis, les policiers regagnèrent leur base, non sans avoir chaleureusement remercié la secrétaire de mairie. La moisson avait été fructueuse. Il restait à l'exploiter.

Quelques jours plus tard, Kevin fut contacté par son ami de la direction centrale des RG. Il réintégrait son domicile montpelliérain plus tôt que prévu et lui donna rendez-vous le soir même dans le restaurant de son choix, pourvu qu'il ne soit pas fréquenté exclusivement par des « poulets ».

L'établissement retenu avait axé son fonds de commerce sur la country-music. Le décor était particulièrement dépaysant et l'ambiance chaleureuse.

— Le seul inconvénient, c'est le brouhaha important qui y règne, annonça l'officier de police, en plissant les yeux tant la musique ambiante était forte et commençait déjà à lui donner des maux de tête.

— C'est un avantage, rétorqua Stéphane Liquet. Personne ne pourra nous entendre.

Puis, comme son interlocuteur esquissait un sourire moqueur, il renchérit :

— Non, je ne suis pas parano, mais si comme moi tu passais ton temps aux écoutes téléphoniques, tu partagerais mon sentiment.

Kevin leva les yeux au ciel en demandant :

— Vous les pratiquez toujours sur ordre écrit du cabinet du Premier ministre, ou parfois vous affranchissez-vous de cette règle ?

— Tu prends quoi comme apéro ? obtint-il en guise de réponse.

Il décida de ne pas insister, tout en jalousant un peu son collègue. En police judiciaire, les écoutes téléphoniques devaient être particulièrement motivées et ne pouvaient être ordonnées que par un magistrat instructeur. La totalité des propos tenus par les personnes écoutées devait être fidèlement retranscrite, puis les bandes ou CD-ROM devaient être placés sous scellés.

Normand savait que la DCRG, notamment le service un peu particulier auquel appartenait son ami, s'affranchissait allègrement de ce principe. Les ordres, émanant bien souvent du pouvoir politique, n'avaient pas tous un fondement – quand il existait –, lié exclusivement au terrorisme ou à des faits délictueux... Il préféra ne pas épiloguer sur le sujet. « D'autant plus que je vais vraisemblablement profiter de cette manne d'informations obtenues de façon peu catholique », ne put-il s'empêcher de songer en souriant.

— Tu sais, nous travaillons en étroite collaboration avec certains services de ta direction comme la Division nationale des investigations financières, l'Office central pour la répression de la grande délinquance financière et même avec la brigade nationale des enquêtes économiques qui regroupe des fonctionnaires du ministère des Finances. Aussi, autant que je te dise que ton monsignore avait attiré l'attention de notre service. En effet, nous avons été avisés par la police italienne, la Guardia di Finanza, qui avait sollicité notre concours il y a quelques années. C'était à l'époque du scandale de la banque Ambrosino, mais j'ignore si ce nom évoque quelque chose pour toi ?

— Tout à fait, rétorqua Kevin, en pensant aux révélations de Charlotte. D'ailleurs, l'affaire a fait grand bruit en Europe, et les médias italiens avaient traité longuement le sujet. J'ai appris qu'il avait été déclaré persona non grata au Vatican après cet épisode, peu glorieux il est vrai, pour les finances du Saint-Siège.

Stéphane marqua un temps d'arrêt, comme surpris par le savoir manifesté par son collègue. Puis il reprit :

— Il faut que tu saches que les organisations criminelles en tous genres ont besoin de blanchir les fonds liés à des activités plus ou moins licites, et ce, pour au moins deux raisons. La première est que les traces de l'argent gagné peuvent devenir des preuves à la charge des auteurs de l'infraction, la seconde est que cet argent peut faire lui-même l'objet d'une enquête et d'une saisie.

— Tu parles d'une organisation criminelle, es-tu en train de me dire que Mgr Morandin faisait partie d'un groupe mafieux ? s'enquit Kevin, horrifié que l'on puisse reprocher à un prélat ce genre d'activités, et terrifié à l'idée qu'il pourrait être, lui un diacre, celui qui serait à l'origine de la mise au jour d'un tel scandale !

— Laisse-moi terminer, je t'explique les grandes lignes. Le blanchiment doit être conçu comme un processus dynamique en trois étapes : dissocier l'argent du délit, en effacer la trace pour faire échouer les poursuites et, enfin, il faut que l'auteur de l'infraction puisse récupérer son fric sans que l'on puisse en trouver les origines. Origines économiques ou géographiques, bien souvent mafieuses.

— Oui, je connais ce principe, intervint Kevin, qui tenait à démontrer qu'il n'était pas un béotien en la matière.

— Les fonds de provenance criminelle sont, en règle générale, transférés à l'étranger avant d'être recyclés dans le système des paiements internationaux pour brouiller les pistes en cas de vérifications. Ceux qui veulent blanchir des montants importants font en sorte de fonder des sociétés offshore qui ont la particularité d'être autorisées à conduire des activités uniquement en dehors du pays où elles ont été constituées.

Une fois l'entreprise créée, la somme litigieuse est déposée dans ce paradis fiscal. L'identité du titulaire du compte aura été protégée par les lois sur le secret industriel, sur le secret professionnel, voire même dans certains cas par une clause dite de « fuite », qui donne la possibilité, et parfois même l'obligation, à l'administrateur fiduciaire de changer le domicile du fonds chaque fois que celui-ci est menacé.

Kevin réalisait mieux l'ampleur de la tâche à laquelle se heurtaient ses collègues de la financière quand ils voulaient remonter une filière mafieuse dont les comptes étaient à l'étranger. Il comprenait pourquoi les magistrats instructeurs levaient les bras au ciel lorsqu'ils étaient confrontés à ce type d'affaires. Dès que l'on s'engageait dans cette voie, pour ne pas parler d'impasse, l'instruction pouvait prendre des mois, voire des années et mourir de sa belle mort, c'est-à-dire sans réponse du ou des organismes bancaires des pays interrogés.

— Et là, je te parle d'argent sale placé par des particuliers, scanda le lieutenant Liquet.

Puis, après quelques secondes d'interruption, comme s'il était désireux de laisser le temps à son collègue d'appréhender l'importance de ses propos, il reprit :

— Imagine-toi la difficulté d'un service enquêteur lorsque la somme en question a été déposée par le chef d'un État souverain, ou par quelqu'un qui s'ingénie à faire croire qu'il intervient pour le compte d'un pays !

— Que veux-tu dire par là ?

— Toute l'astuce de ton évêque a été d'opérer parfois au nom du Vatican et, en certains cas, en son nom propre, en créant des sociétés dont l'intitulé permettait de penser qu'il s'agissait d'œuvres catholiques, alors qu'en réalité il en était le seul bénéficiaire…

Après un nouvel instant de silence – Stéphane pouvait presque entendre le cerveau de son ami fonctionner à toute vitesse –, il poursuivit :

— Tous ces mouvements sont actuellement profondément transformés à cause des progrès de la technologie et des communications. Tu n'as plus besoin de te déplacer pour transmettre tes ordres, car ton argent peut virtuellement être transféré dans n'importe quel pays du monde par un simple clic de souris.

Le lieutenant Normand se remémora que les trois défunts possédaient tous des ordinateurs dernier cri, à grande capacité de mémoire et à haut débit. Du moins, c'est ce qui lui avait été signalé par ses collègues. Il réalisa sur-le-champ l'importance que recouvrait le vol du disque dur du monsignore. Pas de disque dur, pas de mémoire que l'on puisse interroger, pas de preuves…

— De gros efforts ont été et continuent d'être faits pour améliorer la transparence de ce secteur, mais ce monde « offshore » demeure encore un véritable « triangle des Bermudes » pour les enquêtes financières.

— Vous avez obtenu des justificatifs concrets, j'entends par là qui peuvent être présentés devant un tribunal, en ce qui concerne les activités de cet ecclésiastique ?

— Tu sais très bien que notre service travaille par relation, par contact. Nous n'avons aucune preuve de ce type et ce n'est pas notre rôle. Mais je peux te dire que l'évêque coadjuteur, après avoir été à la tête d'une fortune grâce notamment à des placements sur les start-up, a été carrément lessivé après l'explosion de la bulle Internet. D'après les infos dont on dispose, et notre analyse, c'est ce qui l'a conduit, a minima, à se lancer dans ce genre d'opérations, ou à en accélérer la pratique. Lorsque le Vatican en a eu la certitude, il a été prié de revenir en France.

Devant le mutisme de son interlocuteur, Stéphane, bon prince, ajouta :

— Nous savons que Mgr Morandin avait au moins un compte numéroté ouvert en Suisse, qui porte l'intitulé « La Confrérie Saint-Guilhem ». Est-ce un compte qui a l'aval du Vatican en particulier, ou de l'Église en général ? Toujours est-il qu'il était le seul à avoir la possibilité d'y accéder. Du moins en théorie.

— Pourquoi en théorie ?

— Puisqu'il est mort, le compte ne devrait plus pouvoir être utilisé. Or, d'après nos sources, il est toujours actif, actuellement j'entends.

— Comment pouvez-vous en avoir la certitude ?

— Écoute, je t'en ai déjà trop dit. Tu connais le principe… tu ne m'as jamais vu et on n'a jamais évoqué cette question, d'accord ?

— Tu peux me faire confiance. De toute façon, tu n'ignores rien de notre manière de travailler ! Sans preuve que je puisse présenter au juge, tout ce que tu m'as confié… c'est de la littérature.

Les deux compères laissèrent de côté leurs préoccupations professionnelles et décidèrent de profiter pleinement de l'ambiance. Les musiciens, qui jusqu'à présent s'étaient cantonnés sur la mezzanine du premier étage, se rapprochaient des tables des consommateurs. Au son des banjos dont ils jouaient, avec beaucoup de dextérité, la chanteuse du groupe évoquait les ballades américaines, avec ce timbre de voix et ce rythme vraiment très particuliers à la country. Elle enchaîna des airs célèbres comme *Stand by your man*, et d'autres moins connus, comme *Radio Heart, The Most Beautiful Girl*, etc., mais nos policiers n'étaient pas des experts.

Après avoir remercié son collègue, Kevin regagna, perplexe, son domicile. Il songeait tout en pilotant sa Golf qu'il n'aurait pas dû accepter de s'occuper de cette enquête. Allait-il devoir poursuivre des investigations qui le conduiraient à mettre à mal un homme d'Église ? Même s'il était mort, l'opprobre qui en rejaillirait sur la communauté chrétienne serait considérable. Et, il serait celui par qui le scandale éclaterait !

Devait-il, ainsi que lui en faisaient obligation les liens qui l'unissaient à l'Église et la stricte obéissance qu'il devait à l'évêque de Montpellier, l'informer de ce qu'il venait d'apprendre ? Mais il était également tenu au secret professionnel. Ce conflit d'intérêts le tenaillait cruellement. Les informations divulguées ne seraient-elles pas de nature à contrecarrer son enquête ? Cruel dilemme !

Toujours au plus profond de l'abbaye, une main gantée de noir inscrivait avec application les lettres suivantes : S, E, V, E, puis R suivi du A précédant le D. Le prénom fut noté d'une seule traite : Antonin. La silhouette du Faucheur se rapprocha et, prenant avec précaution la plume qui lui était présentée, il l'utilisa pour tracer en rouge sang une croix. « La dernière », murmura-t-il à voix basse, inquiet à l'idée que son compagnon ne l'entende. Il tendit à nouveau la plume à ce dernier qui apposa la mention *requiescat in pace*.

À ce moment-là et alors qu'ils allaient s'agenouiller pour prier, la sonnerie d'un appareil téléphonique retentit. Stupeur du Faucheur qui se souvint, mais avec quelque retard, qu'il avait activé le téléphone portable découvert dans la crypte par mégarde, plus que par besoin.

Le temps de mettre la main dessus et de le désactiver, sous les imprécations de celui avec qui il se trouvait, l'appel avait résonné plusieurs fois. L'objet lui fut rageusement ôté des mains, la puce arrachée de son habitacle et jetée, non moins furieusement, par terre. Hippolyte baissa les yeux, conscient de la faute commise. Il se mit à genoux pour prier et son repentir n'en fut que plus grand.

*

Patricia se trouvait à son bureau et venait de tenter, par acquit de conscience, d'entrer en contact avec le téléphone portable du prélat. Cela faisait plusieurs fois qu'elle s'y essayait sans résultat. Et là, apparemment, la messagerie s'était enclenchée. Oh ! certes, elle n'avait pas eu le loisir d'entendre en entier le message laissé par feu Mgr Morandin pour indiquer à son interlocuteur de rappeler ultérieurement. Le contact avait été soudainement coupé, comme si le réseau avait disparu ou que l'on avait volontairement déconnecté l'appareil. « Mais, jubila-t-elle, en composant le numéro de téléphone de l'opérateur concerné, qui avait été avisé par réquisition de mettre ce numéro sous surveillance, je le localiserai peut-être ».

« Incroyable ! », s'exclama-t-elle lorsqu'elle prit connaissance que le bigophone se trouvait toujours à Saint-Guilhem. L'appareil pouvait avoir été dérobé par un gamin et jeté dans une poubelle. « En tout cas, il n'a pas été balancé dans l'eau », réalisa-t-elle.

Le lendemain, Kevin réunit une nouvelle fois ses troupes dans son bureau. Il fit le point sur ce qu'il avait appris auprès de ses camarades des Renseignements généraux, sans donner de noms, ce qui ne lui serait pas demandé tant chacun protégeait ses sources.

— Nous n'avons aucune preuve ? s'enquit Bernard, invariablement inquiet de l'authenticité des révélations des RG.

— Tu connais leur manière de travailler ! Ce n'est donc pas la peine de poser la question, trancha Patricia.

Elle hésita. Devait-elle indiquer à ses collègues que le téléphone de l'évêque était toujours à Saint-Guilhem ? Non, jugea-t-elle, anticipant leur stupéfaction si elle arrivait à mettre personnellement la main dessus. La puce serait alors analysée et ils profiteraient ainsi d'une moisson d'informations nullement négligeables. Qui plus est, elle pourrait se faire mousser un peu… Elle décida qu'elle se rendrait seule sur place pour enquêter.

Au cours de l'après-midi, alors qu'elle passait en moto à proximité de la rue Lallemand, elle vit, de nouveau, le lieutenant sortir de l'évêché par une porte dérobée. Qu'est-ce qu'il peut bien faire là ? se demanda-t-elle. Il n'est quand même pas allé balancer les infos que nous avons aux curés ?! Elle obliqua rapidement, peu désireuse d'être repérée par son supérieur. Préoccupée, elle regagna son service.

7

Kevin était toujours dans son bureau lorsque son ami des RG Michel Dutilleul toqua à sa porte. « Décidément, jamais je n'ai entretenu de liens aussi étroits avec ce service », réalisa-t-il !

— Je suis venu te voir, car j'ai des infos, et je ne vais pas pouvoir les garder pour moi très longtemps, attaqua Michel. Ma source à la chambre des notaires m'a communiqué que les terrains achetés l'avaient été par une association dénommée « La Confrérie Saint-Guilhem ». Tiens-toi bien, c'est une compagnie qui a son siège social en Suisse. Il ne s'agit donc en aucune façon d'un groupement d'autochtones. Je n'en sais pas plus, mais par ordonnance du juge d'instruction tu pourras avoir toutes précisions utiles à ton enquête.

Effectivement, Kevin réalisa qu'il avait là un moyen juridique d'obtenir des preuves concrètes de la constitution de cette firme ou confrérie. Toutefois, compte tenu de ce que lui avait appris son collègue de la DCRG, remonter la piste en direction de la Suisse allait être un véritable parcours du combattant. Il apprécia également, à sa juste valeur, la primeur de la confidence faite par Michel, qui lui assurait qu'il n'avait encore rien dit à sa hiérarchie. Paris était déjà informé… « Changez le naturel, il revient au galop », songea Kevin.

Après avoir chaleureusement remercié son homologue, il le raccompagna au deuxième étage de l'hôtel de police.

L'officier réfléchissait. Décidément, tout dans cette affaire conduisait à Saint-Guilhem et ramenait à l'Église. Il se félicita d'avoir réussi à trouver une solution au dilemme cornélien qui l'avait taraudé. « Je m'en suis sorti magnifiquement », considéra-t-il. Un jésuite n'aurait pas mieux fait.

Certes, Mgr Durantour avait été plus que surpris quand il lui avait demandé de l'entendre en confession. Mais, en homme avisé, il avait rapidement compris qu'il s'agissait là d'une stratégie permettant au policier de lui confier des informations qu'il avait sur le cœur sans renier ses obligations professionnelles. En effet, le prélat était obligé de garder pour lui les confidences des pécheurs…

Kevin éprouva le besoin d'appeler Charlotte. « Après tout, je ne vais en aucune façon trahir le secret de l'enquête, puisque dans l'ensemble c'est elle qui m'a mis sur la piste », essaya-t-il, avec succès, de se convaincre.

Charlotte lui ayant appris qu'elle devait se rendre à l'abbaye de Gellone, ils se donnèrent rendez-vous au pied de l'arbre de la Liberté en tout début d'après-midi.

Kevin stationna sa Golf sur le parking. Il s'était habillé de façon plus décontractée. Il avait enfilé un pantalon Murphy de couleur rouille, en harmonie avec les teintes de l'automne, et portait un blouson en peau assorti. Même s'il avait conscience d'avoir parfois une allure trop classique, il mettait un point d'honneur à marier parfaitement les coloris. Il avait aux pieds des chaussures qu'il ne porterait pas avec un vêtement de ville, mais qui convenaient parfaitement à une tenue plus sport, et surtout à d'éventuelles promenades, style randonnées.

Il comptait se rendre à nouveau sur les lieux de la découverte du corps de M. Bonneyroux et ne désirait pas commettre la même erreur que précédemment.

Charlotte était vêtue de son sempiternel jean et d'un blouson du même tissu, avec une doublure en peau retournée. Elle tenait à la main son casque intégral.

— Bonjour Charlotte, attaqua l'officier de police, qui avait décidé, à défaut de la tutoyer, de l'appeler par son prénom. Voulez-vous que je range votre casque dans le coffre de la voiture ?

— C'est une bonne idée, répondit-elle, en le lui remettant. Pour ma part, je souhaitais retourner vers les hauts plateaux. Vous venez avec moi ?

— Avec plaisir.

Ils prirent le chemin qui serpentait à flanc de colline en direction du cirque de l'Infernet. Le soleil, en cette fin d'automne, était encore présent et dardait ses rayons. Le vent se levait et les nuages couraient dans le ciel d'azur. À ce moment-là, il faisait presque froid dans l'arrière-pays. Le panorama qui se dessinait devant leurs yeux était composé de paysages sauvages fort contrastés, entre plaine languedocienne et hauteurs des Cévennes. Sur ce plateau calcaire d'où s'élevaient de modestes reliefs, la garrigue régnait en maître. En se retournant, nos promeneurs pouvaient apercevoir le village de Saint-Guilhem s'étirant le long du val de Gellone, creusé par le Verdus, un petit affluent de l'Hérault.

L'abbaye apparaissait alors dans toute sa majesté. Elle était environnée de toutes parts de hautes falaises où s'accrochaient de temps à autre les nuages. Nul endroit ne paraissait être plus propice à la méditation et Kevin se rappela les écrits d'un moine du IXe siècle : « C'est un lieu si retiré, que quiconque aime la solitude doit nécessairement s'y bien trouver. » Au demeurant, moins de trois siècles suffirent pour donner raison à ce visionnaire, puisque le hameau dénommé Gellone devint Saint-Guilhem-le-Désert.

Les deux promeneurs, comme frappés par la grandeur des lieux, cheminaient dans le plus grand mutisme.

Le lieutenant Normand décida qu'il était temps de rompre le silence.

— J'ai tenu compte des informations que vous m'aviez communiquées lors de notre dernière rencontre dans l'abbaye. Effectivement, il apparaît que Mgr Morandin ne jouissait pas auprès de sa hiérarchie de toute la confiance et estime qu'il était en droit d'attendre. De par sa faute, il faut bien le dire. Il semblerait que les indications tendant à le décrire comme quelqu'un de très porté sur les questions financières, soient tout à fait crédibles, ajouta-t-il en ayant du mal à déglutir, tant l'aveu lui coûtait.

Charlotte, ayant deviné la difficulté d'une telle confidence, jugea plus sage de ne pas en rajouter. Puisqu'il voulait bien partager certains tuyaux, même du bout des lèvres, elle se lança :

— J'ai appris également que de très nombreux terrains jouxtant la vallée de l'Hérault, de part et d'autre du pont du Diable, avaient été achetés par une société.

L'officier de police hésita un instant. Devait-il la laisser aller plus loin au risque d'être obligé de confirmer ses déclarations, ou ne valait-il pas mieux prendre les devants pour prouver que lui aussi connaissait son boulot, et qu'il détenait des informations capitales. Il se sentait bien en compagnie de Charlotte et était enclin à lui faire confiance. Le silence de cette dernière, qui ne le harcelait pas de questions, l'incita à se dévoiler.

— Effectivement, c'est une société basée en Suisse, qui porte pour nom « La Confrérie Saint-Guilhem », confessa-t-il. En avez-vous identifié les membres ?

— Non, malheureusement pas. J'ai obtenu cette info, mais je n'en sais pas plus. Par contre, mais vous ne devez pas l'ignorer, de nombreux projets de constructions immobilières ont été présentés, en vain, semble-t-il, au ministre de l'Aménagement du territoire !

— Il semble qu'ils aient fait l'objet d'une fin de non-recevoir, personne ne voulant prendre le risque de dénaturer un tel paysage, classé au patrimoine mondial de l'UNESCO, concéda le lieutenant de police, se remémorant la lettre à en-tête du ministère découverte dans le cabinet de travail du maire.

— Donc, tout l'argent investi dans l'achat de ces terrains, dans le but d'en obtenir une fantastique plus-value, l'a été en pure perte, assena Charlotte, comme pour bien faire appréhender à son vis-à-vis la portée de cette évidence.

— C'est vrai. Il faudrait arriver à démasquer quels sont les actionnaires de cette confrérie, marmonna-t-il comme pour lui-même.

*

Patricia avait décidé de se rendre seule à Saint-Guilhem, afin de découvrir le téléphone du prélat. « Quitte à fouiller toutes les poubelles et même si je dois y passer plusieurs jours, je ne vais pas lâcher le morceau », se répétait-elle avec force, convaincue de l'à-propos de son obstination et pensant à tout le bénéfice personnel qu'elle pourrait en tirer. Il serait toujours temps en cas d'échec d'en parler aux autres et de déclencher une recherche avec des effectifs plus conséquents.

Alors qu'elle venait de garer le véhicule du service, son regard se porta sur deux silhouettes qui se dessinaient sur la colline et qui avaient l'air de se diriger vers le « cirque du Bout-du-Monde ». Il lui sembla que son cœur s'arrêtait de battre. Elle chancela. Kevin avec la journaliste. Elle ne connaissait pas son nom, mais l'avait entrevue plusieurs fois et se doutait qu'elle couvrait l'enquête pour le compte de son journal. S'agissait-il d'une simple coïncidence ? En tant que policier expérimenté, elle n'y croyait pas.

Voilà pourquoi il dédaignait ses invitations. Et qui plus est, il pactisait avec l'ennemi. « Avec tous les ennemis », se corrigea-t-elle, se rappelant l'avoir aperçu à plusieurs reprises sortir de l'évêché. La rage au cœur, elle décida de se venger. Tant pis, il l'aura bien mérité, maugréa-t-elle, se dirigeant immédiatement vers sa voiture.

Le vent soufflait de plus en plus fort et les quelques arbustes frissonnaient sous les rafales. Les nuages se faisaient la chasse dans le ciel bleu. Kevin et Charlotte étaient obligés de temps à autre de courber l'échine pour ne pas se faire emporter par les bourrasques. Le lieutenant de police chuta, après avoir glissé sur un rocher. Au moment même où il visualisa que la roche qui se situait devant lui éclatait sous l'effet d'un impact, l'écho d'un coup de feu retentit à ses oreilles. Son instinct de policier reprit sur-le-champ le dessus.

— Couchez-vous, lança-t-il à Charlotte, qui n'avait pas fait le lien entre le coup de feu qu'elle avait ouï et l'impact qu'elle n'avait pas vu.

Cette dernière observa toutefois, alors qu'elle s'effondrait lourdement sur Kevin – qui, après lui avoir pris la main, l'avait attirée brutalement vers lui –, un éclatement du rocher au pied duquel ils se trouvaient. Elle perçut alors le son de la détonation qui se propageait.

Elle remarqua que le policier sortait son arme de poing et tirait par deux fois, en direction de l'ouest. Elle préféra rester à terre et se recroquevilla sur elle-même, histoire d'offrir la cible la plus petite possible au tireur. Même en plein air, le bruit des deux déflagrations lui parut assourdissant. Et pourtant, elle avait eu l'occasion de s'entraîner avec ses deux frères, à plusieurs reprises.

Au bout de quelques minutes, l'officier de police, toujours l'arme en main, s'enquit de son état.

— Ça va, Charlotte ?

— Oui. Plus de peur que de mal. Vous croyez

qu'on nous avait pris pour cibles ?

— Je ne vois pas d'autres explications. Je l'ai échappé belle, ajouta-t-il. Compte tenu du vent violent, la trajectoire de la balle a dû être déviée.

— Vous pensez que je n'ai pas été visée ? s'enquit la journaliste. La deuxième balle aurait pu m'atteindre !

Kevin réfléchit quelques instants, puis, désireux de ne pas l'effrayer davantage, affirma :

— Non, je suis sûr que c'est le flic qui était visé.

L'arme toujours au poing, en tenant Charlotte par l'autre main, il décida de regagner Saint-Guilhem. Ils arrivèrent sans encombre sur le parking du village. De là il put enfin appeler son service pour conter sa mésaventure grâce à son téléphone portable, car la couverture du réseau ne s'étendait pas jusqu'à l'endroit où ils se trouvaient quelques minutes auparavant. Le directeur du SRPJ lui demanda de rester sur place jusqu'à l'arrivée de renforts. Il acquiesça.

Charlotte était muette. La peur et l'émotion l'étreignaient. Elle n'avait jamais imaginé jusqu'à présent que ses reportages pourraient mettre sa vie en danger. Certes, ses confrères qui œuvraient à l'étranger ou qui couvraient des épisodes de guerre étaient effectivement confrontés à ce genre de situation, mais elle, en France, à une demi-heure d'une ville comme Montpellier ! Elle serra les dents pour retenir les larmes qu'elle sentait poindre aux coins de ses yeux.

Kevin, conscient de la peur qui avait été la sienne, décida de lui offrir un remontant au sein de l'unique établissement encore ouvert. « Là, on sera plus en sécurité », se dit-il.

Trente minutes après, trois véhicules et douze personnes du SRPJ faisaient leur entrée, en trombe, sur la place de la Liberté. Le lieutenant rejoignit ses collègues et explicita sa mésaventure. Penaud, il dut expliquer aux deux techniciens de la police scientifique qu'il lui était tout à fait impossible de les conduire à l'endroit exact où les balles avaient ricoché. Il n'y aurait donc pas de prélèvement possible.

Charlotte étant prise de tremblements, il prit le parti de la raccompagner dans son propre véhicule, escorté des fonctionnaires de la PTS, qui, n'ayant plus rien à faire, décidèrent de regagner leur service. La moto serait remisée dans le garage du bar où ils avaient trouvé refuge.

— Je vous reconduis chez vous ? interrogea-t-il.

Après un instant de silence, elle répondit :

— Merci, je préférerais que vous me laissiez au journal.

Le policier réalisa alors dans quel guêpier il s'était fourré. Non seulement il allait devoir expliquer à sa hiérarchie la présence de la journaliste à ses côtés, mais en plus l'affaire serait, sans nul doute, relatée à la une des journaux le lendemain ! Il en fut atterré.

Il laissa Charlotte sur le parking de son lieu de travail et, comme si ce lieu sentait la poudre, il fit un rapide demi-tour et décida de regagner son service.

Il se rendit sur-le-champ dans le bureau de son directeur pour lui faire part, dans le détail, de ce qui s'était passé. Le Serpent avait son air des mauvais jours. Il ne pouvait toutefois accueillir fraîchement un de ses subordonnés qui venait de se faire tirer dessus. Après les politesses d'usage, il attaqua malgré tout :

— Je ne veux pas m'immiscer dans votre vie privée, dans la mesure où, bien entendu, elle n'est pas préjudiciable au service... Vous étiez en congé, c'est d'accord, mais vous afficher avec cette journaliste qui couvre, pour son quotidien, l'affaire sur laquelle vous enquêtez...

Kevin poussa intérieurement un ouf de soulagement. Il avait totalement oublié qu'il avait posé un jour de congé. Rasséréné, il put argumenter.

— Monsieur le directeur, pour l'instant c'est moi qui suis bénéficiaire des infos qu'elle me communique et qui corroborent ce que j'ai pu apprendre.

Et, il déballa à son supérieur hiérarchique la totalité des éléments dont il disposait.

— L'affaire prend une tout autre tournure. Je comprends pourquoi vous avez sollicité l'aide de la division financière. Faites attention à vous et tenez-moi régulièrement informé de toute nouveauté. C'est clair ?

Après avoir acquiescé, l'officier de police regagna son bureau. Il ne s'était pas plus tôt assis que son téléphone retentit. C'était le laboratoire de police scientifique d'Écully.

— Nous avons procédé à l'analyse du sang sur le canif que vous avez découvert chez le nommé Séverad.

— Oui ! Et alors ? s'exclama le policier. Vous avez pu opérer une identification ? ajouta-t-il en se levant d'un bond, plein d'espoir.

— Oui, mais…

— Mais quoi ? interrogea Kevin, surpris par cette réticence.

— Le sang coïncide avec celui de M. Morandin… lâcha tout de go son interlocuteur.

Le lieutenant Normand se rassit, perplexe, tout en passant sa main gauche sur son front. Après quelques instants de silence, il reprit :

— Vous voulez dire que l'ADN correspond à celui du prélat tué plusieurs semaines auparavant ? lança-t-il, incrédule.

— Scientifiquement, il n'y a aucune ambiguïté.

— Est-ce que le sang qui s'était coagulé sur la lame du canif pouvait s'y trouver depuis aussi longtemps ?

Son interlocuteur laissa la réponse en suspens, quelques secondes, avant de répondre :

— Plusieurs semaines… cela me paraît difficile, encore que tout dépend du lieu dans lequel le couteau a été conservé. Nous allons approfondir ce paramètre, mais je tenais à vous faire part de nos conclusions sans plus attendre, déclara-t-il, avant de raccrocher.

Songeur et contrarié, Kevin se leva et laissa son regard s'enfuir sur les toits des immeubles et des maisons particulières qui étaient situés tout autour de l'hôtel de police. Comment cela se pouvait-il ?

Il savait bien qu'il n'y avait que deux explications possibles : la première était, et il allait s'en assurer en urgence, que ses collègues se soient trompés lors du prélèvement. Ils l'avaient mal étiqueté ou le scellé n'était pas le bon. Dans ce cas-là, s'avisa-t-il sur-le-champ, il faudra procéder à une exhumation et à un nouveau prélèvement. Consterné à l'idée que cette hypothèse soit la bonne, il en réalisa immédiatement toutes les retombées pour la police… et pour l'Église également. La seconde possibilité était que, après une analyse plus fine, les experts se rendent compte que le sang était coagulé depuis plusieurs semaines. Cela signifiait alors tout simplement que l'évêque coadjuteur s'était rendu chez le maire et qu'il y avait eu une altercation. « C'est bien évidemment la solution la plus logique », se rasséréna-t-il.

Il se dirigea d'un pas ferme vers le service régional d'identité judiciaire, qui était situé à l'extrémité du bâtiment. Il allait devoir faire preuve de doigté, car la mise en cause de la compétence professionnelle de ses collègues allait être mal, très mal perçue. Quant à la leur faire admettre…

Il fut accueilli par le brigadier-major Lagarigue,

qui était en train de rédiger un rapport suite à l'identification d'un individu, grâce à ses empreintes digitales.

— Vous travaillez toujours grâce aux paluches ? s'enquit-il.

— Évidemment. Nous nous déplaçons sur tous les cambriolages et sur toutes les voitures volées, lorsqu'elles sont découvertes. La multitude des relevés décadactylaires que nous effectuons est incroyable.

— Beaucoup plus que des traces d'ADN ?

— Il n'y a pas de comparaison possible. L'analyse des traces dans le but de rechercher de l'ADN est un procédé extrêmement coûteux, que nous réservons aux affaires les plus importantes, avoua-t-il.

— Il n'y a jamais d'erreur ? questionna Normand.

Le major, qui se demandait ce que venait faire l'enquêteur de la crim, fronça les sourcils.

— Que voulez-vous dire ?

Un ange passa. Après s'être dandiné d'un pied sur l'autre, l'officier de police crut bon de privilégier la franchise. Il lui faudrait bien, de toute façon, lâcher le morceau.

— Écully vient de me téléphoner... Le sang... celui qui maculait le couteau découvert chez M. Séverad... C'est celui de Mgr Morandin.

Le gradé se leva à son tour, pensif et préoccupé. Il prit le temps de la réflexion avant de répondre, puis affirma de façon péremptoire :

— Je comprends mieux votre question, mais il ne peut y avoir d'erreur de notre part. Si le labo déclare qu'il s'agit du sang du prélat assassiné, il ne peut y avoir l'ombre d'une incertitude. J'ai personnellement effectué tous les actes sur sa personne, martela-t-il en haussant le ton.

L'officier de police judiciaire préféra battre en retraite. Il devait en avoir le cœur net, et il se devait d'évoquer cette possibilité, mais il était hors de question de mettre en doute la compétence de ces experts. Il se retira après avoir remercié le brigadier-major.

Alors qu'il regagnait son service, il fut hélé par l'un de ses collègues qui s'activait sur la partie financière de l'affaire. Il le suivit vers son bureau.

Plusieurs enquêteurs avaient la tête plongée dans une masse de documents en tous genres. Bilans comptables, relevés bancaires et comptes rendus d'experts jonchaient les tables de travail.

— Nous avons pu bosser, attaqua le capitaine Bacourd Olivier, responsable du groupe, tout d'abord sur les infos découvertes sur les disques durs des PC de M. Séverad et de M. Bonneyroux. Beaucoup de données avaient été effacées, volontairement, ou du moins ceux qui ont fait la manip ont cru avoir fait le nécessaire. Heureusement que nos spécialistes ont réussi à récupérer ces éléments. Leur analyse a fait apparaître de nombreux points de convergence. Assieds-toi, j'en ai pour un moment.

Kevin s'installa confortablement. Apparemment, les sièges offerts à leurs visiteurs par les policiers de la brigade criminelle n'avaient aucun rapport avec ceux présentés aux invités de la financière. « Il est vrai, songea-t-il, que nous n'avons pas la même clientèle. L'une est composée, essentiellement, de voyous en tous genres, l'autre d'escrocs en cols blancs, d'industriels ou d'hommes politiques ».

— L'examen des documents fait apparaître que ces deux personnes se connaissaient, car nous avons découvert des lettres qu'ils se sont adressées au cours des années précédentes. Elles portent sur des projets immobiliers qu'ils avaient en commun pour valoriser la région. Mais je suppose que tu étais déjà informé de cela ?

— Exactement, mais je n'en avais aucune preuve. Avez-vous repéré le nom d'un certain Morandin ?

— J'y arrivais. Effectivement, il y a eu échange de missives de part et d'autre. Mais j'ai mieux que cela. Il semble que le nommé Morandin, je crois que c'est l'ecclésiastique qui a été tué, ait déposé sur deux comptes en Suisse, au bénéfice du maire et de l'ancien inspecteur général de l'Équipement, des fonds très importants. Les dépôts s'expriment en centaines de milliers d'euros. Nous avons trouvé trace de ces comptes numérotés et nous avons pu savoir que les sommes venaient d'une organisation dénommée : « La Confrérie Saint-Guilhem ». Le compte à partir duquel ces sommes ont été versées est également en Suisse.

— Tu crois qu'on pourra obtenir la levée du secret bancaire ?

— En ce qui concerne les dépôts au bénéfice de M. Bonneyroux et de M. Séverad, ce sera long, mais possible. Pour ce qui est du compte donneur d'ordre, c'est-à-dire celui de M. Morandin, cela m'étonnerait fort, car il s'agit, apparemment, d'un compte-écran. Le compte mère dans ce cas-là est dissimulé sous plusieurs autres comptes, ouverts aux noms de plusieurs sociétés-écrans, offshore, disséminées, par exemple au Liechtenstein ou aux îles Caïmans. Autant te dire que c'est mission impossible. Et, je passe sous silence qu'on ne sait pas si M. Morandin agissait en son nom ou au nom de l'Église. Cela ne facilitera pas la tâche. C'est à mon avis une entreprise de plusieurs années, pour des résultats plus qu'hypothétiques. Il y a de quoi épuiser plusieurs juges d'instruction, rigola-t-il.

La journée ayant été longue et fertile en émotions, Kevin préféra regagner son domicile, non sans avoir au préalable refusé l'aide de la psychologue du service. Il savait qu'elle reviendrait à la charge et qu'il n'y couperait pas. Désormais, à l'issue de chaque action éprouvante, un retour d'expérience était organisé et une psychologue pouvait vous aider à passer le cap d'une mission douloureuse, traumatisante ou difficile à surmonter seul.

Il avait bien envie d'un footing, mais jugea préférable de s'accorder un temps de repos.

Le lendemain, il découvrit un petit mot sur son bureau. L'équipe qui était montée pour le rejoindre sur Saint-Guilhem avait mis la main sur des témoins, un couple de touristes belges, qui avaient vu un individu porteur d'une arme, style fusil ou carabine, grimper dans une voiture. Ces derniers devaient se rendre au service le matin même pour participer à la réalisation d'un portrait-robot. Il était prié de se présenter, mais pas avant la fin de matinée, lorsque le portrait serait terminé. Cela fit sourire notre limier.

Le logiciel CD-FIT avait en mémoire une base de données permettant de travailler sur plusieurs centaines de formes de visage, de cheveux, de regards, de bouches ou d'yeux différents... Les enquêteurs étaient systématiquement écartés, car la pratique professionnelle avait mis en évidence qu'ils influaient sur les déclarations des témoins, par des remarques du style : « Mais vous nous aviez dit qu'il était grand... le visage poupin... », etc. De ce fait, ils étaient invités à jouer les abonnés absents...

Le directeur d'enquête observa donc strictement la règle et, lorsqu'il se présenta dans les locaux de la PTS, les touristes avaient déjà pris la poudre d'escampette depuis longtemps.

Le cliché réalisé était celui d'un homme mince, à la figure émaciée, aux cheveux châtains, d'une quarantaine d'années. Malgré le manque de relief – un nouveau logiciel de la troisième génération était à l'étude pour fournir une photo en trois dimensions –, le lieutenant ressentit comme un léger malaise.

Il savait par expérience que ces tirages n'avaient jamais permis d'interpeller qui que ce soit – tant les témoignages étaient subjectifs –, mais la photo ainsi obtenue ne lui était pas tout à fait étrangère. Il resta plusieurs minutes à la contempler, à l'examiner sous toutes les coutures et à essayer de faire ressurgir de sa mémoire des informations en rapport avec cette image. Mais en vain.

— Les deux témoins ont vu monter ce gars à l'avant droit d'une grosse berline bleu marine, style Ford Mondeo, qui était immatriculée… TV 30. Ils n'ont pas aperçu, par contre, le conducteur. Nous allons faire une diffusion aux services de police et de gendarmerie, précisa l'agent spécialisé de la PTS qui avait présidé à la réalisation du portrait.

Puis, comme l'officier de police quittait le bureau, il ajouta :

— Ah oui ! Le mari nous a dit qu'il avait observé, sur le sac à dos du bonhomme, une sorte de coquille qui lui avait fait penser à celle portée par les pèlerins qu'il a pu croiser dans la région.

Kevin s'immobilisa. Il réfléchit à toute vitesse. Les battements de son cœur s'accélérèrent comme lorsqu'il sentait qu'il était sur une piste ou sur le point d'aboutir. Oui, pas de doute possible, le portrait-robot correspondait à la personne qu'il avait favorisée, lors de la journée consacrée aux « tables chrétiennes ». Il s'agissait de l'individu qui avait produit sur lui un étrange malaise, à tel point qu'il avait envisagé de lui demander un document d'identité.

Tout à coup, il fit un autre rapprochement et réalisa qu'il l'avait également côtoyé très brièvement lorsqu'il avait servi la messe avec le prêtre de la paroisse de Saint-Guilhem. Il garda pour lui ses réflexions et réclama plusieurs tirages de la photo. Puis, après avoir remercié son collègue, il se retira.

Bernard était seul dans son bureau.

— Patricia n'est pas là ? s'enquit le lieutenant.

— Non, elle a téléphoné, elle ne se sent pas bien et doit garder la chambre, rétorqua son coéquipier.

Puis, constatant le mutisme de son supérieur, il crut bon d'ajouter :

— Ce n'est pas son genre de tirer au flan. Elle doit vraiment être à plat.

— Venez avec moi, il va falloir représenter les clichés établis grâce aux témoins.

Tout en se dirigeant vers le siège du Secours catholique, il informa son subordonné des derniers rebondissements de leurs investigations. Kevin ne souhaitait pas se présenter comme policier auprès des bénévoles de cet organisme, et encore moins agir de concert avec son coéquipier, qui ignorait tout de ses activités pastorales. Aussi prétexta-t-il une enquête de voisinage pour imposer à Bernard de représenter le cliché photo et de venir le rejoindre.

Une demi-heure après, Bernard revint tout excité.

— On a mis dans le mille, lança-t-il. Deux personnes au moins ont formellement reconnu le portrait comme étant celui d'un pèlerin qu'ils avaient hébergé pendant plus d'une quinzaine de jours. Il avait allégué d'une blessure à la jambe pour solliciter l'hospitalité et interrompre son voyage vers Saint-Jacques-de-Compostelle.

— Vous avez son état civil ?

L'air plutôt gêné, Bernard rétorqua qu'il n'était pas dans les habitudes du Secours catholique de demander une pièce d'identité à ceux qu'ils accueillaient. Puis il précisa, la voix remontant d'une octave :

— J'ai quand même une piste. Un jour de pluie, peu de temps avant son départ, il a fait appel à un taxi.

— Oui, et alors ? s'enquit son interlocuteur.

— Il l'a fait à partir de son téléphone portable, répondit tout de go Bernard qui jouait les cabotins. Et je connais le nom de la compagnie et celui du chauffeur qui l'a pris en charge, ajouta-t-il tout sourire. On y va ?

— Il faut espérer que le numéro sera resté en mémoire et qu'il n'aura pas été effacé du central de l'entreprise de taxis, ne put s'empêcher de murmurer, pessimiste, Kevin. Ou tout simplement que le numéro de celui qui a passé un coup de fil ne sera pas masqué ? renchérit-il.

Peu de temps après, c'est en se frottant les mains qu'ils quittaient le siège de la société concernée. L'opérateur relevait systématiquement les numéros de ceux qui les appelaient, pour alimenter son fichier client et leur adresser, de temps à autre, des courriers commerciaux.

— Je vais tout de suite le faire identifier, déclara Bernard en grimpant rapidement l'escalier du service.

— OK, rendez-vous dans mon bureau. Je fonce voir le patron pendant ce temps.

Patricia était au fond de son lit et ruminait. Qu'avait-elle fait ? Bon Dieu, qu'est-ce qui lui avait pris d'agir de la sorte ? D'un naturel cyclothymique, elle passait rapidement d'un état de profond abattement à une situation de surexcitation. Elle justifiait son acte, puis le regrettait tout de suite après. Comment allait-elle faire pour affronter le regard de son supérieur et de ses collègues ? Et encore, tant qu'ils n'étaient avisés de rien, elle ne devait craindre que son propre regard. « Comme celui de Caïn », songea-t-elle. Mais si son entourage venait à nourrir le moindre soupçon...

Le directeur du SRPJ avait raccompagné le lieutenant Normand à la porte de son bureau, après que ce dernier l'eut informé des toutes dernières péripéties de son enquête.

Le portrait-robot allait être diffusé en interne, c'est-à-dire aux divers services de police et de gendarmerie, et seulement à eux. « Ce qui exclut la presse », avait-il ajouté en fixant son subordonné. Il en était de même pour la diffusion de la marque du véhicule immatriculé dans le 30. Aucune explication particulière ne serait fournie. Ordre était donné de ne procéder à aucune interpellation, mais simplement d'en aviser, d'urgence, la permanence PJ, qui dépêcherait des enquêteurs et délivrerait toutes instructions utiles, selon la formulation consacrée.

M. Foyard était conscient qu'il fallait effectuer un vaste coup de filet, mais seulement après avoir réussi à identifier tous ceux qui avaient participé d'une façon ou d'une autre aux divers meurtres. Bien évidemment, il ne devrait pas trop attendre. Trouver la juste mesure était un exercice difficile. Il savait que sa propre hiérarchie lui reprocherait sans le moindre scrupule d'avoir trop tergiversé ou trop anticipé. Selon les résultats...

Pouvait-on remonter sur le conducteur de la Mondeo. Lui-même, en qualité de chef de service, avait un véhicule de fonction de ce type. Mais il fallait être fou ou inconscient pour utiliser son moyen de transport personnel pour des actions de ce genre ! Lui, en tout cas, n'aurait pas procédé de la sorte. Que savait d'autre Kevin ? Ne lui avait-il rien caché ? Et la journaliste, qu'allait-elle découvrir avant ses propres effectifs ? Donc, avant qu'il ne soit lui-même informé et puisse agir en conséquence…

Il se remémora que, tant son directeur interrégional que le préfet délégué pour la police, à Marseille, avaient, par-dessus tout, horreur d'être mis au parfum par la presse. Il décida de se rendre le soir même, discrètement comme à l'accoutumée, à l'évêché, pour une petite visite de… courtoisie.

Pendant ce temps, Mgr Durantour, évêque en titre du diocèse – mais pour combien de temps ? se demandait-il –, cogitait. Cette affaire l'inquiétait. Qu'allait-on mettre au jour qui soit de nature à discréditer, une fois de plus, son Église. Cette Église qu'il avait fidèlement servie, pour laquelle il avait combattu sans économiser ses forces. Que pouvait-on lui reprocher ?… Quelle preuve allait-on lui opposer ? Heureusement qu'il avait des amis dans la place. Des amis ? Non, des relations tout au plus ! « Des complices… sûrement pas », protesta-t-il avec énergie, en proie à un véritable dialogue intérieur.

*

Bernard entra en coup de vent dans le bureau de Kevin.

— Impossible d'identifier le propriétaire du portable. Il a été acquis en Espagne.

Kevin avait pressenti ce genre de nouvelle. Il était de pratique courante chez tous les truands qu'ils interpellaient, de se procurer un téléphone en Espagne, en déclinant un nom bidon et d'en changer la puce tous les deux ou trois mois. Puces, bien évidemment, achetées également à l'étranger. Avant qu'il n'ait eu le temps de se prononcer, son vis-à-vis l'informa qu'il avait fait mettre le bigophone sous surveillance. À défaut d'identifier le propriétaire ou l'utilisateur, on pourrait connaître avec une certaine exactitude – en fonction de l'opérateur utilisé –, le lieu d'émission d'un appel ou d'une réception téléphonique, ainsi que le contenu des propos échangés. En attendant, il avait une nouvelle carte à jouer.

— Je vais contacter le bureau des contraventions. Sait-on jamais ! Le véhicule a pu être verbalisé, précisa-t- il, plein d'espoir, à son interlocuteur.

Ce dernier quitta l'antre de son supérieur.

Il était courant que les services de police s'adressent au service des contraventions de telle ou telle ville, pour vérifier la présence, tel jour, à telle heure, à tel endroit, de tel ou tel véhicule qui avait pu être verbalisé. C'était un début de preuve, qui permettait parfois de remonter sur des moyens de locomotion volés – les voleurs, sûrs de leur impunité, ne poussaient pas le vice jusqu'à régler les horodateurs, ou à respecter la signalisation –, de procéder à l'identification de véhicules dont on n'avait qu'une partie de l'immatriculation et d'être, de temps à autre, à l'origine de juteuses filatures et interpellations.

Il eut rapidement au bout du fil le service concerné sur Nîmes. Une simple interrogation du logiciel utilisé pour l'enregistrement des contraventions, suivie d'un balayage informatique, lui apprit que la Ford Mondeo n° 5542 TV 30 avait été verbalisée à trois reprises au centre-ville. Il demanda qu'on lui faxe tous les éléments relatifs à ces verbalisations. Jours, heures et, surtout, lieux de verbalisation.

Après avoir raccroché, il effectua sur son ordinateur une recherche auprès du fichier des cartes grises, en vue d'identifier le propriétaire de la voiture en question.

Déconfit, après avoir réalisé que le numéro ne correspondait à aucune immatriculation régulièrement attribuée par la préfecture du Gard, il se fit une raison. Après un portable acheté à l'étranger, il n'était pas raisonnable d'espérer que le véhicule serait légitimement immatriculé.

Il ne lui restait plus qu'à sensibiliser les services de police de Nîmes, dans le but de repérer le véhicule. Désireux dans un premier temps de ne pas étendre ses investigations à tout le commissariat, il appela immédiatement le responsable de la brigade anticriminalité, et sollicita son concours. Son homologue lui assura qu'il ferait en sorte que toutes ses patrouilles passent plusieurs fois par jour dans le périmètre où le véhicule avait été verbalisé et qu'il l'informerait de toute découverte.

Le lieutenant décida de téléphoner à Patricia

pour avoir des nouvelles de son état de santé. Cette dernière, après l'avoir remercié, en profita pour l'informer de la présence, sur Saint-Guilhem, du portable de Mgr Morandin. Elle préféra passer sous silence le fait qu'elle s'était déjà rendue sur place…

Après avoir raccroché, Kevin fut surpris que sa collègue ne lui ait pas posé la moindre question sur les coups de feu dont il avait été l'objet. Il savait, toutefois, qu'elle avait été parfaitement affranchie par Bernard, de ce qu'il était advenu. « Elle est peut-être tellement affaiblie par son état de santé qu'elle ne pense plus aux autres », se convainquit-il.

Il décida d'appeler également Charlotte pour s'enquérir de sa forme. Cette dernière avait obtenu de sa direction un repos bien mérité de quelques jours. Il réalisa alors qu'elle subissait le contrecoup de ce qui s'était passé. Si, dans un premier temps, elle avait parfaitement su faire face et dominer son appréhension, elle était maintenant au creux de la vague. Il lui demanda si elle souhaitait qu'ils se retrouvent pour prendre un repas en commun, pour parler afin d'évacuer l'histoire des coups de feu. Mais, devant son refus, il jugea plus prudent de ne pas insister. Il lui précisa juste qu'il se tenait à sa disposition, avant de raccrocher.

« Et si elle avait véritablement été la cible du deuxième tir ? » s'interrogea-t-il. Mais il conclut aussi vite qu'il s'était posé la question : « Impossible, cela n'aurait aucun sens ».

Il décida de regagner son domicile. Malgré tout, en dépit de sa forme physique, il se sentait ébranlé. C'était bien la première fois qu'il était la cible d'un tueur. Car il fallait de toute évidence appeler ainsi un gars qui vous tire dessus, un gars qui avait joué de malchance, certes, mais qui avait été beaucoup plus chanceux à deux reprises pour le moins.

Il choisit de regarder la télévision, loisir auquel il ne consacrait généralement que peu de temps. Entre son occupation professionnelle et ses activités pastorales, le temps filait entre ses doigts comme le sable dans la main. Il avait relevé le passage à l'antenne d'une émission relative à la police technique et scientifique. Si, à l'instar de beaucoup de policiers, il ne prêtait que peu d'intérêt aux documentaires en lien avec son métier, il s'agissait là d'une spécialité nouvelle qu'il ne maîtrisait pas bien et qui, à ce titre, l'interpellait.

Après avoir enfilé son survêtement et s'être fait chauffer au micro-ondes une pizza aux quatre fromages, il s'installa confortablement dans son fauteuil *stressless*. En souriant, il ne put que remarquer que le terme était tout particulièrement adapté.

La directrice du laboratoire de police technique et scientifique de Paris détaillait toutes les activités liées à son art. Lorsqu'elle en arriva à l'ADN, présenté par le journaliste comme la panacée, elle tempéra son enthousiasme en lui précisant que dans certains cas, le recours aux bons vieux relevés d'empreintes faisait encore ses preuves, parfois autorité, voire était indispensable. Tout ouïe, Kevin l'entendit décrire un cas bien particulier, pour lequel rien n'égalait l'utilisation des traces décadactylaires.

Notre enquêteur se releva d'un bond. Il avala, de travers, la bouchée de pizza qu'il venait juste d'enfourner et manqua de s'étouffer. Interloqué, il écouta plus attentivement que jamais la démonstration et l'explication de la biologiste experte. Puis, il se rassit lentement, comme s'il avait peur de perdre le fil de ses idées. Idées qui germaient à toute vitesse dans son cerveau et se répandaient en extrapolations plus farfelues les unes que les autres.

Il s'obligea à respirer calmement, but un grand verre d'eau et attendit que les battements de son cœur s'espacent. Il lui fallait être raisonnable, l'éventualité évoquée par la scientifique n'était envisageable que dans des cas bien particuliers qui devaient avoisiner les 0,5 pour cent. Mais une petite voix, dans son subconscient, lui disait qu'il ne devait pas négliger cette hypothèse, pour aussi extravagante qu'elle paraisse.

« De toute façon, se résolut-il, dès demain matin, je ferai en sorte d'en avoir le cœur net ».

Il dormit cette nuit-là d'un sommeil particulièrement agité.

Dès potron-minet, l'officier de police était debout. Il était bien trop tôt pour se rendre à la mairie. Il choisit d'aller courir une demi-heure, privilégiant cette fois la rapidité à l'endurance. Il lui fallait exorciser, comme il le pouvait, cette lassitude et cette excitation qui s'emparaient tour à tour de lui.

Trempé de sueur, le cœur battant la chamade, il rentra chez lui, vidé, mais après avoir pu exsuder toutes ses mauvaises pensées. Une bonne douche, un solide petit déjeuner et il était prêt à affronter l'adversité. Il grimpa dans le tramway et se rendit à l'hôtel de ville. Il accéda, à sa demande, au service de l'état civil.

Deux heures après, il en ressortait la mine déconfite.

« Si certains avaient bien fait leur boulot, on n'en serait pas là », marmonna-t-il.

Il décida de se remettre de ses émotions en prenant un verre à la terrasse du Riche, célèbre café situé place de la Comédie. Tout en buvant, à petites gorgées, son monaco, il contemplait le spectacle de la rue qui se déroulait devant lui. La foule était déjà dense, quelques amuseurs publics tentaient d'attirer les badauds, et un groupe de musiciens des Andes jouaient de la flûte indienne.

Il nota que la municipalité avait su, astucieusement, évincer du centre-ville les clochards et routards de tous poils qui avaient élu domicile au pied des trois « Grâces ». Il avait suffi d'une fontaine dont les rebords en pente douce vers les jets d'eau interdisaient qu'on s'y asseye. Ainsi, tout ce joli monde ne s'exposait plus au vu et au su des touristes et des Montpelliérains. Il ne fallait pas, toutefois, crier victoire trop fort. Le problème avait été simplement déplacé… de quelques dizaines de mètres, vers les marches du théâtre.

Kevin regagna ensuite son bureau. Puis, il fonça vers le service régional d'identité judiciaire où il s'enferma pendant vingt minutes, en tête à tête avec Lagarigue. Celui-ci pâlissait au fur et à mesure des explications que lui fournissait l'enquêteur. Tête basse, sans dire un mot, il se contentait d'acquiescer aux requêtes que son collègue formulait.

Le lieutenant Normand décida d'aller briefer le big boss. Hélas, sa secrétaire l'informa que ce dernier assistait, pendant trois jours, à un congrès des commissaires de police, qui se tenait à Nîmes.

Il retourna à son service, et réalisa tout d'un coup qu'un élément du rapport d'autopsie avait alors attiré sa curiosité. Pensif, il prit conscience qu'il n'y avait peut-être pas prêté toute l'attention voulue. Il s'empara du dossier en question et le relut. Oui… cela confortait l'hypothèse qui venait de naître dans son esprit.

Il demanda à s'entretenir avec Mgr Durantour. Nouvel échec. Il dut se contenter du vicaire général, qui après lui avoir appris que le responsable du diocèse participait à un synode organisé par le primat des Gaules, à Nîmes, lui donna son accord pour qu'il puisse passer une nuit à l'abbaye de Gellone.

Décidément, releva notre enquêteur, Nîmes deviendrait-elle le centre de la chrétienté ? « Est-ce l'alliance du sabre et du goupillon ? » songea-t-il en lui-même.

Un coup de fil le tira de sa rêverie. Le chef de la BAC nîmoise – décidément cette ville était au centre de tout –, l'informa que l'une de ses patrouilles avait repéré le véhicule Ford Mondeo et planquait à proximité. Que désirait-il ?

— Maintenez la surveillance, je vous envoie du monde, déclara-t-il avant de raccrocher.

L'officier de police se dirigea sans plus attendre vers les locaux occupés par la toute nouvelle brigade de recherche et d'intervention. Composés d'une vingtaine de fonctionnaires, dotés de véhicules puissants, ces policiers effectuaient à longueur d'année les planques et les filoches sur des cibles fichées au grand banditisme. Particulièrement rompus à déjouer tous les coups fourrés et à effectuer les filatures les plus complexes, ils avaient été recrutés en région parisienne, au sein de la BRI de la préfecture de police, et avaient déjà fait leurs preuves. Ils disposaient également d'une technologie de pointe, qui permettait de suivre leur objectif, sans être « à vue » pour autant. Dans ce domaine aussi, les techniques modernes apportaient leur concours.

Le commissaire, chef de ce service, se mit immédiatement à sa disposition et envoya trois véhicules, soit six fonctionnaires, dans la ville voisine, avant même d'avoir établi un plan d'intervention. La stratégie à suivre serait communiquée par téléphone ou grâce aux moyens radio cryptés des policiers. C'était un homme d'action, peu porté sur le verbe.

Ils convinrent de ne procéder à aucune interpellation, sauf si plusieurs personnes prenaient place dans le véhicule.

Sur place, les limiers de la BRI relevèrent les effectifs de la BAC. À tour de rôle, unc voiture restait « à vue » de la Mondeo, le temps que le « sous-marin » arrive. Dès l'arrivée de ce véhicule de planque, occupé par deux fonctionnaires de la crim, les gars de la BRI s'éloignèrent pour ne pas être repérés.

À la nuit tombée, l'opération se poursuivait toujours. Personne n'avait rejoint la Ford. La surveillance pouvait durer plusieurs jours. Le véhicule pouvait avoir été également abandonné dans un souci de protection. Aussi fut-il décidé d'utiliser les grands moyens.

Profitant de l'obscurité, un policier alla accrocher sous le pare-chocs de la Mondeo un vieux téléphone GSM équipé d'une puce achetée par le ministère de l'Intérieur et dont les caractéristiques étaient bien évidemment connues. Le téléphone portable resterait allumé et serait donc, en permanence, en émission continue. Grâce à un ordinateur, lui-même doté d'un logiciel spécifique couplé à une carte de France, le véhicule lorsqu'il serait en mouvement pourrait être continuellement suivi et localisé à une centaine de mètres près par les enquêteurs.

On pouvait faire mieux en utilisant une balise

Argos, qui autorisait une localisation géographique beaucoup plus précise, ce qui n'était pas sans intérêt lorsque les filatures s'effectuaient en agglomération. Mais le coût prohibitif de ce gadget ne permettait pas d'en disposer en nombre suffisant.

Rassérénés, les policiers allégèrent leur dispositif. Un seul véhicule resterait en planque. Les autres effectifs regagneraient Montpellier, tout en sachant qu'ils pouvaient être rappelés à tout moment.

*

Kevin rendit visite au père Rébufat vers 21 heures. Le curé de la paroisse avait dû être informé de sa venue, car il ne posa aucune question en lui remettant le trousseau de clefs. Il ne lui proposa pas de partager son repas, qu'il avait dû terminer depuis longtemps compte tenu de l'heure tardive.

Normand s'était vêtu chaudement. Il portait un pantalon en velours et un gros pull en laine sur lequel il avait enfilé un blouson de ski. Passer toute une nuit en prière dans l'abbaye exigeait certaines précautions. Il s'était muni également de sa Maglite. Sans elle, il n'aurait pu se déplacer dans l'église et il était hors de question de laisser le bâtiment allumé. L'entretien d'un tel édifice, classé, coûtait fort cher à la communauté qui, malgré les offrandes des visiteurs, peinait à s'en acquitter !

Après l'ouverture de la porte principale, qui

grinça, il fut soudainement plongé dans l'obscurité la plus complète. Il se félicita de s'être muni de sa torche. Les yeux braqués sur le pinceau lumineux qui dansait à ses pieds, il s'avança pas à pas. Il ne distinguait rien de la voûte de la chapelle ni des alentours.

Connaissant parfaitement la disposition des lieux, il se dirigea droit devant lui, vers l'autel. Après s'être agenouillé, pour un rapide signe de croix, il obliqua vers la gauche et prit place devant un prie-Dieu à proximité de la porte donnant sur la rue Cor-de-Nostra-Dona.

« C'était par cette issue, pensa-t-il, que l'agresseur de l'évêque coadjuteur avait pu s'enfuir ». Dans ce recoin, le curé de Saint-Guilhem avait poussé la sollicitude jusqu'à laisser allumée une petite chandelle électrique, dont la pâle lumière tremblotait, dans son tube de verre, comme sous le souffle d'un vent imaginaire.

Le policier s'assit. Il avait longuement hésité entre venir ainsi ou revêtir son aube et son étole diaconale. Il avait déterminé qu'il était plus simple de se présenter habillé en civil. Il s'était refusé le concours de son téléphone portable, de son arme de service et de sa paire de menottes. La seule concession qu'il s'était octroyée avait été de se munir de la torche.

Il avait besoin de faire le point. « Quel meilleur endroit que celui-ci ? » songea-t-il. Compte tenu des caractéristiques de son enquête, il avait jugé préférable de prendre quelque distance, momentanément, avec ses activités diaconales. Par ailleurs, les sentiments qu'il éprouvait envers Charlotte l'interpellaient. Un diacre pouvait être célibataire, mais il devait le rester. Un laïc, s'il était marié, devait attendre l'âge de trente-cinq ans pour le moins et, justifier d'une période de dix ans de mariage, avant de pouvoir prétendre être ordonné.

Très jeune, pour autant qu'il s'en souvienne, il avait aimé prier. Prier était pour lui établir un dialogue dans lequel l'être humain va à la rencontre de Dieu. La prière était une forme de relation amicale, une démarche de disponibilité et de confiance. Elle débouchait sur un regard lucide et profond sur le sens de notre vie. Pour certains, elle apparaissait comme quelque chose d'inutile. Mais s'agissait-il de prier parce que cela servait à quelque chose ? La prière était une sollicitation gratuite. Il y puisait bien souvent réconfort et espérance, et il en avait besoin, notamment dans le cadre de son activité professionnelle. Elle lui permettait de prendre une certaine distance avec les problèmes. Elle le stimulait et le fortifiait.

Tout d'abord, il pria debout, puis se mit à genoux sur le prie-Dieu.

Tout à coup, il réalisa qu'il s'était endormi quelques instants. Le lumignon oscillait toujours devant lui, projetant une si pâle lueur qu'il peinait à éclairer le chandelier sur lequel il était fixé. Il n'entendait que sa propre respiration. Tout était plongé dans le noir. Les ténèbres l'environnaient. Il frissonna, malgré le fait qu'il ait pris la précaution de se vêtir très chaudement. Pourquoi s'était-il réveillé ? Un léger bruit mit tous ses sens en éveil. « Non, se dit-il, ce n'est que le simple craquement d'un meuble patiné par le temps qui geint ». Puis, il entendit comme une succession de pas. Il tourna la tête de tous les côtés, mais ne vit personne.

Qui, au demeurant, pouvait avoir été autorisé à venir ici en pleine nuit ? Il consulta sa montre, sans oser allumer sa lampe. Il était 2 heures. Un léger grincement le fit sursauter. « Là, réalisa-t-il, ce n'est pas un bruit naturel ». Il dirigea son regard en direction de l'endroit d'où, lui sembla-t-il, il provenait. Inquiet, il porta la main à sa hanche droite, pour y trouver le réconfort que son arme lui apportait. Il se rappela alors qu'il ne l'avait pas emportée avec lui. Un deuxième craquement, plus net, retentit et son écho se propagea dans la nef.

Il s'enfonça au plus profond du recoin dans lequel il s'était recroquevillé. Ce faisant, il accrocha le fil électrique qui alimentait la bougie. Cette dernière chuta. Fort heureusement, il put la rattraper au vol, à l'instant même où elle s'éteignit. L'obscurité était totale. Il retint sa respiration, conscient maintenant que quelqu'un était en train de grimper les marches conduisant à la crypte. Il en déduisit alors que les grincements qu'il avait entendus provenaient sans nul doute de l'ouverture et de la fermeture de la grille qui en condamnait l'accès.

Il comprit que les pas se dirigeaient vers lui. Il mit la main dans sa poche, serra les doigts sur son trousseau de clefs dont il fit dépasser certaines entre ses différentes phalanges. S'il devait se battre, il disposait là d'une arme redoutable. Il se reprocha cette pensée, mais l'instinct de survie fut le plus fort. Il vendrait chèrement sa peau.

Il vit tout d'abord un faible faisceau de lumière se déplacer sur le sol. Le visiteur utilisait également une lampe pour se mouvoir. L'ombre très diffuse se rapprochait de lui, en se dirigeant vers l'escalier en bois, près duquel il se trouvait. Alors que la silhouette passait à proximité d'un miroir, le reflet de la lumière émis par la torche éclaira, brièvement, celui qui avançait.

Frappé de stupeur, le policier reconnut le pèlerin. Oui, même si l'apparition avait été plus que fugitive, il n'y avait pas le moindre doute possible. C'était bien celui qu'il avait servi, c'était assurément celui à qui il avait remis l'hostie et, si l'on s'en tenait au témoignage fourni par le couple de Belges, c'était également celui qui l'avait pris pour cible.

Il se releva aussi discrètement qu'il le put, avec l'intention, affirmée, de lui sauter dessus pour le maîtriser. Mais, il réalisa tout aussi vite qu'il était seul, désarmé, sans menottes pour entraver son agresseur et que ce dernier était peut-être armé.

Toutes considérations qui rendaient risquée, périlleuse, voire suicidaire, son intervention. S'il ne parvenait pas à neutraliser son adversaire, il risquait de prendre la fuite et, se sachant découvert, il ne serait que plus difficile de retrouver sa trace.

Pendant que notre enquêteur se perdait en conjectures, l'individu avait atteint l'escalier. Il gravit lentement, avec la souplesse d'un sportif accompli, les quelques marches qui le conduisirent devant le palier de la porte en bois.

Kevin entendit la clef jouer dans la serrure. L'homme prenait son temps, ses gestes étaient mesurés, sans précipitation ni panique. « Il doit bien connaître les lieux pour arriver, tout comme moi, à se repérer grâce à un halo d'une si faible intensité », songea-t-il.

Clic-clac, l'huis se referma sur le visiteur. Le lieutenant Normand déplia ses membres endoloris et se dirigea, rapidement, mais en silence, vers la porte principale qu'il ouvrit avec précaution. Il jeta un rapide coup d'œil sur la place de la Liberté… en pure perte. Personne. Immobile, espérant voir s'engager devant lui, ou tout au moins traverser la place, celui qui venait de quitter l'abbaye, il ne bougea pas. Après quelques minutes d'attente, il comprit que le pèlerin ne passerait pas par là.

Il se dirigea en courant vers son véhicule pour y dénicher son téléphone portable. Puis, il composa le numéro de la permanence PJ. L'écran de veille s'alluma et s'éteignit tout aussi rapidement en laissant apparaître la mention « batterie faible ». Il pesta silencieusement et se porta, toujours au pas de course, vers la cabine téléphonique située à l'entrée du parking. Hélas, un vandale était passé par là et l'appareil était en dérangement.

Terrassé par une telle fatalité, il dut prendre sur lui pour se secouer et réagir. Il grimpa dans sa voiture et se dirigea vers Aniane. De là, il put enfin téléphoner à l'officier de permanence nuit, pour lui conter, mais pas dans le détail, sa mésaventure et l'inviter à sensibiliser les gendarmes si d'aventure ils avaient des patrouilles à proximité. Mais, il ne se faisait pas de grandes illusions. Il était 2h30 et il ne pouvait donner aucun signalement de véhicule. Alors…

Comment a-t-il pu pénétrer dans l'église alors que j'y étais depuis plusieurs heures ? s'interrogea-t-il. Il a dû se laisser enfermer. Mais que faisait-il dans la crypte, fermée par une grille dont lui-même n'avait pas obtenu les clefs ?!

Il en aurait le cœur net dès le lendemain. S'il ne pouvait décemment pas retourner déranger le curé à une heure aussi matinale, il reviendrait et, en faisant prévaloir son titre de flic s'il le fallait, on lui remettrait enfin les clefs.

8

Dès 8 heures du matin, la sonnerie du réveil retentit. Kevin se réveilla, fatigué d'avoir peu et mal dormi. Une nouvelle journée commençait et il avait du pain sur la planche. Il passa tout d'abord un coup de fil aux policiers qui étaient restés en planque toute la nuit. Non, toujours pas de nouvelles, personne ne s'était présenté pour récupérer le véhicule.

Alors qu'il raccrochait, Patricia, après avoir frappé à la porte, pénétra dans son bureau. Elle avait décidé qu'après tout, elle n'avait rien à se reprocher, qu'elle avait agi en son âme et conscience et qu'il appartenait à son directeur, à qui elle s'était confiée, de faire le nécessaire.

— Bonjour Patricia, comment allez-vous ?

— Ça va mieux, rien de bien important. Et vous ? J'ai lu l'article du Midi Libre. Vous l'avez échappé belle.

Volontairement, elle évita d'évoquer la journaliste,

qu'elle avait bannie de ses pensées.

Son supérieur l'informa des dernières péripéties, tout en se gardant de lui parler des vérifications qu'il avait demandées à l'identité judiciaire et de celles qu'il avait lui-même opérées. La situation, si elle s'avérait confirmée par l'analyse scientifique, serait suffisamment scabreuse. Point n'était donc besoin d'y penser avant l'heure.

L'officier observa que Patricia était effectivement en forme. Elle dégageait une énergie qui faisait plaisir à voir. Le menton est volontaire, le sourire rieur, remarqua-t-il tout à coup. Les cheveux coupés court, à la garçonne, lui allaient à ravir. Elle était charmante. Il se rappela qu'il avait décliné, à deux reprises, ce qu'il considérait comme une simple invitation entre collègues. Aussi, il déclara :

— Norbert, de la division financière, organise une soirée pour ses trente-cinq ans, vous êtes libre ?

Et comme son interlocutrice, médusée, tardait à répondre, il reprit aussi sec :

— C'était juste une proposition, vous n'êtes pas obligée de…

— Si, si, je suis libre, l'interrompit-elle, je connais bien Norbert, ainsi que sa femme. Je suis partante.

Puis, impatient de quitter un domaine dans lequel il se sentait mal à l'aise, il poursuivit cette fois-ci sur un registre plus professionnel :

— Je dois retourner sur Saint-Guilhem, vous venez avec moi ? On en profitera pour essayer de retrouver ce téléphone.

Et, sans lui laisser la possibilité de répondre, car il ne s'agissait pas à proprement parler d'une invitation, mais d'un ordre, il ajouta :

— Allez demander à deux collègues de nous suivre. Plus on est de fous, plus on rigole, lança-t-il, décidément très en verve.

Il abandonna à Patricia le soin de piloter. Cette dernière feignit d'être absorbée par la conduite, pour éviter de lui faire la conversation. Elle se reprochait son comportement. Bon Dieu, pourquoi avait-elle agi de la sorte ? Elle n'avait donc rien dans la tête ! Qu'allait décider le Serpent au vu de ses déclarations. Comment pouvait-elle faire volte-face, tout en restant crédible ? Si jamais il apprenait ce qu'elle avait dit…, elle préféra ne pas épiloguer là-dessus et, sans arriver à se déterminer sur l'attitude à adopter, elle stationna son véhicule sur le parking près du cimetière, suivie en cela par la deuxième voiture.

Le prêtre de la paroisse avait fait savoir au policier qu'il régnait actuellement une étrange atmosphère dans le village. De toute évidence, la succession de meurtres n'y était pas étrangère. Une fois la saison passée, la fréquentation connaissait, en règle générale, une accalmie. Mais, cette année, les Saint-Guilhermois voyaient rappliquer des curieux de toutes sortes. Des gens qui se rendaient, comme en pèlerinage, dans les différents lieux où les homicides avaient été perpétrés, d'autres qui se livraient à des simulacres d'enquête, et même certains devins, adeptes du pendule ou de la chiromancie, qui se faisaient fort de démasquer le coupable !

Il y avait eu, en outre, ces journalistes d'une chaîne de télévision japonaise qui avaient séjourné sur place pendant plus d'une semaine. La même équipe, racontait-on, qui avait participé récemment à la traque du monstre du Loch Ness ! Avec la réussite que l'on connaissait...

Les autochtones, en majorité d'un certain âge, se contentaient de se claquemurer dès le soir venu.

Kevin demanda à ses collègues de l'attendre devant la porte de l'église, pendant qu'il allait récupérer les clefs auprès du curé. Ce dernier lui remit, sans aucune discussion, tout un trousseau qui, cette fois-ci, comportait celle permettant l'accès à la crypte.

Les fonctionnaires de police, à la suite de leur supérieur, traversèrent le Gimel, un espace carré, voûté d'ogives, avec des bancs de pierre sur les côtés, qui crédibilisait l'idée qu'il avait à l'époque servi d'abri aux pèlerins, puis s'engagèrent dans l'allée centrale de l'église. Ils allèrent tout d'abord s'assurer qu'il n'y avait personne dans le cloître, ainsi que dans la pièce, théoriquement inaccessible qui recevait les touristes et offrait à la vente divers ouvrages et objets en tous genres chargés de leur remémorer leur passage en ces lieux.

La porte qui communiquait avec la partie réservée aux religieuses était bien évidemment fermée, et ils ne disposaient d'aucun moyen pour l'ouvrir. Kevin n'en avait pas la volonté, malgré les velléités de certains de ses coéquipiers qui, sur un ton mi-ironique mi-goguenard, lui rappelèrent qu'il ne fallait négliger aucune piste…

L'officier de police, qui n'avait précisé à personne avoir vu l'individu sortir de l'abbaye, au motif qu'il y avait lui-même passé la nuit, ne s'éternisa pas sur la sortie qui donnait accès à la rue Cor-de-Nostra-Dona. Il ne put s'empêcher, toutefois, de frissonner à l'idée de ce qui aurait pu advenir s'il était intervenu.

Enfin, ils descendirent l'escalier situé près de l'autel, qui conduisait vers la crypte. Il débouchait sur un long couloir transversal qui permettait de circuler devant la chapelle souterraine. Cette dernière présentait un plan rectangulaire et l'espace, du moins ce que l'on pouvait en deviner sans franchir la grille fermée par un verrou, était divisé par trois piles carrées en deux petites nefs de deux travées chacune. Après avoir essayé plusieurs clefs, les enquêteurs purent gagner la partie interdite aux visiteurs.

« Personne ne parle. Même pas Patricia qui en règle générale ne manifeste guère de respect pour le sacré », remarqua Kevin. À l'intérieur, les murs construits en tuf étaient recouverts d'un enduit qui avait, semblait-il, été peint par endroits. L'oratoire était en partie enfoui dans le flanc de la montagne. Les murs étaient épais, comme le voulait le mode de construction d'alors. Les parois latérales possédaient des arcs de décharge en plein cintre sous lesquels s'ouvraient des petites niches.

— On a l'impression qu'on n'a pas mis au jour la totalité de la crypte ! observa Yves, un des nouveaux enquêteurs.

C'était précisément le sentiment de Kevin. Il prit la parole :

— Je suis d'accord avec toi, j'ai lu que les travaux entrepris pour mettre au jour la crypte avaient été interrompus par manque d'argent, mais qu'il n'était pas impossible que cette chapelle communique avec d'autres pièces.

Puis, changeant de registre, il ajouta :

— D'après les prêtres qui s'occupent à tour de rôle de la célébration des messes et qui ont la responsabilité de l'édifice, il semblerait que des paroissiens, ou plus exactement des paroissiennes aient vu plusieurs fois des tiers sortir de la crypte alors même que l'église était fermée. Et ça, au moins à dix reprises. Le tout sur une période très étendue, de plus de dix ans.

— Et comment ces gars ont motivé leur présence ? s'enquit Bernard.

— Ils ont simplement expliqué qu'ils avaient voulu prier devant la grille et qu'ils avaient été enfermés sans possibilité de s'extraire de l'abbaye. Ce qui justifiait leur présence à cette heure matinale, où les dames patronnesses font le ménage et fleurissent l'autel. À en croire les minutieuses recherches des curés, on n'a jamais déploré le moindre vol. Mais ce n'est pas tout, continua-t-il. À plusieurs reprises les personnes chargées d'entretenir le site ont eu l'impression de visites nocturnes à cause de petits détails, comme des objets déplacés, des portes fermées qui auraient dû être ouvertes, ou inversement, des traces de pas boueuses, etc.

— Et, elles en déduisent quoi ? l'interrompit Patricia, sur un ton narquois. La présence de fantômes ou de revenants ?

L'officier de police préféra ne pas relever le persiflage.

Patricia, réalisant que son supérieur semblait prêter foi à ce qu'elle s'obstinait à considérer comme autant de lubies de la part de grenouilles de bénitiers, se mordit la langue et fit un effort pour se taire.

— Il y a de nombreuses fresques, rosaces et moulures, en relief. Peut-être existe-t-il un ou plusieurs passages secrets que l'on peut dévoiler par des pressions à certains endroits bien précis, fit remarquer Yves, visiblement peu convaincu.

— On pourrait se servir d'explosifs, pour vérifier s'il n'y a rien derrière, déclara benoîtement Bernard.

Ses collègues pouffèrent. Kevin préféra ne pas relever. Il imaginait la tête des autorités ecclésiastiques si la justice faisait droit à cette requête... Mais il n'y avait aucune chance. Aucun risque, plus exactement. Pensif, il continuait à promener son regard sur tous les murs.

Il savait que la région était truffée de grottes, il

n'était donc pas irréaliste de présumer qu'une ou plusieurs de ces cavernes aient été aménagées en autant de cryptes ou de chapelles, il y a plusieurs siècles. Il était fréquent que les abbés utilisent des caches dans le but de protéger les reliques, ce qui avait permis à ces dernières d'être toujours présentes de nos jours, et d'avoir survécu aux pillages, aux révolutions et aux convoitises des hommes.

— Il y aurait peut-être un moyen de se faire une idée, déclara Yves.

Puis, considérant que toute l'attention se focalisait sur lui, il enchaîna :

— On pourrait demander aux collègues de la police technique et scientifique de venir sur place et d'avoir recours au « crimescope », annonça-t-il.

Et, voyant que personne ne pipait mot, il ajouta, précisant ainsi sa pensée :

— Cela permettrait de visualiser des traces de pas ou de mains et de déterminer si elles sont nombreuses, si elles vont toutes vers une direction bien particulière. De repérer, par exemple, des traces invisibles à l'œil nu sur telle ou telle fresque ou moulure.

— Excellente idée, lâcha Kevin, radieux. Sortons tout de suite d'ici, ce n'est pas la peine de piétiner le sol et d'y ajouter des empreintes de pas supplémentaires. Yves, donnez un coup de fil à la PTS et demandez-leur de venir immédiatement s'ils sont disponibles. Pendant ce temps on va essayer de découvrir ce portable précisa-t-il en direction de Patricia, comme pour lui passer la main. Vous avez cherché à contacter, à nouveau, le téléphone du prélat ?

— Oui, mais en vain, rétorqua-t-elle.

— Bien, tout le monde à l'œuvre. Deux gars restent dans l'église, les autres avec moi, on va explorer les alentours. Vérifiez tout, jusqu'aux poubelles. Enfin…, faites appel à votre imagination.

Deux heures après, les recherches se révélaient vaines. Les experts de la police technique et scientifique arrivèrent sur place. Le major Lagarigue en tête. Il n'évoqua pas un instant le résultat des analyses complémentaires qui avaient été ordonnées par le directeur d'enquête, signifiant qu'il n'en connaissait pas encore les conclusions. De son côté Kevin, qui n'était pas désireux que son éventuelle déconfiture soit rendue publique, se tint coi.

Accompagné de toute son équipe, il précéda les trois fonctionnaires de l'IJ.

Les techniciens de l'investigation criminelle revêtirent une fois de plus leur combinaison blanche. Ils se protégèrent les yeux avec des lunettes spéciales. En effet, l'appareil qu'ils utilisaient diffusait une lumière bleutée, issue d'un rayon laser lumineux qui émettait des longueurs d'onde allant de l'infrarouge à l'ultraviolet. Ce rayon permettait de visualiser des marques invisibles à l'œil nu. Les techniciens ne disposant pas de protections oculaires en quantité suffisante, seuls Kevin, Patricia et Yves purent assister à l'opération.

Le faisceau de lumière fut tout d'abord braqué vers le sol. Depuis des siècles, il avait bien évidemment été foulé en long en large et en travers, mais seules les traces les plus récentes apparaissaient. Une sorte de cheminement fut entrevu au bout de dix minutes de balayage. Kevin savait, de source sûre, que l'accès à cette partie de la crypte, condamné par une grille, n'était réservé qu'à un petit nombre de privilégiés, et qu'il était interdit de fumer et de prendre des clichés au flash. Tout cela dans le but de protéger un patrimoine riche de siècles d'histoire.

Ils suivirent donc les traces qui convergeaient vers la niche située à l'est. Cette niche, ainsi que son environnement immédiat, était couverte de fresques et de moulures. Lagarigue positionna le rayon laser sur le mur, qu'il balaya à nouveau consciencieusement. Kevin frissonna. Se retrouver ainsi, sous terre, revêtu d'une combinaison blanche, en train d'utiliser un faisceau de particules… « Quelques siècles auparavant, ils auraient été brûlés vifs, car convaincus de sorcellerie », songea-t-il.

De nombreuses moulures situées à droite de la niche semblaient supporter davantage de souillures. Le spécialiste promena malgré tout son pinceau de lumière sur tous les murs. Après trente minutes d'exploration, il n'y avait aucun doute. À droite de la niche, localisée à l'est, les traces biologiques étaient les plus importantes.

Pour emporter la conviction de tous les enquêteurs présents, le lieutenant et ses deux coéquipiers cédèrent leurs lunettes à ceux qui n'avaient pu jusqu'alors en bénéficier. Puis ils se retirèrent tous de la pièce, après que les experts de la PTS eurent matérialisé, à la craie bleue, sur lc sol et sur le mur, les endroits où les souillures avaient été les plus significatives.

Ils tinrent un conseil de guerre.

— On ne peut ignorer le fait que les croyants se sont peut-être contentés de caresser ou d'embrasser telle ou telle partie des fresques, supposées être dotées de pouvoirs particuliers, exprima Kevin.

— Je vous l'ai dit, utilisons des explosifs. En petite quantité, bien sûr, revint à la charge Bernard, qui décidément était favorable aux solutions les plus expéditives. Pensez aux hommes du groupe d'intervention de la police nationale, lorsqu'ils font sauter une porte, ils ne font pas sauter l'immeuble !

— Entre une porte et des blocs de pierre dans une crypte, il y a un monde, intervint Yves.

— Sans compter qu'utiliser un explosif, dans un caveau, dans un lieu de culte classé, pour une hypothétique découverte… renchérit Kevin, je me vois mal emporter la conviction du juge d'instruction. Quant à celle de l'Église…

Après avoir refermé la grille, ils quittèrent l'abbaye de Gellone et regagnèrent l'hôtel de police de

Montpellier. Sur la place de la Liberté, un groupe de badauds les prit en photo. Pourquoi pas, après tout ?

Alors qu'il venait juste de réintégrer son bureau, le lieutenant Normand reçut un appel de Charlotte. Elle se remettait de ses émotions. De fil en aiguille, elle s'enquit des derniers résultats de l'enquête. L'officier de police judiciaire qui avait réfléchi à l'opportunité de partager ses informations avec la journaliste avait décidé de lâcher un peu de lest dans la mesure où Charlotte avait apporté sa contribution et qu'elle avait également risqué sa peau avec lui. « Qui dans de telles conditions pourrait lui en faire reproche », se convainquit-il. Il la briefa sur les dernières découvertes qu'ils venaient de mettre à jour, passant toutefois sous silence les autres éléments en sa possession. Il obtint au passage la promesse d'une totale discrétion. « Les promesses n'engagent que ceux qui les croient », persifla-t-il.

— J'ai une idée, s'exclama Charlotte, j'ai peut-être la solution à votre problème. Je prends quelques contacts et je vous rappelle, énonça-t-elle, avant de raccrocher brusquement.

L'officier de police regagna son domicile. Décidément, il n'avait plus un moment de libre. Terminé les discussions avec ses collègues diacres, fini les entraînements… Mais il était habitué à cela. « Chaque fois qu'une affaire semble arriver à son terme, ça amenuise d'autant, mes espaces de liberté », songea-t-il en sombrant dans les bras de Morphée.

Le lendemain matin, il choisit de se rendre sur Nîmes, pour participer à la planque et prendre un peu la température. Cela faisait trois jours et trois nuits que ses collègues planquaient. Ils allaient sans nul doute le remercier. « Mais après tout, cela fait partie de leur job », décida-t-il, prêt à répondre du tac au tac en cas d'agression verbale.

Hippolyte Lafin sortit de l'hôtel, où le premier dignitaire de la Confrérie Saint-Guilhem venait de le recevoir. Il se dirigea vers la Maison carrée, puis prit le chemin des arènes, vestige romain qui avait contribué à faire de Nîmes une ville au patrimoine historique exceptionnel. Las, désabusé, il se rendait vers le véhicule dont le grand maître lui avait confié les clefs. Il avait fait clairement comprendre à ce dernier qu'il ne souhaitait plus le revoir. Il estimait avoir largement payé son dû, et depuis longtemps même.

Et puis, quel intérêt y avait-il à être membre d'une confrérie qui s'était réduite comme peau de chagrin depuis de nombreuses années déjà, au point qu'il n'y avait plus que deux membres, le maître et lui-même, chargé de toutes les sales besognes. « Assurément, ce n'est pas le premier homicide que je commets, tout comme d'autres serviteurs à mon image en ont également commis, toujours sur les sollicitations de notre grand maître », songea-t-il tout en cheminant.

Certes, il avait été payé et bien payé même, mais maintenant il en avait assez. Tirer sur un policier était déjà un acte qu'il réprouvait. Il est vrai que ce n'était pas le premier flic qui était passé de vie à trépas pour avoir été trop curieux ou avoir approché de trop près la vérité. Il avait eu l'occasion d'apprendre, en explorant les parchemins entreposés dans la crypte que, sous le Second Empire, un inspecteur de police du nom d'Eucharistе Caravielles avait avalé son extrait de naissance pour des raisons similaires. Mais un prêtre, ou presque, car un diacre était pour lui un apprenti curé !

Il avait la prétention d'avoir la foi solidement chevillée au corps, aussi lui avait-on assuré que les pèlerinages qu'il effectuait systématiquement après chaque forfait étaient de nature à sauver son âme. Mais tout de même ! Tout a des limites et il estimait que, maintenant, il avait justement atteint ses propres limites. Il appelait de ses vœux une tout autre vie, sans mystère, mais sans transgression ou mauvaise action. Il aspirait à tirer un trait sur le passé. Et il allait le faire.

C'était son premier jour de renaissance.

Pendant ce temps, seul dans la chambre d'hôtel qu'il occupait depuis peu, le grand maître réfléchissait, tout en contemplant les toits de la ville qui s'étendaient à perte de vue. Toute une époque s'écroulait. Son dernier disciple le quittait. Certes, il avait toujours effectué, et en règle générale avec succès, ce qui lui avait été demandé. Mais là, il venait d'échouer, piteusement. Échec lourd de conséquences. Il ne lui restait plus qu'à tirer un trait sur le passé et repartir à zéro. Il en avait les moyens. Les temps ne se prêtaient plus, comme jadis, au mysticisme, au respect de la parole donnée, des serments ou de la fraternité. Tout était différent maintenant.

Après avoir discuté un moment avec les deux policiers qui se trouvaient dans le véhicule de planque, et avec qui il avait pensé demeurer le reste de la journée, il dut les abandonner. Charlotte l'avait appelé pour lui confier son projet. Celui-ci paraissait séduisant et pouvait recevoir une application immédiate. Il quitta donc Nîmes pour rejoindre Charlotte.

« Elle a repris des couleurs », songea-t-il en l'embrassant sur la joue.

— Alors, ton idée ?

— Voilà, j'ai rédigé il y a peu de temps pour le journal un reportage sur une start-up qui vient de s'installer sur Montpellier et qui fait un malheur. Figure-toi que cette société a créé un logiciel qui permet de modéliser les fractures souterraines de la roche. C'est sérieux, renchérit-elle, constatant que son interlocuteur faisait la moue. Les dirigeants ont déjà pour clients de très grandes compagnies internationales comme Mobil, Shell, Total. Ils travaillent même pour la Nasa, assena-t-elle, convaincue qu'un pareil consultant vaincrait sans aucun problème les derniers doutes du policier.

— Mais, cela va coûter une fortune, objecta

celui-ci, en pensant aussi sec que la justice française n'avait sûrement pas les mêmes moyens que la Nasa ou les firmes pétrolières !

— Pas du tout, répliqua du tac au tac Charlotte qui avait apparemment anticipé ce genre d'objection. Tu connais l'expression : nul n'est prophète dans son pays. Et bien là, c'est le cas.

Puis, constatant que son interlocuteur ne voyait pas le rapport, elle ajouta :

— Actuellement, leurs principaux clients sont des sociétés étrangères et ils souhaiteraient percer sur le marché français. Ils sont prêts à intervenir gratuitement. Oui, gratuitement, scanda-t-elle, pour emporter la conviction du policier.

Puis, réalisant que les traits du détective se décrispaient, elle minauda :

— À une seule condition, en réalité.

« Je m'en doutais, c'était trop beau », pensa Kevin.

— Ils ne veulent pas d'argent, reprit-elle, convaincue que c'était l'inquiétude première du policier, mais ils désirent une couverture médiatique de leur concours. Et bien entendu, c'est moi qui signerai le papier…

— Comment cela ? s'exclama Kevin qui, après les problèmes de gros sous, avait à cœur de sauvegarder la confidentialité de son intervention, seule garantie d'une exploitation efficace d'une éventuelle découverte.

— Ne t'inquiète pas. Tu as leur parole et la mienne.

Rien ne sera divulgué avant que tu n'en donnes l'autorisation. Ils ne sont pas à un jour près. Même pas à une semaine.

— Tu as l'accord de ton rédacteur en chef pour le black-out absolu, au moins jusqu'à la fin de l'enquête ? interrogea-t-il.

— Oui, car nous avons obtenu l'exclusivité du reportage ! répondit-elle, tout sourire.

« Elle a tout calculé », cogita le policier.

— C'est d'accord sur le principe. Mais il me faut l'accord de mon patron, du juge d'instruction et de l'évêque, conclut-il. Je regagne mon service et je t'appelle dès que j'ai du nouveau. Au revoir.

Le lieutenant se dirigea directement vers le bureau du directeur du SRPJ. La secrétaire du Serpent lui apprit que le big boss était toujours en congrès sur Nîmes. « Tant pis, se dit-il, je vais contacter le magistrat instructeur ».

Sitôt dit, sitôt fait. Mme le juge ne vit aucun inconvénient à ce que l'OPJ saisisse, par voie de réquisition, des experts qui acceptent de travailler gratuitement. À l'époque de la loi organique relative aux lois des finances, toute économie était bonne à prendre. Sa seule exigence fut que le policier s'assure de la confidentialité absolue des opérations qui se dérouleraient sur place, tant qu'elle ne donnerait pas son feu vert.

Puis il joignit l'évêché et demanda à parler à Mgr Durantour. Lui non plus n'était toujours pas revenu de Nîmes. On lui passa le vicaire général qui, en l'absence de son supérieur, avait la responsabilité du diocèse. À l'idée d'une intrusion, même limitée, dans la crypte, il ne fut pas du tout séduit.

L'enquêteur lui fit toucher du doigt que, dans la mesure où il officiait avec l'accord du magistrat instructeur dans le cadre de plusieurs affaires criminelles, dont une avait pour victime un prélat, il serait surprenant qu'il refusât son autorisation, voire son concours. La presse ne comprendrait pas... assena-t-il. Il emporta le morceau, à défaut de la conviction de son interlocuteur.

Il contacta Charlotte dans l'instant. Rendez-vous fut pris pour le lendemain matin devant l'abbaye de Gellone. « Dès 7 heures », exigea-t-il, espérant de la sorte ne pas avoir sur le dos trop de badauds, touristes ou journalistes. Il demanda à cette dernière de venir seule. Elle réclama à son tour et obtint la présence d'un photographe dont elle se portait garante.

Profitant d'une interruption du groupe de travail auquel il appartenait, le commissaire divisionnaire Foyard était en train de s'entretenir avec le préfet délégué pour la police de Marseille. Il lui fit part des soupçons que le brigadier-chef Patricia Bonnaud nourrissait à l'encontre de son supérieur. Elle l'avait vu à plusieurs reprises sortir de l'évêché, il fréquentait une journaliste et il était propriétaire de son appartement. Logement situé en plein centre de Montpellier. Quand on connaissait le prix du mètre carré, compte tenu de son salaire…

Il omit de révéler à ce haut fonctionnaire que son officier de police était diacre de son état. « Je me dois de respecter son secret », justifiait-il, conscient qu'il ne contribuait pas, ainsi, à relater correctement les faits. « Après tout, songea-t-il, en se caressant le menton, cela peut s'avérer utile ».

— Soyez prudent, articula le préfet, avant de s'éloigner de lui pour rejoindre un autre groupe de congressistes.

Mgr Durantour, pour sa part, se confessait, au sens ecclésiastique du terme, auprès du primat des Gaules. Il était tenu par la confidentialité de la confession que lui avait faite Kevin. Aussi avait-il décidé d'utiliser le même stratagème que le jeune homme. Il informa ainsi le cardinal de tous les événements qui s'étaient déroulés et du résultat de l'enquête en cours. La mémoire de son adjoint risquait d'être mise à mal, et l'Église s'exposait à être éclaboussée. Fataliste, le prince de l'Église qui, entre les affaires de pédophilie, de prêtres mariés, etc., en avait vu d'autres, lui déclara dans un grand soupir que leur institution y survivrait. Il lui donna sa bénédiction.

Dès le lendemain matin, Kevin, Bernard, Patricia, suivis des trois spécialistes de la PTS qui avaient manifesté leur intérêt pour l'opération, se rendirent vers leur lieu de rendez-vous.

Charlotte était déjà sur place, assistée d'Alain, son photographe. Les présentations entre policiers et journalistes furent peu cordiales. Patricia, quant à elle, se débrouilla pour ne serrer la main à aucun des deux. La conversation, dont Kevin et Charlotte faisaient les frais, fut heureusement de courte durée, car interrompue par deux véhicules dont un utilitaire, qui se dirigeaient vers leur groupe.

Kevin, à qui on avait annoncé la venue du PDG, du directeur général et de deux chercheurs, fut surpris par l'âge des arrivants. « Trente ans en moyenne », remarqua-t-il, interloqué. Puis, il se rappela qu'en matière de « start-up » ou de « jeune pousse » pour employer un mot français, une des particularités était bien souvent la jeunesse des membres.

Non seulement ils étaient jeunes, mais ils étaient sympathiques. Ils avaient des têtes de forts en thème, ce qui n'était pas surprenant dans la mesure où ils étaient tous au moins ingénieurs. Les présentations furent cordiales et chaleureuses, chacun étant désireux de connaître le métier de l'autre.

Le PDG, qui exigea qu'on l'appelle Christian, expliqua que son équipe avait mis au point plusieurs logiciels permettant de modéliser, c'est-à-dire de dessiner, en trois dimensions, les fractures souterraines de la roche. En clair, cela revenait à représenter les contours d'une cavité en fonction de paramètres géologiques, physiques et mathématiques.

— Et, si vous ne trouvez rien ? se risqua Kevin.

— Dans ce cas-là, ce sera vite fait, on pourra vous certifier qu'il n'y a aucune anfractuosité d'importance, répondit Christian tout sourire.

Tout le groupe se dirigea ensuite vers l'abbaye. Kevin, après avoir ouvert la porte principale, pilota tout son monde vers la crypte dont il déverrouilla la grille pour en interdire l'accès. Les spécialistes installèrent leur matériel, une unité centrale, un écran pour la visualisation en continu de l'image radar, une imprimante thermique et plusieurs antennes émettrices-réceptrices.

Ils expliquèrent à leur auditoire médusé que les antennes envoyaient dans le sol des impulsions électromagnétiques à des fréquences particulières. Ils soulignèrent que les ondes étaient réfléchies de façon très différente selon la nature du terrain qu'elles rencontraient et captées à leur retour, en surface, par l'antenne de réception. Ce radar géologique, précisa un des chercheurs, était un procédé léger et non destructif qui permettait d'effectuer de manière précise des études à des profondeurs, c'était le seul bémol, peu importantes.

— Peu importe, précisa Kevin, nous ne pensons pas qu'il y ait une autre crypte à plusieurs centaines de mètres de profondeur.

— C'est bien pour cela que nous utiliserons ce système de radar avec vous. Lorsque nous travaillons pour des compagnies pétrolières, nous utilisons un autre système de recherche, ajouta-t-il.

Les données obtenues furent alors traitées et interprétées au moyen des logiciels mis au point par la jeune pousse.

Après une heure de calculs en tous genres, de comparaisons et d'analyses de graphiques, le PDG trancha :

— Effectivement, vous avez là une cavité souterraine. Juste derrière la niche qui est marquée à la craie bleue, affirma-t-il, de façon péremptoire.

Moment de silence. Bernard, toujours pragmatique, ne manqua pas d'insister.

— C'est sûr ? C'est une crypte ?

— Ça, on ne peut pas vous le préciser, intervint à son tour un des chercheurs. On ne peut vous dire ni si c'est une crypte, un tombeau ou une chapelle, ni vous donner la valeur de son éventuel contenu. Pour nous, la seule chose que nous affirmons c'est qu'il y a une cavité d'une certaine importance.

Puis, aussi rapidement qu'ils étaient venus, les scientifiques rebroussèrent chemin laissant nos enquêteurs seuls. Kevin qui les avait aidés à transporter le matériel vers leur véhicule les remercia chaudement. Il leur promit de leur communiquer ce qu'ils trouveraient, s'ils dénichaient quelque chose d'intéressant bien évidemment.

Pendant ce temps, à Nîmes, le Faucheur grimpait dans la Ford dont le grand maître lui avait confié les clefs. Il l'abandonnerait sur un parking lorsque le moment serait venu.

Les enquêteurs toujours en planque dans leur voiture, hors de vue de la Mondeo, réalisèrent tout de suite que le véhicule se déplaçait. Ils poussèrent un double ouf de soulagement. Tout d'abord, car ils avaient pris soin, la veille, de changer le portable dont la batterie donnait des signes de fatigue et parce qu'ils allaient enfin pouvoir passer à l'action. Sans plus attendre, le copilote contacta par téléphone les deux autres équipes et leur demanda de rappliquer, en précisant qu'il sortait actuellement de la ville. Ils étaient parfaitement entraînés à ce genre de filature et, compte tenu de la technologie dont ils disposaient, ils ne se faisaient pas de souci. Il conviendrait, toutefois, de se rapprocher de la cible pour se rendre compte du nombre de passagers.

Kevin, une fois les membres de la start-up envolés, décida d'aller explorer de plus près les moulures de la niche.

— Il faut à tout prix essayer de découvrir l'entrée de cette salle ou grotte, scanda-t-il.

Du regard, Patricia lui indiqua la présence des journalistes qui, s'ils ne disaient mot, n'en perdaient pas une. Apparemment, ils avaient l'intention de s'incruster.

Il fallait qu'il prenne une décision. Devait-il demander à Charlotte de partir alors que c'était en partie grâce à elle qu'il avait obtenu le concours des scientifiques ? Elle avait payé de sa personne, au risque de sa vie. Il avait également obtenu l'approbation du magistrat instructeur. Accord conditionné par la discrétion, au moins dans un premier temps, des journalistes.

Il avait bien compris que Patricia n'éprouvait aucune affection pour les journaleux, mais n'avait pas encore identifié qu'elle avait une raison très personnelle d'agir de la sorte.

Il fut interrompu dans ses méditations par la sonnerie de son portable. « Heureusement que je suis dehors », songea-t-il en décrochant.

— D'accord, d'accord, je vous envoie du renfort, déclara-t-il avant de raccrocher.

Il demanda à Bernard et à Patricia de le suivre quelques instants et s'éloigna du groupe.

— La Ford Mondeo vient de quitter Nîmes. Elle est suivie par les collègues de la BRI. Ils ont fait appel aux deux autres véhicules de leur groupe, mais ces derniers sont pris par une nouvelle mission. Il faut qu'une voiture de chez nous les rejoigne, tout de suite. Vous récupérez la Scenic et vous foncez. Ils sont en train de passer à proximité de Montpellier. Contactez par fil la BRI, les collègues vous guideront. Je regagnerai le service avec l'IJ.

Ses deux collaborateurs ne se le firent pas dire

deux fois. Bernard effectua un démarrage sur les chapeaux de roues, comme il les affectionnait. « Nul doute que des records de vitesse vont être battus », réalisa-t-il.

À la tête du petit groupe de cinq personnes, ils retournèrent à la crypte. Il avait tranché, après avoir mesuré du regard l'obstination de Charlotte. Ayant respecté sa part du marché, elle entendait bien ne pas être dépossédée de ce qu'on lui devait.

Ils firent face au mur de la niche qui avait été identifiée comme donnant sur la fameuse cavité. Dans un premier temps, seul Kevin s'essaya à appuyer ou à faire pivoter moulures, arêtes, saillies et aspérités de toutes sortes, pour enclencher un mécanisme. Le plus grand silence régnait. Les participants étaient partagés. Ils voulaient bien croire à la preuve scientifique qui leur avait été administrée, mais avaient l'impression de se trouver dans un mauvais feuilleton de télévision.

Puis, s'étant rendu compte que le ridicule ne tuait pas, pris au jeu, ils s'approchèrent à leur tour du mur pour faire l'essai de toutes les combinaisons possibles. Au bout d'un moment, il y eut cinq paires de mains en train d'explorer les surfaces de pierre. Le photographe, en véritable professionnel, ne céda pas à ce que l'on pouvait bien appeler maintenant une hystérie collective. Il flashait à tour de bras. Au tout début, cela indisposa Kevin qui, à plusieurs reprises, lui lança des regards noirs. Cela ne sembla pas gêner outre mesure notre chasseur d'images qui en avait vu d'autres.

Dix minutes après, plus personne ne remarquait la succession d'éclairs. Les mains dansaient de singuliers ballets, leurs propriétaires poussaient d'étranges grognements. « Une véritable chorégraphie », songea le photographe qui s'en donnait à cœur joie en mitraillant les acteurs de cette scène, plutôt insolite.

Pendant que Bernard pilotait, tel Fangio, Patricia ne lâchait pas son téléphone collé à son oreille. Ils étaient sur l'autoroute en train de rattraper – rien d'étonnant à la vitesse à laquelle ils roulaient, les radars n'auraient sûrement pas le temps de relever le numéro de leur plaque d'immatriculation – le véhicule de la BRI, qui suivait sagement la cible. Ils le doublèrent et, sur les instructions de ses occupants, dépassèrent ensuite la Mondeo pour s'assurer du nombre d'individus qu'elle transportait. S'il y avait quatre personnes, il faudrait s'adjoindre impérativement les services de plusieurs fonctionnaires supplémentaires.

Ils devancèrent à grande vitesse la Ford. « Un seul bonhomme », nota Patricia, qui en informa illico presto ses collègues. Hippolyte, quant à lui, avait bien vu passer un véhicule assez rapidement, mais quoi de plus naturel qu'un couple pressé d'arriver à destination.

Le Faucheur estimait, tout en prenant l'embranchement qui le conduisait vers la frontière espagnole, qu'il ne lui restait plus qu'une heure de route, au terme de laquelle il pourrait poursuivre son pèlerinage vers Saint-Jacques, à pied.

Les policiers avaient aussi compris.

— Il se dirige vers la frontière, il va nous échapper. Doit-on l'interpeller ? s'enquit le copilote de la BRI, par radio cryptée, auprès de Patricia.

— Attente, répliqua-t-elle, en composant sur son portable le numéro de Kevin.

Mais ce dernier ne lui répondit pas. Le réseau n'était pas accessible depuis la crypte. Rageusement elle referma son appareil. Il lui restait encore quarante minutes avant d'être obligée de prendre une décision.

Alors qu'au terme de trente minutes, ils commençaient tous à avoir les doigts en sang à force de s'escrimer à faire pression sur tout ce qui présentait un relief quelconque : bosses, protubérances, angles, etc., et qu'ils désespéraient de parvenir à leurs fins, le déclic tant attendu se fit entendre. Qui en était à l'origine ? Quelle combinaison miraculeuse avait permis à ce petit pan de mur de s'effacer devant eux ? Personne ne le savait, d'autant qu'elle pouvait être consécutive à une somme de manipulations réalisées par des mains n'appartenant pas à la même personne.

« Le calme après la tempête », pensa Kevin. Plus

un mot, plus un geste. Même le photographe restait pantois. Le policier se retourna vers lui et, en portant l'index de sa main gauche à sa bouche pour réclamer un silence absolu, fit glisser rapidement la droite vers son arme de service, qu'il sortit en un éclair. Charlotte et son collègue se mirent à l'écart, pendant que, l'officier en tête, dans le plus grand silence, les quatre policiers pénétraient à la queue leu leu dans la pièce qui s'était dévoilée.

Il s'agissait d'une grotte d'une vingtaine de mètres carrés tout au plus. En aucun cas d'une chapelle construite de main d'homme. Lors de la construction de la crypte, les bâtisseurs avaient dû mettre au jour cette cavité et les ecclésiastiques avaient compris, en ces temps troublés, tout l'intérêt qu'ils pouvaient en tirer. Se cacher, déposer à l'abri des convoitises les objets précieux de l'Église en cas d'attaques, de pillages ou de guerres.

Charlotte et son chasseur d'images s'approchèrent également. Ils ne souhaitaient rien perdre du spectacle qui s'offrait à eux.

Patricia n'arrivait pas à joindre son supérieur. Elle devait prendre une décision sans plus attendre. Après ce serait trop tard. S'ils désiraient interpeller le conducteur, il fallait le faire au pire à la frontière, mais il était nécessaire de mettre en place un dispositif d'interception. Donc, il fallait se décider sans plus attendre. On ne connaissait pas le degré de dangerosité du gars, ou plutôt si, on le connaissait parfaitement. Il avait tué plusieurs personnes et n'avait pas hésité à tirer sur un policier. On pouvait par conséquent craindre de sa part, surtout à proximité de l'Espagne, sa planche de salut, une réaction d'une extrême violence.

— Qu'en penses-tu, Bernard, on interpelle ?

— C'est toi le chef. Tu me le répètes souvent, répondit-il sur un ton sarcastique. Prends tes patins...

Elle hésita un bref instant. On n'avait qu'une seule preuve concrète contre lui, pour l'instant. Il conduisait une bagnole faussement immatriculée. On pourrait commencer par l'interroger là-dessus, le temps de contacter le lieutenant. S'il lui reprochait une interpellation prématurée, elle pourrait toujours s'en tenir à l'affaire de la Ford et le relâcher. Après tout, de nos jours, le vol d'un véhicule avait pour conséquence tout au plus la remise d'une convocation par OPJ, c'est-à-dire que l'on remettait le voleur en liberté, l'invitant à se présenter, directement, en justice, tel jour à telle heure... C'était jouable, se convainquit-elle.

Par radio, elle informa son homologue de la BRI.

— On interpelle. On passe devant ; on va préparer un accueil au poste de douane.

Une nouvelle fois, Bernard fit rugir son moteur. Lorsqu'ils furent sur le point de dépasser la voiture conduite par Hippolyte, Patricia se baissa de façon à ne pas être vue de l'extérieur. L'expérience professionnelle prouvait que si l'on ne se méfiait pas d'un couple, les truands ne remarquaient pas non plus, du moins ils n'y prêtaient pas la même attention, les véhicules avec une seule personne à bord, tant ils savaient que les flics se déplaçaient toujours par deux. C'était pour cela, d'ailleurs, que les gens qui effectuaient des filoches sans interpellation prévue se déplaçaient seuls dans leur véhicule.

Grâce à la technique de pilotage de son coéquipier, ils arrivèrent dix bonnes minutes avant la Ford, dont le chauffeur respectait la vitesse limitée à 130 kilomètres à l'heure.

Ils allèrent se présenter aux fonctionnaires de la police aux frontières. Ils avaient aussi besoin du concours des douaniers. Le dispositif fut mis en place. Une seule voie serait ouverte à la circulation. Quand la Mondeo se pointerait, elle aurait devant elle plusieurs automobiles qui avanceraient sagement à la disposition des vérifications des gabelous.

Lorsque la Ford arriverait au point de contrôle, le pilote serait interpellé. Les véhicules qui seraient derrière lui l'empêcheraient de reculer et celui que l'on aurait pris la précaution d'immobiliser, devant, lui interdirait également d'accélérer pour se soustraire à son arrestation.

Sitôt dit, sitôt fait. L'interpellation se passa sans incident particulier. Bernard, qui avait mis son brassard « police », après avoir braqué le Faucheur, le sortit sans ménagement de la voiture. Il fut promptement menotté et conduit hors la vue du public.

La Mondeo prise en charge par Patricia fut remisée dans le hangar des douanes utilisé pour les fouilles approfondies.

Il n'était pas bon de rester trop longtemps à la vue des gens. Dans ce genre d'opération, si les véhicules de police se trouvaient, dans certains cas, en nombre, l'expérience prouvait que les truands agissaient parfois à l'identique. Ils avaient une voiture pilote qui repérait tout élément suspect ou tout barrage, plus ou moins improvisé. Aussi fallait-il faire vite. Très vite.

La grotte, vide de tout occupant, était aménagée de façon spartiate. Un lit en fer dans un coin, un bureau en bois, sur lequel reposaient un verre et une bouteille d'eau, un rayonnage renfermant de nombreux rouleaux de papier, et plusieurs coffres, dont la confection et la patine indiquaient qu'ils étaient là depuis longtemps. Le seul ornement à proprement parler était une oriflamme, qui paraissait avoir connu des jours meilleurs, pendue à un clou en métal jaune, et qui portait les mentions en lettres couleur or également : La Confrérie Saint-Guilhem.

Kevin se dirigea vers la table. Il fut stoppé dans son élan par Lagarigue. Ils se comprirent du regard. La scène inviolée devait être riche en preuves de toutes sortes. Place donc à la PTS. Tout en réprimant un soupir, il fit reculer tout le monde, pendant que les spécialistes chaussaient leurs tenues et enfilaient leurs gants. Grâce à la caméra vidéo et aux nombreux clichés photo effectués en avant-première par un agent spécialisé, les lieux furent immortalisés. Il fallut l'intervention énergique de Charlotte pour que son collègue, pris de frénésie, laisse agir les policiers.

— Une photo en vaut une autre, argumenta-t-il, qui que ce soit qui la prenne et quel que soit son but !

Kevin ne pipa mot. Il y avait des limites qu'il ne pouvait dépasser. La presse pouvait bien attendre quelques instants.

Quinze minutes passèrent. Le lieutenant Normand piétinait sur place. Il n'était pas le seul. Enfin, le responsable de la PTS se recula en invitant du geste le directeur d'enquête à s'approcher. Le photographe estima que cette invite s'adressait également à lui. Les flashs se succédèrent à une cadence qui suscita chez son homologue de l'IJ stupéfaction et envie. « Il faut convenir que nous n'avons pas le même matériel », constata-t-il en se faisant une raison.

L'officier de police réalisa d'emblée que les rouleaux de papier, cerclés de cachets rouges, étaient de textures très différentes et étaient révélateurs d'époques très anciennes. Pour preuve, l'étagère qui supportait le premier rouleau énonçait la date de 1853. Il s'en empara religieusement – tant il avait peur que la feuille ne s'effrite, sous ses doigts –, brisa le scellé et observa que plusieurs noms y avaient été portés. Le cinquième et dernier de la liste attira plus particulièrement son attention, car la profession indiquée du nommé Eucharistе Caravielles était… inspecteur de police. Chaque nom et prénom étaient suivis d'une croix, puis d'une expression en latin, qu'il ne fallait pas être grand clerc pour traduire.

— Requiescat in pace : Qu'il repose en paix, crut bon de verbaliser Charlotte, qui n'en perdait pas une et lisait de concert avec le policier.

Un technicien de la PTS fit une réflexion toute professionnelle en grommelant :

— On dirait que la croix a été dessinée avec du sang !

— Pareillement, pour la phrase en latin, intervint son responsable, qui ne voulait pas être en reste.

Kevin porta son regard vers le tout dernier rouleau de papier, le plus récent, semblait-il. Il le déplia sur la table. Les noms de Morandin, de Bonneyroux et de Séverad y figuraient, toujours avec la croix et l'inscription en latin.

— C'est bien du sang, trancha le major Lagarigue.

Effectivement, cela ne faisait aucun doute, même pour quelqu'un qui n'était pas versé dans les expertises scientifiques.

Kevin nota immédiatement un détail qui apportait de l'eau à son moulin, justifiait le complément d'analyse qu'il avait demandé à la PTS, et légitimait son enquête auprès du service d'état civil de la mairie de Montpellier. Peu enclin à ce que Charlotte le remarque, il enroula rapidement le feuillet. Cette dernière, surprise par tant de précipitation, fronça les sourcils indiquant sa surprise et son interrogation. Il ne dit mot.

— Bien, nous emportons tout à la PJ pour des examens plus attentifs, trancha-t-il.

Il estimait que les journalistes en avaient assez vu et ne savait pas trop s'ils arriveraient à tenir leur langue.

Transporter tous les documents, objets et coffres prit un certain temps. L'arme d'épaule, calibre 12, vraisemblablement propriété de M. Delfourd fut emballée avec soin. Elle serait soumise à des expertises balistiques poussées. Le téléphone portable avec sa puce qui avait été découverte par terre parlerait également. On pourrait mettre en évidence qui avait contacté le portable, quel jour, à quelle heure, à partir de quel endroit et, de la même façon, qui le détenteur du téléphone avait cherché à joindre. « Ce sera une véritable mine d'informations », réalisa avec gourmandise Kevin.

Il réussit à s'isoler quelques instants avec Charlotte pour lui rappeler sa promesse, et lui dire qu'il en irait de sa carrière si elle s'en affranchissait.

— Ne t'inquiète pas, tous les journalistes ne sont pas les mêmes. Tu as ma parole. Mais, tu… me tiens informée ?

Alors qu'il regagnait l'hôtel de police, le lieutenant réfléchissait. Il fallait qu'il fasse surveiller sans plus attendre l'abbaye et l'évêché. Il passa un coup de fil et obtint gain de cause sur-le-champ. Quelque chose lui disait que la surveillance ne durerait pas trop longtemps.

L'officier de permanence lui indiqua que Patricia avait cherché, vainement, à le joindre et qu'elle avait procédé à l'interpellation du conducteur de la Ford. Il la contacta aussitôt. Aucun objet intéressant n'avait été découvert dans la voiture qui avait été passée au peigne fin avec l'aide des douaniers, spécialistes en la matière. Elle réintégrait le service en compagnie du gardé à vue.

Un autre appel téléphonique interrompit les cogitations de notre enquêteur. Le laboratoire de police scientifique d'Écully portait à sa connaissance que ses supputations étaient exactes. Un rapport en ce sens était adressé au magistrat instructeur et une copie lui serait faxée en urgence.

Mgr Durantour ainsi que le commissaire divisionnaire Foyard s'apprêtaient, chacun de son côté, à regagner leurs pénates. Ils allumèrent leur téléphone portable, objet honni par ceux qui en sont trop tributaires. Ils notèrent, presque en même temps, que le lieutenant Normand avait cherché, à plusieurs reprises, à les contacter. « Qu'a-t-il pu découvrir ? » s'interrogèrent-ils.

Le Faucheur n'était pas bavard, c'était le moins que l'on puisse dire. Depuis son interpellation, il n'avait pas ouvert la bouche. Il n'avait même pas daigné décliner son identité. Patricia en l'attente de son supérieur s'était cantonnée, prudemment, à des questions sur le véhicule.

Lorsqu'il vit le lieutenant de police, Hippolyte comprit tout de suite pourquoi il avait été interpellé. Pendant un instant, il avait caressé l'idée que les policiers s'intéressaient vraiment à la voiture, dont il ignorait qu'elle était faussement immatriculée. Maintenant le doute n'était plus permis.

L'officier de police se heurta, lui aussi, au mutisme de son interlocuteur. Il connaissait ce genre d'homme. Qui plus est, celui-là appartenait à une secte, une sorte de confrérie au bénéfice de laquelle il avait vraisemblablement prêté un serment. Il fallait donc le déstabiliser, lui faire comprendre que son organisation était mise au jour.

Encadré par Bernard et Patricia, menottes aux poignets, il fut dirigé vers les locaux de l'IJ où les agents de la PTS œuvraient. Lorsqu'il vit tous les objets qui étaient devant lui, le Faucheur baissa la tête, ses épaules s'affaissèrent. Il perdit de sa superbe. Dire qu'il avait décidé de s'arrêter et qu'il n'était qu'à quelques mètres de la frontière… Mais il devait payer et il en acceptait le principe.

De retour dans le bureau des enquêteurs, il parla. Il se confessa même. Les policiers, médusés, apprirent ainsi que la Confrérie Saint-Guilhem avait été fondée sous le Second Empire par des gens peu scrupuleux dont le dénominateur commun était l'entraide pour leur enrichissement personnel, par la suppression de tous les obstacles qu'ils rencontraient. Par suppression, il fallait entendre éradication totale du problème. Par tous moyens...

Il y avait un grand maître à la tête, des maîtres et des officiants comme lui, exécuteurs des basses œuvres, qui y trouvaient leur intérêt par une rémunération exceptionnelle, les autorisant à mener une vie que leur condition ne leur permettait pas d'espérer.

Kevin prit conscience que le ciment qui les liait était, comme c'était bien souvent le cas dans les sectes, une sorte de mysticisme fumeux qui, sous couvert d'une proposition attractive de croissance personnelle, d'évolution spirituelle ou matérielle, asservissait progressivement l'individu. La structure de cette confrérie était autoritaire avec des sortes de gourous vivants qui se transmettaient de façon peu démocratique, c'était le moins que l'on puisse dire, le pouvoir.

Hippolyte n'arrêtait plus de s'exprimer. Mais il parlait aussi pour lui-même, comme s'il dévidait un écheveau. Les enquêteurs comprirent qu'en fait, il soulageait sa conscience. Chaque crime perpétré était suivi d'un pèlerinage pour le repos de l'âme du mort, et de celui qui avait commis l'horrible forfait.

Il continuait sa confession : « Les noms des victimes étaient inscrits sur une feuille. La croix était dessinée avec le sang du « Faucheur » et la mention, en latin, avec celui du grand maître du moment.

Cet acte scellait l'union et la complicité des deux membres, précisa-t-il, regardant ses interlocuteurs comme s'il quêtait leur approbation ».

Les policiers se regardaient, abasourdis et perplexes, mais n'osaient pas intervenir. Ils savaient que la moindre contrariété était de nature à suspendre, ou plus grave, interrompre définitivement les aveux, si celui qui se confessait remarquait qu'il n'était pas compris.

Ils apprirent ainsi que depuis quelques années le nombre des membres de la confrérie s'était réduit comme peau de chagrin et qu'à ce jour, ils n'étaient plus que deux. Le grand maître et lui-même.

Personne n'osait poser la question à laquelle jusqu'à présent Hippolyte Lafin – qui avait enfin révélé son état civil –, n'avait pas répondu. Qui était le grand maître ?

Les enquêteurs attendirent patiemment que leur prisonnier reconnaisse avoir exécuté le maire de Saint-Guilhem, l'inspecteur général et avoir tiré sur Kevin, avant de s'aventurer à poser la question. Enfin… deux, en fait : Qui avait tué Mgr Morandin et quels étaient les enjeux en cours ?

Kevin avait bien sûr des réponses toutes prêtes, mais il préférait les entendre formuler.

Les policiers durent déchanter. Si le Faucheur – car ils étaient informés maintenant du surnom de celui ou de ceux qui, depuis la naissance de la confrérie, avaient œuvré au bénéfice de ses membres – connaissait le grand maître, il ne fallait pas espérer une révélation de sa part sur ce sujet. En ce qui concernait les motifs, les enjeux en cours, il les ignorait totalement. Il n'était qu'un exécutant, prétendait-il, avec conviction.

— Vous avez remarqué, chef, que lorsque vous lui avez demandé qui était le grand maître, une lueur de panique a traversé son regard ? s'enquit Patricia.

— Moi, je n'examine pas ses yeux, mais j'ai observé qu'il est toujours en train de regarder la porte comme s'il redoutait que son patron se présente pour le châtier, renchérit Bernard.

Kevin, qui avait effectivement noté ces deux particularités, se contenta de hausser les épaules. Il laissa ses coéquipiers poursuivre l'interrogatoire du Faucheur et se dirigea vers le bureau du Serpent. Il fallait bien lui rendre compte des dernières investigations.

Ce dernier accueillit son subordonné avec un grand sourire. Il se leva même pour lui serrer la main, signe d'un contentement certain.

— L'officier de permanence m'a tenu informé des derniers rebondissements. Je vous félicite. Et, qu'en est-il de celui que vous appelez le grand maître ? s'enquit-il en faisant la moue. N'est-ce pas là un subterfuge de votre suspect pour faire reposer la responsabilité sur autrui ?

— Je ne crois pas. Le couple de Belges nous a bien précisé que le Faucheur était monté à l'avant droit du véhicule et que celui-ci était donc piloté par un tiers.

Puis, sachant que son patron était friand d'interrogatoires – surtout s'agissant d'une affaire particulièrement médiatique, où il pourrait affirmer qu'il avait véritablement conduit l'enquête –, l'officier de police judiciaire lui proposa de venir assister aux auditions.

— Non merci, s'exclama avec une certaine véhémence son directeur.

Puis, conscient de la surprise de son interlocuteur, il crut bon de préciser :

— J'ai été absent quelques jours et j'ai un travail d'enfer qui m'attend.

Et, joignant le geste à la parole, il indiqua de la main les piles de documents qui requéraient sa décision ou sa signature.

Kevin ne jugea pas opportun de lui parler des dernières révélations que lui avait faites la PTS. Depuis le jour où il avait affirmé mordicus à un magistrat instructeur la véracité d'un fait qui lui avait été communiqué par ce service, fait qu'il avait finalement dû, toute honte bue, infirmer quelque temps après, il attendait une réponse écrite. Chat échaudé craint l'eau froide…

Le surlendemain, alors que l'analyse par la division financière de certains documents saisis dans la grotte battait son plein, notre enquêteur se rendit à Saint-Guilhem. Il devait assister l'abbé Rébufat pour la messe dominicale. C'était programmé depuis longtemps, et il ne pouvait se rétracter au dernier moment.

Le temps se couvrait. Les nuages se poursuivaient dans le ciel sous les assauts des sautes de vent. Il faisait froid. « Il va pleuvoir », se dit-il.

Il passa près du sous-marin, stationné place de la Liberté, dans lequel deux de ses collègues étaient en planque. Il leur fit discrètement un petit signe de la main. Il les avait contactés peu de temps auparavant pour signaler qu'il devait assister, à toutes fins utiles, à la messe qui allait avoir lieu.

Il se rendit compte que la couverture médiatique n'avait pas refroidi la flamme des paroissiens, peut-être même en était-elle à l'origine. L'église était pleine à craquer. Il s'en ouvrit au prêtre tout en l'aidant à s'habiller.

— Pour autant que j'ai pu en juger, il y a pour plus de la moitié de curieux, des gens qui ne sont pas d'ici. Je ne suis pas sûr qu'ils viennent uniquement pour prier…

Pris par ses obligations, le religieux se morigéna quelques instants plus tard, se reprochant, homme de peu de foi, d'avoir émis un doute sur la véritable motivation des participants et de ses ouailles.

Le curé donna les hosties qu'il avait consacrées à Kévin et, à ses côtés, celui-ci remit le corps du Christ à chaque participant. Il manqua de faire tomber celle qu'il était sur le point de confier à… Charlotte, lorsqu'elle se présenta devant lui, les deux mains en forme de coupe. Recueillie, sans manifester de surprise, elle prit l'Eucharistie et s'en retourna à sa place. Surpris par une telle maîtrise, il se demanda un instant si elle l'avait reconnu. Le pâle sourire dont elle le gratifia, tout en se mettant à genoux, le rassura. Oui, c'était bien le cas. Il en était à la fois attristé, car il aurait aimé l'en informer, et soulagé. Il n'aurait pas besoin de lui expliquer quoi que ce soit. C'était plus simple, plus naturel ainsi.

À la fin de la messe, il appréhendait quelque peu de la rejoindre. Cette rencontre l'avait pris au dépourvu, et il n'était pas homme à se lancer à l'aveuglette dans des explications, dont il n'avait pas eu le temps d'analyser les conséquences. Rasséréné, il se rendit bientôt à l'évidence. Elle était partie.

Il retourna au presbytère avec le prêtre qui, curieux des événements qui s'étaient déroulés et dont il n'avait eu qu'une lointaine information, espérait avoir des précisions. Sans les solliciter bien évidemment… Il partagea son repas. Seulement son repas.

À 14 heures, il décida d'aller une dernière fois jeter un œil à la crypte, interdite au public.

Il descendit les marches, approcha son visage de la grille fermée à clef, et en resta pantois. Celui qui sortait de la chapelle, de l'autre côté de la grille, fut tout autant surpris que lui. Ils se jaugèrent du regard. Instant de grand silence, d'émotion. Ils n'avaient pas besoin de se parler. Le temps suspendait son vol.

Qui briserait le silence ? Kevin mit la main sur sa hanche droite, comme pour se saisir de son arme, se rappelant un peu tardivement qu'il venait de servir la messe et qu'il n'avait pas jugé utile de s'en équiper.

Son vis-à-vis lâcha son regard et reflua en arrière. Kevin hésita. Il n'était pas armé et il n'était pas prudent d'intervenir tout seul. Il grimpa à toute vitesse l'escalier, ouvrit son téléphone portable et appela ses deux collègues qui étaient dans le sous-marin à la rescousse. Ils arrivèrent en trombe.

Sa présence interdisant au fuyard toute possibilité de fuite, il savait qu'il pourrait interpeller ce dernier sans coup férir. Il n'avait pu que trouver refuge, tout au plus, dans la grotte. Avec les précautions d'usage, après avoir fait glisser le plus silencieusement possible la grille sur ses rails, il suivit les deux OPJ, arme au poing, qui pénétrèrent successivement dans la crypte, puis dans la caverne. Personne ! Oui, personne !

Ses deux collègues se retournèrent alors vers lui, comme pour lui demander s'il n'avait pas eu des visions.

— Non, répondit-il, devançant ainsi leur question. Il y avait bien quelqu'un. Mais il doit y avoir un autre passage au fond de la grotte, c'est la seule explication. Il n'a pas pu jouer les passe-muraille, tout de même. Restez là, je vais chercher du renfort, lança-t-il.

Et, il partit en courant.

Pendant ce temps, Mgr Morandin Charles-Marie, ex-évêque coadjuteur, après avoir galopé le long du couloir souterrain qui desservait la cache de la confrérie et la crypte, enfourcha rapidement la moto Trial avec laquelle il était venu. Il éructait. Quelle stupidité de sa part ! Lorsqu'il avait pris conscience que la grotte avait été vidée de son contenu, pourquoi s'être avancé ? Pourquoi, d'ailleurs, était-il revenu ? « Pour récupérer des documents compromettants », se répéta-t-il.

Constatant qu'il avait semé le policier, il fit un effort sur lui-même pour se calmer. « Tout est perdu maintenant », réalisa-t-il, fataliste. « Tout cela à cause de mon imbécile de frère jumeau. Avait-il besoin de venir me relancer pour obtenir de l'argent, alors qu'il n'avait pas été capable de rester à la tête de la confrérie ? Il avait dû, lui, futur prince de l'Église, prendre sa place et se commettre dans des actions qu'il réprouvait. »

Tant pis pour lui, il avait bien mérité ce qui lui était arrivé. Vouloir l'agresser, lui, un incapable ! « J'étais en état de légitime défense », se justifia-t-il en lui-même. « Quel coup de génie que de lui faire endosser mes vêtements ! », s'enorgueillit-il derechef.

« Et cette confrérie d'un autre temps, ces méthodes désuètes ! » persifla-t-il, en secouant la tête. Il avait compris depuis longtemps que l'on ne réglait plus les problèmes par des disparitions. Son passage au Vatican lui avait fait réaliser qu'il existait une approche plus subtile, plus moderne, plus digne de son intelligence : le lobbying. Lorsqu'on voulait obtenir une dérogation, il fallait s'adresser à qui de droit et payer. Payer cher, certes, mais on obtenait, immanquablement, gain de cause.

C'est ce qu'il avait fait lui-même. Après sa débâcle financière, consécutive au krach boursier dû à l'explosion de la bulle Internet, il avait investi sur deux valeurs sûres. Du moins le croyait-il : le maire de Saint-Guilhem et un ancien inspecteur général de l'Équipement. Il avait bien eu tort de leur faire confiance. C'était des personnages falots, sans envergure, releva-t-il. Des gens qui prenaient leurs désirs pour des réalités. Aucun pouvoir, mais que de prétention ! Ils avaient reçu le salaire de leur incompétence. S'ils avaient pu obtenir l'autorisation de construire les lotissements sur les terrains qu'il avait achetés à prix d'or, il serait devenu riche, immensément riche.

Certes, il lui restait de l'argent, mais sur des comptes en Suisse, et les enquêteurs disposaient maintenant de tous les numéros et de tous les codes... Il n'était plus question d'y toucher. Il se retrouvait donc pauvre comme Job.

Après être passé de l'exaltation la plus grande à la dépression la plus profonde, il fit son choix.

Tout en attendant les renforts que le directeur lui avait promis, en urgence, Kevin songeait avec une certaine satisfaction qu'il avait deviné la vérité. L'élément déclencheur avait été lorsqu'il avait entendu la responsable du laboratoire parisien de la police scientifique dire à la télévision que l'ADN n'était pas toujours la preuve maîtresse. Elle avait alors donné pour exemple le cas de deux jumeaux, issus du même œuf, qui ne pouvaient pas être différenciés par une comparaison de leur ADN, qui était le même, mais par la bonne vieille méthode des comparaisons des empreintes digitales.

Il avait eu confirmation de cette gémellité, dont personne apparemment n'avait eu vent, en vérifiant auprès du bureau de l'état civil que l'évêque coadjuteur avait bien un frère jumeau.

À tort, les services montpelliérains de la PTS s'étaient contentés de comparer l'ADN prélevé sur le corps découvert dans l'abbaye avec l'ADN des cheveux que Mgr Charles-Marie Morandin avait laissés sur son peigne, retrouvé dans la chambre qu'il occupait alors à l'évêché. Si une comparaison plus complète avait été faite, entre les empreintes digitales du défunt et celles de la chambre du prélat – comme cela aurait dû être le cas –, la confusion n'aurait pas existé. L'enquête en aurait été grandement facilitée…

Par ailleurs, le rapport d'autopsie indiquait que le prélat avait ingéré de la nourriture le jour de sa mort, alors que le père Lebois avait affirmé, de façon péremptoire, qu'il avait jeûné cette journée-là.

Il avait eu la certitude d'être dans le vrai à l'instant où il avait visualisé sur le rouleau le nom de

Morandin. Personne n'avait réalisé, alors, que le prénom n'était pas celui du monsignore, mais celui de son frère, Charles André.

Il en était là de ses cogitations lorsque son téléphone retentit. Patricia était à l'appareil. Il l'informa de ce qui venait de se passer et lui avoua que le prélat découvert assassiné dans l'abbaye n'était pas l'évêque coadjuteur, mais son jumeau, et que le grand maître était le coadjuteur en personne qui avait travesti le corps de son frère, pour faire croire à sa propre mort et se construire ainsi une vie nouvelle.

De son côté, elle lui annonça les premières découvertes de la PTS. Les mentions portées face aux noms du vice-président du conseil général et du maire de Saint-Guilhem avaient été faites avec le sang… du Faucheur et de… Charles-Marie Morandin. Par ailleurs, un relevé rapide de la totalité des individus figurant sur les divers rouleaux faisait apparaître un total de quatre-vingt-six personnes. Puis, comme pour laisser à son supérieur le temps d'apprécier à sa juste valeur l'information, elle marqua une pause.

Quatre-vingt-six meurtres perpétrés par, ou sur ordre, des membres de la Confrérie Saint-Guilhem depuis les années 1850, réalisa atterré, Kevin. Cela en faisait, à sa connaissance, l'organisation qui, en France du moins, avait à son crédit le nombre d'assassinats le plus important…

Puis, sur le même ton, comme pour en minorer l'importance, elle lui assena le coup de grâce.

— Ah, au fait, je viens de lire le Midi-Libre du jour, l'affaire est à la une. Mais ne vous inquiétez pas, vous êtes en photo… Je n'aimerais pas être à votre place lorsque le directeur va l'apprendre.

Puis, aussi sec, elle raccrocha.

Chancelant sous le coup de ce qui pour lui était un cataclysme, tant professionnel que personnel, Kevin dut s'asseoir. Il avait été trahi. Charlotte l'avait trahi… Il en eut les larmes aux yeux et dut faire un effort pour se ressaisir.

Charles-Marie ralentit son allure. Le vent violent avait failli le faire chuter à plusieurs reprises. Le ciel virait au noir. Les branches des arbres fouettaient son visage, car il avait volontairement préféré couper à travers la garrigue, comme l'engin qu'il pilotait lui permettait de le faire. Des éclairs zébraient les cieux dans le lointain.

Il arriva devant le pont du Diable. Personne en vue. « Tant mieux ! », se dit-il. Il laissa tomber sa moto sur le côté, et prit dans la sacoche accrochée au porte-bagages un tissu de couleur violette. Sa chasuble, l'emblème de sa charge. Il la revêtit rapidement, avec difficulté toutefois, compte tenu du vent qui forçait et ne lui facilitait pas la tâche. Il se dirigea ensuite vers le garde-corps qui bordait le pont.

Dieu n'avait pas voulu de lui, il allait donc changer de maître en lui faisant un dernier pied de nez. Il grimpa sur le parapet, attentif à ne pas tomber sous les coups de boutoir de la tramontane, ce vent du nord qui pouvait vous glacer jusqu'aux os. Il leva un instant les deux mains en l'air, et s'écria : « J'arrive ! »

Quiconque l'aurait aperçu – debout sur le garde-fou, les deux bras tendus vers le ciel, de la bave aux commissures des lèvres –, en aurait conclu qu'il était en état de démence. Se serait-il vraiment trompé ?

Un nouvel éclair, plus proche que les précédents, illumina la voûte céleste. Il fut suivi d'un coup de tonnerre, terrifiant. « On m'appelle », songea Charles-Marie Morandin. Il regarda une ultime fois l'Hérault s'écouler, en un mince ruisseau, entre les gros rochers des piles du pont, leva une dernière fois les bras au ciel et, après un magnifique saut de l'ange, plongea et rejoignit son maître.

Voilà au moins une âme qu'il aurait conquise.

T.D.O Éditions, SARL

Composition, mise en page : TDO Éditions
ISBN : 978-2-36652-303-4

Dépôt légal mai 2021
Achevé d'imprimer en france
Impression sur les presses de Laballery en mai 2021
Numéro impression : 104902